NELE JACOBSEN

Unser Haus am Meer

AF201821

 aufbau taschenbuch

Statt im Kanzleramt auf Politrecherche gehen zu dürfen, wird die Reporterin Josefine von ihrem Chef nach Usedom geschickt. Sie soll den Autor eines Glücksratgebers interviewen. Der vermeintliche Kapitän Harm Harmsen erweist sich nicht nur als überraschend attraktiver Begleiter, er bringt Josefine auch die Schönheit der Ostseelandschaft näher. Doch geschrieben hat das Buch sein maulfauler Bruder Markus, der damit das alte Kapitänshaus der Familie vorm Verkauf retten will. Als der Betrug auffliegt, reist Josefine verärgert ab. Aber dann fällt ihr ein Logbuch in die Hände, das sie auf die Spur eines alten Geheimnisses bringt – und den ungleichen Brüdern wieder näher …

NELE JACOBSEN

Unser Haus am Meer

ROMAN

atb aufbau taschenbuch

MIX
Papier aus verantwor-
tungsvollen Quellen
FSC® C083411

ISBN 978-3-7466-3164-6

Aufbau Taschenbuch ist eine Marke
der Aufbau Verlag GmbH & Co. KG

3. Auflage 2020
© Aufbau Verlag GmbH & Co. KG, Berlin 2016
Umschlaggestaltung www.buerosued.de, München
unter Verwendung eines Motivs von © Elektrons08 / Plainpicture
Gesetzt in der Whitman durch Greiner & Reichel, Köln
Druck und Binden CPI books GmbH, Leck, Germany
Printed in Germany

www.aufbau-verlag.de

*H*ab die ganze Welt gesehn
von Singapur bis Aberdeen.
Wenn du mich fragst,
wo's am schönsten war,
sag ich: Sansibar.

Achim Reichel, »Aloha Heja He«

1
Josefine

Ob es in der Kanzlermaschine eine Bar gibt? An der man lässig lehnen und Martini trinken kann? Ich muss das dringend recherchieren, dachte Josefine, während sie das Interview mit dem Bundesumweltminister schrieb. Sie war soeben von dem Termin in die Redaktion zurückgekehrt, und wie nicht anders zu erwarten, war er hervorragend gelaufen. Sie hatte den Minister so sehr in die Enge gedrängt, dass er gedroht hatte, abzubrechen. Radio- und Fernsehsender, andere Zeitungen würden sich auf seine Aussagen stürzen, so viel stand fest.

Josefine nahm einen Schluck Kaffee aus der pinkfarbenen XL-Tasse mit dem Schriftzug *Profi-Nervensäge*, drehte sich auf ihrem Schreibtischstuhl zum Fenster und blickte auf die Berge. Bei Föhnwind schienen sie der Stadt immer näher zu kommen. Die Sonne am wolkenlosen Himmel ließ den Schnee auf den schroffen Spitzen glänzen, die grünen Hänge lockten. Jetzt ins Auto steigen, die Wanderschuhe an und hinaufkraxeln zur Watzler-Alm, das wär's, dachte sie. Eine Käsevesper und einen Schoppen in der Sonne auf der Bank vor der Hütte. Sie schloss genießerisch die Augen und spürte die Wärme. Aber – mit Schwung drehte sie sich wieder zurück zum Computer – nicht für mich, nicht jetzt. Sie hatte einen Text zu liefern, das perfekte Interview. So dass Mittermann sie verdammt noch mal mit der Kanzlerin nach Washington schicken musste! Ihre manikürten Fingernägel klackerten eilig über die Tastatur. Gab es denn nun eine Bar an Bord der Kanzlermaschine?

Sie tippte gerade *Kanzlermaschine* bei Wikipedia ein, da erklang das Warnsignal: Kollege Sven, der am Schreibtisch an der Tür saß, warf den Hörer zweimal auf das Telefon. Achtung, Chef im Anmarsch hieß das – und schon trat er ein: Herbert Mittermann, Reporterlegende der Siebziger mit Richard-Gere-Tolle und einem Bauchansatz, der davon zeugte, wie gern er gut aß und feierte. Schnurstracks kam er über die ausgetretenen Pfade der grau-grün gesprenkelten Auslegware auf Josefines Schreibtisch zu. Die anderen zwanzig Kollegen atmeten auf.

»Josie, wenn du ein Kerl wärst, wärst du ein Pfundskerl! Provozierst beinahe eine Kabinettskrise! Hatte soeben den Minister persönlich am Ohr, der sich über dich beschwert hat.« Mittermann lachte und stützte sich mit beiden Händen auf dem Block mit den Interviewnotizen ab. »Da müssen sie sich warm anziehen, die Preiß' da oben in Berlin, wenn meine Reporterin kommt.« Er setzte sich mit einer Pobacke auf ihren Schreibtisch und ihr iPhone.

Josefine betete, dass es Mittermanns Gewicht standhalten würde, fuhr sich durch die langen blonden Haare und verzog den sorgfältig geschminkten Mund zu dem Lächeln, auf das sie und ihr Zahnarzt so stolz waren. »Danke, Herbert. Kein Problem, jederzeit. Ich reise auch gern mit der Kanzlerin …«

»Ich weiß, Josie. Darüber sprechen wir später.« Er klopfte ihr auf die Schulter. »Jetzt habe ich erst einmal eine ganz andere Aufgabe für dich.« Er hielt inne. Keine Tastatur war zu hören im Großraum, nur die Klimaanlage brummte.

Josefine straffte sich, zog ihre weiße Bluse und den Bleistiftrock zurecht und schlug die Beine übereinander. Dabei streifte ihr Blick die Stilettos, die sie letzte Woche in Mailand gekauft hatte, von wo aus sie über die Streiks in Italiens Stahlindustrie berichtet hatte. Korallenrot mit Sling. Damit würde sie an der Bar in der Kanzlermasch…

»Glück!«, unterbrach der Chef ihre Gedanken. »Glück, Josie!«

Sie schaute ihn fragend an.

Er nickte begeistert. »Glück. Das ist das Thema der Stunde. Es gibt da diesen brandneuen Ratgeber, dieses *Kapitänsprinzip*. Da schreibt so ein junger Kapitän, wie man ins Glück segelt, wie man sein Lebensglück findet. Meine Frau hat sich das gerade gekauft. Das ist etwas, was die Menschen immer interessiert.«

Gemurmel und Gekicher von den Kollegen. Josefine vergaß die Stilettos und sackte auf ihrem Stuhl zusammen. »Ein Ratgeber?« Das konnte er doch nicht ernst meinen, sie sollte einen Ratgeber besprechen? Über … Glück? Eins von diesen Machwerken etwa, in denen selbsternannte Glücksgurus ihre Weisheiten kundtaten, jetzt also auch noch ein Kapitän?

»Allerdings: ein Ratgeber.« Der Chef hob den Hintern und zog das iPhone hervor. »Es wird dir guttun, mal ein anderes Ressort zu bedienen als immer nur Politik, Politik. Gesellschaftsthemen sind genauso wichtig. Für die Leser vielleicht sogar noch wichtiger.« Er schob ihr das Handy über den Schreibtisch zu. »Wenn du die Story gut hinbekommst, ist sie einen Titel wert. Ich sehe es schon vor mir.« Mit erhobener Hand zog er eine imaginäre Zeile vor sich in die Luft. »*Endlich glücklich!* Unterzeile: *So segeln Sie ins Glück!* Und der schmucke Kapitän lacht uns entgegen. Wird ein Verkaufshit, das sage ich dir. Das reißt unsere Auflage richtig hoch.«

»Ins Glück segeln? Das kann nicht dein Ernst sein, Herbert!« Josefine sah ihn erschüttert an. »Was ist mit der Korruptionsaffäre in Bremen? Ich habe da einen Insider aufgetan, der redet bei uns.«

»Willst du die Leser einschläfern? Nein: Glück, Josie, Glück! Du sollst herausfinden, wie die Leute glücklich werden können. Ich hab schon mit dem Verlag telefoniert. Das Buch ist unterwegs zu dir.« Er griff nach ihrem iPhone. »Wo ist deine Wetter-App? Ach da! Wir wollen nämlich zum Bergsteigen.« Er inspizierte das Display. »Aha. Schön, schön.« Dann legte er das Gerät auf Josefines Computertastatur und schaute sie wieder an. »Die große Glücksreportage wird das, das ultimative Glücksrezept exklusiv für unsere Leser. Nicht mehr und nicht weniger. Und misch bitte ein bisschen von diesem Kapitänsgedöns bei. Jetzt kommt die Urlaubszeit, die Leute träumen von Meer, Sonne und Strand. Das wird groß, Josie, richtig groß.« Er wandte sich zum Gehen. »Fahr zu diesem Kapitän Harm Harmsen oder wie der heißt, und lass dir alles ganz genau erklären. Wo auch immer der zu Hause ist, irgendwo an der Ostsee, glaube ich. Ahoi!« Er lief zur Tür und zog sein eigenes Handy aus der Hosentasche, als es klingelte. »Ja, Schatz, ich komm jetzt. Ja, die grauen Bergschuhe, nicht die schwarzen. Was? Der Große will auch mit? Na, nun schlägt's dreizehn!«

Josefine blickte ihm fassungslos hinterher und wischte

ihr iPhone ab. Ihre nächste Geschichte würde sich also nicht um die aktuelle politische Lage, sondern um einen Glücks- ratgeber drehen. War das zu fassen? Wer brauchte schon Glücksratgeber? Gut, einige davon erreichten tatsächlich Millionenauflagen, offenbar gab es also Leute, die sie lasen. Aber mal ehrlich, änderte denn irgendjemand sein Leben aufgrund eines solchen Ratgebers? Und nun sollte sie eines von diesen Pamphleten auch noch hochjubeln? Sie schüttelte den Kopf. Nein, das würde sie nicht tun. Sie würde ernsthaft und kritisch recherchieren und berichten, wie sie es immer tat. Sie nickte. Genau. Sie würde diesen Kapitän und seinen Ratgeber ordentlich auseinandernehmen. Niemand konnte von ihr verlangen, dass sie sich verbog und etwas unkritisch in den Himmel lobte. Auch Herbert Mittermann nicht.

»Ahoi!«, riefen zwei Kollegen, die an ihrem Schreibtisch vorbei zum Kaffeeautomaten spazierten.

»Schnauze«, fuhr Josefine sie an.

Das Gekicher vom Schreibtisch gegenüber nahm dadurch jedoch kein Ende. Carolina B. K. Bechsel – B für Bettina und K für Katharina, für Josefine allerdings B für Blöde und K für Kuh – grinste sie breit an. »Wie schön für dich, dass du auch mal eine Titelgeschichte bekommst. Warte. Ist das die ...«, BK nahm ihre Hand und klappte den Daumen, den Zeigefinger und den Mittelfinger hoch, »... ist das tatsäch- lich die dritte, seit du hier arbeitest? In wie vielen Jahren doch gleich?« Sie nahm die andere Hand und zählte die fünf Finger runter. »In fünf?« Sie grinste. »Während ich in der gleichen Zeit, lass mich überlegen ...«, sie schaute auf ihre Finger und hielt dann fünf hoch, »... fast doppelt so viele hatte wie du?«

»Mathe ist wohl nicht deine Stärke?« Josefine tippte *Ostsee* in die Wetter-App. Aber die weigerte sich, mit so ungenauen Angaben Informationen preiszugeben, und verlangte einen Ortsnamen.

Carolina hielt sich die Hand vor den Mund und gähnte. »Was sagst du? Ich bin auf einmal so schläfrig. Das Thema Ratgeber macht mich müde. Glücksratgeber, herrje, wie trist. Kann man nur hoffen, dass die Leser das anders sehen und den Titel kaufen, damit er nicht zum Auflagenkiller wird, was, Johnfeld?« Sie stand auf und lief lachend aus dem Raum, wie immer kerzengerade, ihren Po in dem viel zu engen Minirock schwingend, als ob der alte Büroteppich ein verdammter Catwalk wäre.

Grrr, machte Josefine innerlich. Sie straffte den Rücken und setzte ihre hochmütigste Miene auf. Die Bechsel wollte Krieg? Den konnte sie haben! Mit dieser dämlichen Glücksstory würde sie ein für alle Mal an ihr vorbeiziehen. Und wenn sie diesen Kapitän mit seinem Glückszeug dafür teeren und federn musste!

Hinterher würde sie in der Kanzlermaschine Martini trinken – ob an der Bar oder nicht, das war ihr jetzt piepe. Statt *Kanzlermaschine* tippte sie *Kapitänsprinzip* bei Google ein.

Aha, da war es. Sie beugte sich näher an den Computerbildschirm und überflog die Buchinfos: *Das Kapitänsprinzip – So steuern Sie Ihr Lebensschiff ins Glück! – In acht Schritten.*

Sie rollte mit den Augen und erschreckte sich, als sie eine Hand auf ihrer Schulter spürte.

»Hast du dein Ratgeberlein gefunden?« Die Bechsel grinste ihr ins Gesicht.

»Zufälligerweise habe ich einen Auftrag. Chefsache. Und

du? Mir kam zu Ohren, dass dir die Story über den Psycho-doc geplatzt ist.« Josefine schob die Schmolllippe vor. »Wie schade. Und nun? Gar nicht dabei im nächsten Heft?«

Das reichte, um BK loszuwerden. Sie nahm die Hand von Josefines Schulter und ging wortlos zu ihrem Platz. Josefine vertiefte sich wieder in ihre Recherche.

Der Autor hieß tatsächlich Kapitän Harm Harmsen, und der Verlag bewarb das Buch mit dem Slogan »Der ultimative Törn in ein glückliches Leben«.

Wenn Mittermanns Frau nur nicht so viel Zeit hätte, durch die Buchhandlungen zu stöbern. Dann hätte ich jetzt nicht diesen Ärger, dachte sie. Na gut, weiter. Wohin musste sie zu diesem Kapitän? *Kapitän Harm Harmsen lebt in Heringsdorf auf Deutschlands Sonneninsel Usedom*, las sie.

Wo war denn das? Den Namen hatte sie zwar irgendwann schon mal gehört, aber wo diese Insel zu finden war, wusste sie nicht.

»Kannst du Polnisch?«, fragte die Bechsel grinsend vom Computer gegenüber. »Könnte sein, dass du das dort gut ge-brauchen kannst.«

»Sei still, BK.« Tatsächlich, Usedom lag kurz vor Polen. Das wurde ja immer schlimmer, dachte Josefine. Herings-dorf. Da stank schon der Name. Provinz und dann noch bei den Fischköppen, herzlichen Dank.

Ob es in dem Örtchen überhaupt ein vernünftiges Hotel gab?

Am besten, sie rief gleich beim Verlag an und ließ sich die Nummer von diesem Kapitän geben. Vielleicht hatte der einen Tipp, wo sie unterkommen konnte. Und natürlich musste sie ihren Besuch ankündigen. Der würde sich freuen!

In den *Komet* schaffte es schließlich nicht jedes Buch. Und dann noch als Titelstory. Besser ging es ja wohl nicht.

Sie schüttelte noch einmal ungläubig den Kopf. Ein Glücksratgeber. Und das ihr.

2
Markus und Ben

»Schläfst du immer noch?« Markus betrat Bens Zimmer, und Staub begann zu tanzen in den Strahlen der Mittagssonne, die durch die alten Kastenfenster fielen. Markus kickte ein T-Shirt und Jeans auf dem knarrenden Dielenboden zur Seite, um sich seinen Weg zu bahnen, und riss beide Fensterflügel auf. »Frische Luft! In deiner Piratenhöhle stinkt's.«

Seeluft strömte in den Raum, und Markus genoss die Sonne auf seinem Gesicht, er schloss die Augen und lauschte dem Rauschen des Meeres. Heute waren es höhere Wellen als an den Tagen zuvor, der Wind hatte zulegt. Vielleicht sollte ich nachher eine Runde schwimmen gehen, dachte er, öffnete die Augen wieder und sah, wie zwei Möwen sich vom Hausdach in den Sommerhimmel schwangen und über die hohe Pappel und den Knupperkirschbaum im Garten Richtung Promenade schwebten. Für einen Moment kreisten sie über den Köpfen der Spaziergänger und Radfahrer, dann flogen sie über den schmalen Dünengürtel hinweg zum Strand. Markus sah, wie die ersten Urlauber ihre Strandkörbe belegten. Eine Familie mit zwei Söhnen war schon dabei, mit knallgrünen Schaufeln eine Sandburg zu bauen. Dahinter staksten drei Frauen in hochgekrempelten Jeans durch die heranrollende Gischt, den Blick auf den nassen Sand gerichtet, um keine Muschel oder gar einen Bernstein zu verpassen, den die Ostsee hier von Zeit zu Zeit ausspuckte. Unter wolkenlosem Himmel lag sie da, blau, glitzernd und wogend, während am Horizont ein Frachter entlangzog und sich ein weißer Bäderdampfer der Spitze der Seebrücke näherte.

Wenn er eines liebte, dann war es dieser Ausblick vom alten Kapitänshaus der Familie auf die See. Er konnte über alles hinwegtrösten, dachte Markus. Fast alles.

Er drehte sich zum Bett seines Bruders. Nur eine sonnenblonde Haarsträhne lugte aus dem Deckenberg heraus. »Guten Morgen«, kam es heiser darunter hervor.

Markus schnaubte verächtlich. »Morgen ist gut. Ich war schon bei der Bank.«

»Bin hellwach.« Ben wühlte sich aus der Decke und zog ein ausgeleiertes Kapuzenshirt über. »Und?« Er gähnte.

»Keine Chance.«

Ben hielt im Gähnen inne. »Wirklich nicht?«

»Auf keinen Fall, wenn ich Jürgen richtig verstanden habe.«

»Kann doch wohl ein Auge zudrücken, der olle Stiesel.« Ben stellte die nackten Füße auf die ausgetretenen Dielen vor dem Bett.

»Tut er aber nicht.« Markus bückte sich und nahm eine Teetasse vom Boden auf.

»Heißt das, wir kriegen nichts?«

»Keinen Cent.« Markus blinzelte.

»Hey.« Ben trat auf ihn zu und fasste seine Schulter. »Wir finden schon einen Weg. Wir werden das Haus nicht verlieren.«

Markus musste sich zusammenreißen, um seinem Bruder nicht eine zu knallen.

»Das Haus geht nicht an Hartenberg. Wirste sehen.« Ben streckte sich. »Was ist das?« Er zog einen Briefumschlag aus Markus' hinterer Jeanstasche.

»Für dich. Vom Deutschen Surfverband.« Markus hob ein Schokoriegelpapier auf und steckte es in die Tasse.

Ben blickte auf den Brief, winkte ab und schleuderte ihn durchs Zimmer. Er landete in der Ecke auf einem Blumentopf, dessen pflanzlicher Bewohner üppige grüne Blätter in Form von fünf Fingern hatte.

Markus schaute dem Brief nach. »Willst du nicht wissen, worum es geht?«

»Weiß ich schon.« Ben nahm die Jeans vom Boden. »Die wollen, dass ich Ehrenvorsitzender werde und die Leitung der Jugendarbeit übernehme.«

»Für ganz Deutschland? Das ist doch toll!«

»Ich als Vorsitzender eines Verbandes?« Ben lachte und schob eine blonde Zottelsträhne aus dem Gesicht hinters Ohr. »Sitzungen, Bürokram, den ganzen Tag vorm Computer hocken – nein, danke. Mir reichen meine kleine Surfschule und ein paar hübsche Urlauberinnen, mit denen ich die Segel setze – mehr brauche ich nicht.«

Markus zog die Augenbrauen hoch und bückte sich nach einem Apfelgriebs, der zum Glück noch einigermaßen frisch aussah. »Und das, obwohl wir nach deiner glorreichen Aktion wirklich jeden Cent ...«

»Danke, dass du mir das immer wieder auf's Brot schmierst. Ich habe dir doch schon tausendmal gesagt, dass es mir unendlich leidtut und dass ...«

»Ben?« Eine schwache Frauenstimme drang aus dem Nachbarzimmer. »Bist du auf, Benjamin, mien Seuten? Ich höre dich. Kommst du zu mir rüber? Schnell. Ich glaub, ich weiß jetzt, was es ist, was der alte Käpt'n Hermann uns hinterlassen hat.«

Ben hob entschuldigend die Schultern und lief barfuß an Markus vorbei in das Zimmer der Oma hinüber.

Unter dem wuchtigen Ölgemälde eines Hochseedampfers in voller Fahrt lag Oma Charlotte in ihrem Bett. An der gegenüberliegenden Wand, so dass sie es gut sehen konnte, hing das gerahmte Foto eines Mannes mit weißem Bart, Kapitänsmütze und vier Streifen auf den Uniformschulterstücken. Schade, dass er diesen Mann, seinen Großvater Gustav, den letzten Kapitän der Familie, nicht mehr kennengelernt hatte, dachte Ben. Lächelnd trat er an dem übergroßen Nussbaumkleiderschrank vorbei auf seine Oma zu und gab ihr einen Kuss auf die Stirn. »Wie geht's dir heute, Charlotte?«

Die kornblumenblauen Augen in dem faltigen Gesicht schauten unruhig durch den Raum. »Mein Rheuma verrät mir, dass der Wind gedreht hat und die See heute aufgebauscht ist. Mein Gustav wird bald wieder bei mir sein.«

Ben nahm ihre Hand. Dies war also einer der schlechten Tage. Zum Glück kamen sie nicht allzu oft vor. Meistens machte Oma den Eindruck einer rüstigen alten Dame, die völlig ohne Grund im Bett lag. »Sicher wird Opa bald wieder hier sein, Öming. Wo fährt er denn gerade?«

»Rostock–Rio–Rostock. Bananen, Liebling, Bananen. Er wird mir sicher eine Staude mitbringen für mein Gewächshaus.«

»Ganz bestimmt.« Er strich die Bettdecke glatt. »Möchtest du einen Tee trinken? Ich könnte uns welchen machen.«

»Nimm den frischen aus Ceylon, mien Jung. Den Gustav neulich aus Ceylon mitgebracht hat, ja? Und gib mir bitte mein Strickzeug.« Sie deutete auf Wollknäule und Stricknadeln auf dem Nachttisch.

Ben gab sie ihr. »Bin gleich wieder bei dir.« Er strich über ihre eingefallene Wange, schob eine Silbersträhne zur Seite und sah, dass ihre blauen Augen beim Stricken geradeaus auf ihren Gustav gerichtet waren. Gerade wollte er aufstehen und das Zimmer verlassen, als sie ihre Arbeit unterbrach, die knochige Hand vorschnellen ließ und sein Handgelenk umklammerte. Sie zog ihn zu sich herunter. »Damals auf Sansibar, als dein Ururgroßvater Hermann für den König fuhr ...«

Er versuchte, sich loszumachen. »Ich weiß: Damals waren die goldenen Zeiten der Seefahrt. Das hast du schon immer gesagt, Charlotte.«

Sie schüttelte ungeduldig den Kopf und zog ihn näher zu sich heran. Er konnte kaum verstehen, was sie flüsterte: »Das Vermächtnis, Ben, das Vermächtnis des alten Hermann. Sein Geheimnis von Sansibar. Ich glaub, ich weiß jetzt wirklich, was es ist.«

Das Geheimnis von Sansibar. Seit Generationen versuchte die Familie, es zu lüften. Ururopa Hermann hatte einen Brief hinterlassen, in dem er andeutete, etwas sehr Wertvolles von der Insel mitgebracht zu haben, damals, 1896. Wie oft hatte Ben diese Legende der Familiengeschichte schon gehört. Und wie oft hatten er und Markus auf Geheiß von Öming das Haus danach abgesucht. Inzwischen glaubte er, dass es den geheimnisvollen »Schatz« von Sansibar nicht gab, niemals gegeben hatte. Sie waren eben eine Seefahrerfamilie gewesen. Da fuhren die Männer zur See, und die Frauen spannen von Generation zu Generation Seemannsgarn. »Ich komme gleich wieder mit dem Tee, Charlotte. Und dann erzählst du mir, was es ist, ja?«

Er lief über die knarrende Treppe hinunter in die Diele und vorbei an der Seemannskommode in die Küche. Die alte Porzellanuhr über der Speisekammer ließ ihr ruhiges Klack-Klack hören. Es roch nach frisch gebrühtem Kaffee. Einen dampfenden Pott vor sich, saß Markus am Tisch aus alten Planken, den sie vergangenen Sommer gemeinsam im Garten gezimmert hatten, und stierte in seinen Laptop. Im Vorbeigehen sah Ben, dass das Mail-Programm geöffnet war. »Na? Gute Nachrichten von deinem Verlag? Ist eines deiner Bücher endlich mal auf der Bestsellerliste gelandet?« Er kicherte. »Nicht? Och! Ich mache mir langsam Sorgen. Vielleicht solltest du dir mal einen richtigen Job suchen, in einem Verbandsvorstand zum Beispiel, anstatt oben in deiner Kemenate unterm Dach verquaste Geschichten zu schreiben, die keiner lesen will. Wie hieß gleich dein letzter Roman? *Abendmitte. Seitenrot?* Zu schade, dass er gefloppt ist.« Er drehte den Wasserhahn am altmodischen Keramikbecken auf und füllte den Wasserkocher.

»Halt einfach die Klappe, Ben.« Markus klickte die Mails weg.

»Ob du jemals raufkommst, auf die heilige Liste?« Ben ging in Deckung, als ob Markus nach ihm langen würde. Aber der ließ sich nicht beirren und wiegte nur den Kopf hin und her.

Das Wasser im Kocher brodelte, Ben füllte ein Tee-Ei mit der Ceylon-Mischung. Dabei sang er einen Song von Bob Marley und tänzelte mit seinen nackten Füßen über die Fliesen mit dem arabesken Muster, die Kapitän Hermann dem Familienklatsch zufolge in Oman vom Sultan geschenkt bekommen hatte, als das Telefon im Wohnzimmer klingelte.

Markus ging hin.

Ben goss den Tee auf und hörte die Stimme seines Bruders durch die Tür nur leise.

Als Markus nach ein paar Minuten wieder in die Küche trat, war alles Blut aus seinem Gesicht entwichen.

Ben lief auf seinen Bruder zu und fasste ihn an der Schulter. »Was ist mit dir? Wer war das, Hartenberg? Will er das Ultimatum nicht einhalten, der Gauner? Er hat per Handschlag versprochen, dass wir vierundzwanzig Monate Zeit haben, um das Haus zurückzukaufen.«

Markus sank auf den Stuhl. Seine Stimme war kaum zu hören, so leise sprach er. »Ob es im Ort ein Zimmer mit Dusche gibt, hat sie gefragt.«

»Wer – sie? Was für 'ne Dusche?« Ben stützte sich vor Markus auf dem Tisch ab und schaute seinem Bruder ins Gesicht. Hatte er Fieber? Er fühlte seine Stirn.

Markus war zu abwesend, um die Hand seines Bruders wegzuschieben. »Sie will kommen, und sie wird alles aufdecken.«

»Was wird wer aufdecken?« Kein Fieber. Ben goss seinem Bruder ein Glas Wasser ein.

»Die klingt wie eine zickige Dampfwalze. Ich bin so was von geliefert. Jetzt werden wir das Haus auf jeden Fall verlieren.« Er drehte das Wasserglas in seinen Händen.

Ben haute mit der Faust auf den Tisch. »Markus, verdammt, erzähl! Was ist los?«

»Ich bin nicht Harm Harmsen«, sagte Markus und schaute Ben glasig an. »Und das wird sie herausfinden.«

»Wer zum Teufel ist Harm Harmsen?«

Markus zog schweigend den Laptop heran, klickte das Mail-Programm wieder auf. »Die Mail vom Verlag. Ganz oben.«

Ben beugte sich hinunter und las laut: »Sehr geehrter Herr Harmsen ... hä?« Er blickte fragend zu seinem Bruder auf.

»Lies einfach«, sagte Markus.

Ben las. »Wir freuen uns, Ihnen mitteilen zu können, dass *Das Kapitänsprinzip. So steuern Sie Ihr Lebensschiff ins Glück* auf Platz 47 in die Bestsellerliste eingestiegen ist. Die Verkaufszahlen steigen konstant, wir rechnen damit, bald die Top 20 zu erreichen.«

Ben sah Markus erstaunt an. »Kapitänsprinzip? Herr Harmsen?«

»Harm Harmsen.« Markus nickte traurig. »Kapitän und Glücksexperte.«

Ben schaute ihn einen Moment lang schweigend an und sortierte seine Gedanken. »Und du hast das geschrieben? Diesen Harm Harmsen gibt es gar nicht?«

»Na ja, irgendwie schon.«

Ben rüttelte ihn. »Sprich Klartext.«

»Es gibt ein Bild von ihm. In dem Buch.« Markus sah Ben verlegen von der Seite an. »Dein Bild. Ich habe dein Foto verwendet. Du bist Harm Harmsen.«

Ben blickte ihn entgeistert an. »Was?«

Markus erhob sich. »Ich hatte diesen Ratgeber vor Jahren geschrieben, als ich mit einem meiner Romane nicht weiterkam. Damals, als Erfolgsratgeber reihenweise auf der Bestsellerliste standen: *Wie werde ich reich in drei Sekunden? Wie schubse ich meinen Chef vom Sessel?* Da habe ich gedacht, viel schöner wäre doch ein Glücksratgeber.«

»Du und Glücksexperte!« Ben musste lachen. »Der Mann, der melancholisch seinen Künstlerträumen nachhängt. Der im Leben nun wahrlich nicht geseg...«

»Mir kam eben die Idee mit dem Kapitänsprinzip«, unterbrach ihn Markus. »Liegt ja in der Familie. Ich fand das Bild mit dem Schiff, das ins Lebensglück steuert, so schön.« Er machte eine Geste, als ob er Wasser durchpflüge. »Hatte nie daran gedacht, das Buch irgendwo anzubieten. Aber als du dann dein kleines Pokerspiel verloren hattest, habe ich es doch gemacht. Ich wusste, dass dieser Verlag immer Ratgebertitel sucht. Und prompt landet das Ding nun auf der Bestsellerliste.«

Ben las noch einmal ungläubig die Mail. Da stand es, unzweifelhaft: *Harm Harmsen – Das Kapitänsprinzip – So steuern Sie Ihr Lebensschiff ins Glück*, eingestiegen auf Platz 47. »Einen Kapitän erfinden, schön und gut. Aber warum hast du ein Foto von mir genommen und nicht eines von dir selbst?«

Markus sah ihn entsetzt an. »Bist du verrückt? Wenn einer meiner Schriftstellerkollegen herausfindet, dass ich so etwas schreibe, dann kann ich einpacken. Keiner würde meine Romane noch ernst nehmen. Nein, ich konnte unmöglich rein in das Buch.«

»Aber ich, oder wie?«

»Na klar. Außerdem siehst du doch ganz kapitänsmäßig aus. Und so jugendlich und verwegen mit deinem Dreitagebart.«

»Verwegen.« Ben tippte sich an die Stirn.

Markus nickte. »Wie gemacht für die Zielgruppe.«

»Zielgruppe?«

»Frauen um die vierzig. Die beschäftigen sich mit solchen Themen. Midlife-Crisis, verstehst du? Die drückt sich bei Frauen nicht in gesteigertem Interesse an Autos und Sex aus, sondern an Gesundheit, Ernährung und eben in der Suche nach Glück.«

»Soso.« Ben schmunzelte. »Du kennst dich aber aus.«

»Ganz genau. Und jetzt will diese Reporterin vom *Komet* herkommen und eine große Geschichte über Harm Harmsen schreiben, den Kapitän mit den klasse Glückstipps.« Markus griff Bens Schultern. »Du musst für die Reporterin den Kapitän spielen, Ben. Damit können wir uns retten. Diese Zeitschrift hat eine Millionenauflage, und wenn wir Glück haben, verdienen wir durch diesen Artikel so viel, dass wir doch noch das Geld zusammenkriegen für Hartenberg, um das Haus vor dem Stichtag zurückzukaufen.«

Ben starrte ihn nur an, unfähig zu antworten.

Markus fuhr fort: »Diese Reporterin darf auf keinen Fall merken, dass hier was nicht stimmt. Sonst sind wir ein für alle Mal erledigt. Immerhin war das so was wie Betrug.«

Ben machte sich los. »Warte mal, ganz langsam für einen müden Surfer zum Mitdenken. Du erfindest einen Kapitän, lässt ihn ein Buch schreiben über das Glück, verwendest einfach mein Foto – und nun soll ich auch noch mitspielen?« Er boxte seinen Bruder vor die Brust. »Du spinnst doch.«

Wütend marschierte Ben durch die quietschende Tür auf die Holzveranda und, immer schneller werdend, durch den Garten über die Dünen bis an den Strand. Erst als das kalte Wasser seine Füße umspülte, hielt er an. Er atmete tief ein, stellte sich in den Wind und schloss die Augen. Wie kam Markus bloß auf diese bescheuerte Idee, ihn als Harm Harmsen zu verheizen? Seinen eigenen Bruder? War er noch zu retten? Ben ließ sich nach hinten in den Sand fallen, streckte Arme und Beine von sich und schaute in den blauen Himmel. Er – ein Kapitän? Klar, Opa war einer gewesen. Und alle anderen Männer vor ihm in der Familie. Aber das war auch schon alles, was er von diesem so verantwortungsvollen, ehrfurchtgebietenden Beruf wusste. Er blickte einer Möwe nach, die den Strand überflog. Nein, er war ein Surfer, der sich kaum erinnern konnte, wann er das letzte Mal etwas anderes als Jeans getragen hatte – er konnte keinen geschniegelten Kapitän spielen. Völlig ausgeschlossen. Er sprang auf, klopfte den Sand von der Hose und lief zurück zum Haus.

Sobald er wieder in die Küche trat, setzte Markus zu einer flehenden Rede an. »Bitte, Ben. Du musst mitmachen! Ich werfe mich auch vor dir auf die Knie, wenn es das ist, was du willst. Du musst den Kapitän geben.« Er legte die Hände auf Bens Schultern. »Nur so können wir das Haus retten, jetzt wo die Bank uns keinen Kredit mehr gibt. Bitte, Bruderherz!«

Ben machte sich los. »Hör auf mit dem Quatsch!« Er lief zur Teekanne und zog das Ei heraus. »Ich bin kein Kapitän, und ich spiele keinen Kapitän. Wieso glaubst du eigentlich, einfach so über mich bestimmen zu können?« Er holte zwei

Keramikbecher mit blau-weißem Zwiebelmuster aus dem alten Küchenbuffet und goss den dampfenden Tee hinein.

»Das tue ich nicht. Aber vielleicht erinnerst du dich mal, wer das Haus verpokert und uns überhaupt erst in diese Lage gebracht hat?«

»Danke für Holzhammer Nummer zwei an diesem jungen Tag.« Ben schloss die Augen und ballte die Fäuste. Himmelherrgott. »Nein! Ich mach's nicht!« Er nahm die Becher und stieg die knarrenden Stufen zu Charlotte in den ersten Stock hinauf.

3
Josefine

»Gewonnen!« Leopoldine riss die Arme hoch, warf den Tennisschläger von sich und rannte zum Netz. »Komm schon, Schwesterchen!«, rief sie Josefine zu, die auf der anderen Platzseite an der Grundlinie stand und in mühsam beherrschter Wut die Saiten ihres Schlägers zurechtschob. »Komm her, und gratuliere deiner großen Schwester, die nun mal die beste Tennisspielerin von Schwabing ist, das musst' zugeben!«

Widerwillig ging Josefine zum Netz und umarmte sie. »Glückwunsch, Leo.« Es klang, als ob sie etwas ganz anderes gesagt hätte. Warum nur schaffte sie es so selten, ihrer Schwester Kontra zu geben?

Jeden Mittwoch in der Mittagspause standen sie sich hier gegenüber, um ein paar Bälle zu schlagen, wie sie es vor den Kollegen nannte. In Wahrheit war es alles andere als entspanntes Ballspiel – es war Krieg. Josefine hatte schon überlegt, heimlich Tennisstunden zu nehmen. Aber wann? Sie hatte Zwölfstundentage und oft Termine am Wochenende. Wann, um alles in der Welt, sollte sie da Tennisstunden einschieben? Sie äugte zu Leopoldine hinüber, die an der Bank summend ihren Schläger in der Tasche verstaute, den Reißverschluss zuzog und sich mit dem Handtuch die schweißnassen blonden Haare trocknete.

Plötzlich kam ihr ein Verdacht: Nahm Leo womöglich selbst Extra-Unterricht? War sie ihr deshalb immer einen Schritt voraus? Aber nein, das war abwegig. Oder? Leo hatte dafür doch genauso wenig Zeit wie sie. Leo, das leuchtende Vorbild, stets die Mustertochter der Eltern, die alles richtig gemacht hatte: Psychotherapeutin mit gut laufender Praxis, Spezialgebiet Paartherapie. Mit einem soliden Ehemann. Drei reizenden Kindern. Dem wohlerzogenen Labrador Stan und einem hübschen Haus in Grünwald. Sie, Josefine, dagegen ohne Mann und Kinder, dafür mit einem – in den Augen ihrer Eltern – völlig belanglosen Job. Was galt schon eine Journalistin? Selbst, wenn sie eine der besten ihres Fachs war und bei einem der renommiertesten Magazine arbeitete. Die Familienfeiern der Johnfelds in Starnberg waren Josefine stets ein Graus. Schon wenn das automatische Tor zur Seite rollte, sie in die Kieseleinfahrt einbog und durch das Spalier der Linden auf das Haus und den See zufuhr, fragte sie sich, wann sie wohl wieder flüchten dürfte. Denn sobald sie den Marmorspringbrunnen auf dem Rondell vor dem Haus umrundet und ihr Auto geparkt hatte, öffnete sich die Haustür, und ihre Mutter empfing sie. Zuerst gab es ein Küsschen auf die Wange, aber dann begann sofort das Punktesammeln. Ein kritischer Blick auf ihr Outfit – zu leger wie immer. Das Auto – war immer noch dieses alberne Beetle Cabrio. Ihre Haare – offensichtlich war es schon wieder Wochen her, dass sie beim Friseur gewesen war.

Ja, sie würde Tennisstunden nehmen, beschloss sie in diesem Moment. Und wenn sie dafür Montagmorgen um sechs Uhr auf dem Platz erscheinen müsste.

»Ich wünsche dir einen wunderschönen Nachmittag, Schwesterherz!« Leopoldine küsste Josefine rechts und links auf die Wangen. »Woran musst du denn heute noch weiterarbeiten? An Schminktipps und einem Vorher-nachher-Shooting?«

Josefine schaute sie wütend an. »Hast du so etwas jemals im *Komet* gelesen?«

»War nur ein Scherz.« Leo schulterte ihre Tasche.

»Zufällig hatte ich heute ein Interview mit unserem Bundesumweltminister. Es ging um die ...«

»Wie spannend.« Leo sah auf die Uhr. »Leider muss ich los, Maria ablösen, die Kinder warten. Also, ciao, ciao, meine Liebe.« Sie winkte und stieg in ihren Mercedes SUV. Warum nahm sie eigentlich keiner in ihrer Familie ernst? Josefine warf ihren Schläger in die Tasche und rubbelte sich die Haare mit dem Handtuch ab. Wenn sie doch nur erzählen könnte, dass sie zum Stab der Journalisten gehörte, die in Berlin und an allen anderen Orten der Welt die Regierungsarbeit auf Schritt und Tritt verfolgten und sogar in der Kanzlermaschine hautnah dabei waren, das würde ihre Familie beeindrucken. Stattdessen ging es jetzt wohin doch gleich?

Nach Heringsdorf auf Usedom.

Und das nur dank dieses dämlichen Glücksratgebers. Und des blöden Mittermanns. Und dieses doofen Kapitäns Harm Harmsen.

Wütend zog Josefine den Reißverschluss der Tennistasche zu, warf sie auf den Rücksitz ihres Beetles und brauste nach Hause, von wo aus sie ihre Reise nach Usedom vorbereiten wollte. Die Reise, die ihr schon jetzt gehörig auf die Nerven ging.

4
Ben

»Habt ihr euch gestritten, Ben?« Charlotte sah ihm mit dem Strickzeug in der Hand entgegen, als er das Zimmer betrat. Sie hatte wirklich Ohren wie ein Luchs. »Ihr sollt doch nicht streiten. In einer Familie muss man sich vertragen, das ist wichtig.«

»Ja, Oma.« Ben balancierte die viel zu voll gegossenen Teebecher vorsichtig zum Bett.

»Worüber streitet ihr denn? Es besteht doch gar kein Grund. Ihr lebt hier in diesem wunderschönen Haus direkt am Meer. Wenn ich nicht mehr bin, gehört es euch. So ein schönes Haus! Mein ganzes Erwachsenenleben habe ich hier verbracht, keine Nacht habe ich woanders geschlafen. Und immer wenn Gustav nicht auf See war, war er glücklich, in dieses Heim zurückkehren zu können. Er liebte dieses Haus, so wie ich es liebe.«

Sie war also wieder im Heute angelangt, dachte Ben erleichtert.

Sie ergriff seine Hand. »Du musst mir versprechen, dass ihr es nie verkauft, unser Kapitänshaus. Es muss immer in Familienbesitz bleiben, hörst du?«

»Vorsicht, Charlotte, verschütte nicht den Tee«, wich er aus und gab ihr den Becher in die Hand.

»Hörst du das Meeresrauschen direkt vor dem Fenster?

So etwas Schönes. Ich möchte es immer hören. Bis zu meinem letzten Tag, wenn ich einschlafe und Gustav wiederbegegne.« Sie nippte an dem Tee. »Ceylon. Das schmeckt nach Fernweh, findest du nicht? Ich sehe die Terrassenfelder der Teeplantagen regelrecht vor mir, die Gustav uns immer beschrieben hat.«

Mit gerunzelter Stirn sah Ben Charlotte zu, wie sie lächelnd einen Schluck nach dem anderen nahm.

Wie hatte das nur passieren können? Dieser Abend kurz nach seiner Rückkehr aus Australien. Wie hatte er sich nur verleiten lassen können zu pokern? Steuerschulden waren Steuerschulden. Keine Frage. Und sie mussten beglichen werden. Natürlich hätte es sie eigentlich gar nicht geben müssen, wenn er nicht zu verplant und zu geizig gewesen wäre, für die Surfschule einen Buchhalter zu beauftragen. Es hatte sich eben gezeigt, dass er deutlich besser surfen konnte, als seine Finanzen im Blick zu behalten. Inzwischen war der Buchhalter da, mit dem Finanzamt gab es einen Tilgungsplan – aber das Kapitänshaus war so gut wie futsch. Wie hatte er nur alles riskieren können? Und dann noch mit dem schmierigen Hartenberg!

Der Dampf des Tees stieg ihm in die Augen.

Und was hatte ihn gebissen, das Haus zu setzen? Er schloss die Augen. Immerhin hatte er die vierundzwanzig Monate Vorkaufsrecht noch aushandeln können. Allerdings war diese Frist nun schon fast abgelaufen. Wenn sie doch nur irgendwie das Geld …

Seine Gedanken wurden unterbrochen von Markus' Stimme, die aus dem Garten durch das angelehnte Fenster drang: »Verschwinden Sie! Runter von unserem Grundstück!«

Charlotte reckte sich in ihrem Bett. »Seech eis, was ist da los, Ben? Guck doch mal ut.«

Ben lief zum Fenster. Die alte Pappel nahm ihm zunächst die Sicht, aber dann sah er Markus den Rasen überqueren – geradewegs auf Hartenberg zu. Mit seinen Bommel-Budapestern stand der Immobilienmakler mitten im Rosenbeet, einen Zollstock in den Händen. Es sah aus, als hätte er gerade den Abstand zwischen Pappel und Gartenzaun vermessen. Die Basecap auf seinem Bollerkopf verdeckte von hier oben sein Gesicht, aber Ben konnte sich genau denken, wie Hartenberg Markus mit seinen wulstigen Lippen angrinste. So wie er es mit mir gemacht hat, dachte Ben. Damals in dieser verhängnisvollen Pokernacht.

»Was machen Sie da, Hartenberg?«, rief Markus. »Noch ist das unser Garten.« Er blieb kurz vor dem Wohlstandsbauch im weinroten Seidenblouson stehen.

Hartenberg trat aus dem Rosenbeet. »Muss doch wissen, ob da die Doppelgarage hinpasst, die ich geplant habe. Soll ja an nichts fehlen für die neuen Eigentümer, wenn ich den alten Kasten erst einmal in drei Luxuswohnungen umgebaut habe.« Er klappte den Zollstock zusammen. »Zeit ist Geld, junger Mann. Kann gar nicht früh genug mit den Ausschreibungen anfangen. Die Handwerker auf der Insel haben viel zu tun.«

»Noch gehört das Haus nicht Ihnen.« Markus machte einen Schritt auf ihn zu. »Verschwinden Sie von unserem Grund und Boden.«

Hartenberg lief zur Gartenpforte. »Schon gut.« Er zog sie hinter sich zu. »Aber ihr wisst schon: In fünf Monaten müsst ihr die Villa räumen.« Er grinste breit. »Fortuna war eben nicht auf eurer Seite, Freunde.« Er schwang sich in sein rotes Mercedes-Coupé, das er mit Warnblinkanlage direkt auf der Strandpromenade geparkt hatte, startete den Motor und fuhr davon, nicht ohne noch einmal zu hupen.

Ben schloss das Fenster.

»Mit wem hat Markus da geredet? Was haben die diskutiert? Das hab ich nicht verstanden. Was meinen die mit …«

»Gar nichts, Charlotte. Nichts weiter.« Ben nahm ihren Teepott an sich. »Das war nur ein alter Bekannter von Markus, der vorbeigekommen ist. Kein Grund zur Aufregung.«

»Aber das klang nicht gerade nach …«

»Ich hole uns das Halma, ja? Bin gleich wieder bei dir.« Er zog die Tür hinter sich zu und rannte die Treppe hinunter. Markus saß am Küchentisch, die Stirn auf den Planken.

Ben trat zu ihm und legte seinem Bruder die Hand auf den Rücken. »Ich mach's.«

5
Josefine

Eine Expedition in den hohen Norden. Josefine stand in ihrem Kleiderzimmer und schaute in den beleuchteten Schuhschrank. Die Stilettos? Nein. Die Bergschuhe? Nein. Turnschuhe! Sie feuerte sie in die Weekendbag und rollte die Kleiderschranktür auf. Was trug man so bei den Fischköppen? Die abgewetzten Jeans? Sie pfefferte ein paar Klamotten zu den Schuhen und schob die Schranktür wieder zu. Was noch? Desinfektionsspray, Mückenmilch, Müsliriegel.

Das Handy klingelte. *Schatz ruft an*, blinkte die Anzeige. »Konstantin«, begrüßte Josefine ihren Freund. »Tut mir leid, das wird nichts mit St. Moritz dieses Wochenende. Nein, auch nicht mit dem P1.« Sie klemmte das Handy zwischen Kinn und Schulter und zog den Reißverschluss der Reisetasche zu. »Heringsdorf. – H-E-R-I-N-G-S-D-O-R-F. – Doch, das ist in Deutschland. – Im Osten. – Ja, ich passe auf mich auf. – Natürlich habe ich an Sagrotan gedacht. – Ja, eine große Reportage. – Über Glück. Ich treffe einen Kapitän, der einen Ratgeber geschrieben hat. – Nein, ich weiß nicht, ob der gut aussieht und sexy ist. – Du brauchst wirklich nicht mitzukommen als Begleitschutz. – Ja, ich melde mich, wenn ich angekommen bin. – Danke, ich glaube kaum, dass ich dort Spaß haben werde, aber hoffentlich wird wenigstens die Story ein Erfolg.«

Konstantin war so aufmerksam, dachte sie, als sie nach dem Auflegen das Handy ans Kabel hängte, damit es morgen auf der Fahrt genug Saft hätte. Ein echter Gentleman. Und schon Partner in der Kanzlei, das hatte ihre Eltern besonders gefreut, als sie ihn kennengelernt hatten. Wenn ihre Mutter ihr nur nicht so mit dem Thema Hochzeit auf die Nerven gehen würde. Man musste doch nun wirklich nichts überstürzen.

Sie trug die fertig gepackte Tasche durch ihr Loft und stellte sie an die Wohnungstür. Auf dem Rückweg griff sie vom Sideboard das Buch, das der Postbote gebracht hatte, und riss die Zellophanfolie auf.

Das Kapitänsprinzip prangte in goldenen Buchstaben auf dem Cover. Und als Untertitel: *So steuern Sie Ihr Lebensschiff ins Glück!* Im Hintergrund durchpflügte eine Art Queen Mary 2 majestätisch den Ozean.

Josefine seufzte und fläzte sich mit dem Buch auf die weiße Designercouch. Draußen vor der bodentiefen Fensterfront wurde es bereits schummrig, die Lichter in den Wohnblocks rundherum gingen an. Sie stand noch einmal auf, um sich ein Evian aus der Küchenzeile zu holen. Dann klatschte sie einmal, um die Bogenlampe einzuschalten. Ein warmer Lichtkegel hüllte sie nun ein.

Also, Herr Kapitän, dachte sie, legte sich lang hin und schlug die Beine übereinander. Wollen wir doch mal sehen, wohin Sie schippern in Ihrem Buch. Sie trank einen Schluck Wasser und las zuerst den Klappentext: *Haben Sie genug davon, wie in einer Nussschale von den Wogen des Lebens hin und her geschaukelt zu werden? Vom Wind getrieben, mal hierhin, mal dorthin, ohne Führung, ohne Ziel und ohne Hoffnung?*

Sie riss die Augen auf. Das war ja bekloppter, als sie befürchtet hatte. »Nein, Kapitän Wichtigtuer, ich treibe nicht ziellos durchs Leben.«

Besteigen Sie Ihr Lebensschiff, nehmen Sie Fahrt auf, und steuern Sie mitten hinein in Ihr Glück. Das Kapitänsprinzip zeigt Ihnen, wie Sie die Segel setzen und das Ruder in die Hand nehmen. Kapitän Harm Harmsen nimmt Sie mit auf seine Brücke und verrät Ihnen die Tricks des erfolgreichen Navigierens durch die Stürme des Lebens. Am Ende dieser Lektüre laufen Sie garantiert in Ihren Glückshafen ein, großes Seemannsehrenwort.

Himmelsakrament. Sie blätterte zum Vorwort:

Ahoi! Mein Name ist Harm Harmsen, Kapitän zur See, und ich heiße Sie herzlich willkommen auf meiner Brücke. Lassen Sie den Blick schweifen, und genießen Sie die Aussicht über die Weiten des Ozeans bis zum Horizont. Dies ist das Meer unserer Möglichkeiten – entdecken Sie all die Chancen und Wege, die Ihnen das Leben zu bieten hat. Sie können nach Norden, Süden, Osten oder Westen fahren, ganz wie Sie wünschen.

Josefine rollte mit den Augen.

In diesem Buch werden wir gemeinsam herausfinden, was Ihre Träume sind, was Glück für Sie bedeutet und welchen Kurs Sie einschlagen müssen, um an Ihr Ziel zu kommen. Und dann setzen wir die Segel und steuern auf dieses Glück zu, Seemeile für Seemeile, Boje für Boje.

Es wird Wetterfronten geben, es wird Piratenangriffe geben, vielleicht geht jemand über Bord. Aber seien Sie sich bewusst: Wenn Sie nicht endlich den Törn Ihres Lebens planen, sich Kompass, Kursdreieck und Zirkel schnappen, einen Kurs in Ihre persönliche Seekarte einzeichnen und ihn dann auch entschlossen einschlagen, dann werden Sie in Ihrer Nussschale schaukeln, bis

Strömungen Sie erfassen, die Sie vielleicht dorthin treiben, wo Sie niemals hinwollten. Stehen Sie also fest an meiner Seite, Matrose, und ich lotse Sie sicher in Ihren persönlichen Glückshafen. Ahoi!

Ihr Kapitän Harm Harmsen

Kruzitürk… Sie wusste schon, warum sie Ratgeber hasste. Und nun sollte sie ernsthaft darüber schreiben? Nichts anderes schien Mittermann zu wollen. Diese ganze Sache würde sie nicht durch den Kakao ziehen dürfen, sie würde sie diskutieren und vielleicht sogar testen müssen.

Sie blätterte zur Autorenbiographie. Immerhin, hässlich war er nicht, dieser Harm Harmsen. Strohblonde Haare, ganz schön lang für einen Kapitän allerdings. Blaue Augen mit Lachfalten ringsherum, Dreitagebart auf dem starken Kinn. Unter dem Foto stand: *Harm Harmsen, geboren in Heringsdorf auf Usedom. Indem er zur See ging, folgte er einer alten Familientradition, nach der seit Zeiten seines Ururgroßvaters immer ein Sohn der Familie Harmsen Kapitän wurde. Harm Harmsen studierte Nautik an der Universität in Rostock-Warnemünde. Als Kapitän zur See befuhr er alle Weltmeere für verschiedene Reedereien.*

Josefine klappte das Buch zu. Das konnte ja heiter werden. Glück. Was war denn schon Glück? Die Leute sollten einfach mal nicht so viel grübeln. Sie sollten die Aufgaben erledigen, die sie zu erfüllen hatten im Leben, und nicht ständig herumjammern. Kein Wunder, dass Hunderttausende Psychotherapeuten in Deutschland sich dumm und dusselig verdienten. So wie ihre Schwester. Josefine klatschte zweimal, um die Bogenlampe auszumachen, und stand auf. Immerhin kam sie durch diese Geschichte endlich mal wieder ans Meer. Die Ostsee kannte sie noch gar nicht, nur das Mittelmeer, den Indischen Ozean und Sylt natürlich, dachte sie, als sie ins Bad ging – Zeit fürs Bett. Morgen musste sie früh raus. Gut acht Stunden würde sie für die Fahrt an die Küste brauchen, hatte das Navi ihr verraten. Acht Stunden bis zum ach so glücklichen Kapitän. Na, dann man tau!

6
Markus

Konnte das gutgehen?

Am nächsten Morgen in aller Frühe, die Sonne war gerade orangerot aufgegangen und ließ den Himmel rosa erstrahlen, saß Markus an seinem hölzernen Schreibtisch im Arbeitszimmer unter dem Giebel des Kapitänshauses und blickte durch das ovale Fenster auf das Meer. Die Wellenkämme tanzten weißlich orange heran, die Lichter der Kräne im Hafen von Swinemünde erloschen langsam. Erste Jogger liefen über die Planken der Seebrücke. Möwen erhoben sich in die Lüfte über den weißen Seebrückenhäuschen auf der Suche nach einem Frühstücksfisch, bevor sie sich auf einem Bein auf das Geländer stellen und den Kopf unter das Gefieder stecken würden, um ein Vormittagsschläfchen zu halten.

Markus wandte sich ab und blickte auf den Bildschirm. Schwarze Buchstaben auf weißem Grund sah er, einen Satz, der noch keinen Punkt hatte – aber er konnte sich jetzt nicht auf die Arbeit an seinem neuen Roman konzentrieren. Er nahm einen großen Schluck Kaffee.

Sie mussten es schaffen. Er nickte zu sich selbst. Ja, sie mussten und sie würden diese Reporterin überzeugen. Sie durfte gar nicht zum Nachdenken kommen. Das war das Beste.

Es klopfte, Ben trat ein. »Moin!« Auch er hatte einen Pott

Kaffee in der Hand, sein Schlaf-T-Shirt und Boxershorts an und sah alles andere als wach aus. Er setzte sich auf den indianischen Teppich, der fast den gesamten kleinen Raum ausfüllte.

»Und? Hast du das Buch gelesen?« Markus schaute Ben forschend an. Hoffentlich nahm er das alles auch ernst. Das konnte man nie wissen bei seinem kleinen Bruder, der, obwohl auch fast vierzig, immer noch so tat, als wäre er fünfundzwanzig.

Ben nickte. »Hab fast die ganze Nacht gelesen.«

»Tatsächlich?« Markus war erstaunt.

Ben lächelte. »Nee. Aber ich hab reingeguckt und weiß Bescheid. Aber, sag mal, Markus: ›acht Kapitel, acht Bojen, acht Schritte zum Glück‹?« Er blickte spöttisch zu seinem Bruder auf. »Das geht aber flott.«

Markus stellte seine Kaffeetasse auf den Schreibtisch und verschränkte die Arme. »Kapitän Harm Harmsen hat eben einen präzisen Plan, wenn's recht ist. Lies es richtig. Sorgfältig. Du musst wirklich wissen, was drinsteht. Wenn du Fragen hast, helfe ich dir weiter. Aber beeil dich. Die Reporterin will schon heute Nachmittag hier sein. Und wir haben bis dahin noch viel vor.«

»Was denn?« Ben nahm noch einen Schluck Kaffee.

Markus zeigte auf Bens Haare. »Erstens.« Dann auf das T-Shirt und die Boxershorts. »Zweitens.«

Ben stand auf und ging zur Tür. »Zu erstens: nein. Zu zweitens: Was meinst du?«

»Du brauchst eine Uniform.«

Ben lachte, die Türklinke bereits in der Hand. »Das ist doch albern.«

Markus schüttelte den Kopf. »Uniformen ziehen bei Frauen immer. Und der Friseurtermin ist ein Muss. Du siehst aus wie Reinhold Messner in Blond.«

»Pfff«, machte Ben, aber Markus griff schon nach dem Telefon, um Termine zu vereinbaren, während draußen an der Seebrücke der erste Bäderdampfer des Tages tutete und ablegte.

Einige Stunden später schob Ben den Vorhang zurück und trat aus der Umkleidekabine des kleinen Kostümverleihs. Er drehte sich vorm Spiegel. »Wie sehe ich aus?« Er zupfte an dem weißen Sakko.

»Mein Gott.« Markus kratzte sich am Kopf. »Du siehst aus wie vom Traumschiff.«

»Und die Mütze?« Ben fasste den kurzen dunkelblauen Schirm und schob sie in den Nacken.

Markus wandte sich an den Verkäufer am Tresen. »Haben Sie noch andere Kapitänskostüme?«

Der Verkäufer blickte nur müde von seiner Zeitung auf und schüttelte stumm den Kopf.

»Dann wird es wohl dieses werden.« Ben schob die Ärmel des Sakkos hoch. Die Knöpfe blitzten, die blauen Offiziersgrade mit den vier goldenen Streifen auf den Schultern standen ziemlich ab. »Sehen die nicht aus wie aufgeklebt?« Er zupfte daran.

Markus ließ sich in den abgeschabten Sessel vor der Kabine plumpsen. »Es sind nicht die Details. Wenn die ganze Uniform sie nicht schon stutzig macht, dann will ich Sascha Hehn heißen.«

»Sei doch nicht so pessimistisch, Bruderherz.« Ben lächelte seinem Spiegelbild zu. Er schien Gefallen an der Sache zu finden, tippte sich an die Mütze und steckte die Hand in die Tasche der blauen Hose. »Traumschiff also. Das wird die Rolle meines Lebens.«

»Wenn du sie versaust, gehen wir beide baden.«

»Aber so was von.« Ben tippte sich an den Mützenschirm und verließ den Laden als Kapitän.

»Und? Hat sie schon gesimst, wann sie da ist, deine Reporterin?«, fragte er, als sie draußen an den Geschäften und Eiscafés vorbeiliefen, begleitet von den Blicken der Urlauberinnen.

Markus schaute auf seine Uhr. »Müsste bald eintreffen. Komm, wir wollen noch zum Blumenladen. Du schenkst ihr einen riesigen Sommerstrauß als Willkommensgruß.«

»Ich?«

»Na ja, Harm Harmsen macht das.«

7
Josefine

Den Schriftzug *Leipzig* in Weiß auf blauem Grund hatte sie gerade hinter sich gelassen, als die Sonne hinter den Wolken hervorkam. Josefine ließ das Verdeck des Cabrios herunterfahren und schnürte das Seidentuch fester um die Haare. Fast vier Stunden war sie bereits unterwegs, zum Glück herrschte wenig Verkehr. Langsam bekam sie Hunger.

Schkeuditzer Kreuz las sie und überholte zwei Lastwagen. Fünf Kilometer bis zur nächsten Raststätte. Ob es da eine Cola light und einen Salat ohne Pampendressing und traurigen Rucola gab?

Das Handy klingelte. Josefine schaltete auf Freisprecher.

»Josie, du sollst dich nicht umbringen mit dieser Raserei, das hört sich ja an wie zweihundertvierzig Sachen.« Ihr Chef klang regelrecht besorgt. »Fahr langsamer, du sollst mir die Geschichte liefern und nicht im Küstennebel begraben werden.«

Josefine rüttelte am Lenkrad vor Wut und trat noch fester aufs Gaspedal. »Herbert, was gibt's?«

»Meine Frau sagt, all ihre Freundinnen haben sich das *Kapitänsprinzip* schon gekauft. Bald wird jeder darüber reden. Und erst mit deinem Artikel ...«

Noch tausend Meter bis zur Raststätte. Tanksäule, Bett, Messer und Gabel. »Schön, Herbert. Aber was ...«

»Mach das gut, Josie, hörst du? Nimm die Story ernst. Sonst kannst du Washington knicken, gell? Also rock it, Baby! Ciao, ciao.«

Schon hatte er wieder aufgelegt. Washington? Hatte er Washington gesagt? Hieß das, sie durfte mit der Kanzlerin auf Reisen gehen? Wenn – ja, wenn sie mit diesem Leichtmatrosen Harm Harmsen fertig wurde. Mit diesem segelnden Glücksspezi. Das dürfte doch ein Kinderspiel werden, dachte sie, verlangsamte und fuhr auf die Raststätte.

Ein paar Stunden später fuhr sie endlich von der Autobahn ab und bog auf die Landstraße. Windschiefe Eichen säumten die Allee, auf der früher die Pferdefuhrwerke in Richtung Küste gerollt waren und heute Auto an Auto brauste. Nix los war hier nicht, dachte Josefine und trommelte die Melodie des Mando-Diao-Hits mit, der gerade im Radio lief. Herrje, wie trist diese grüne Leere jenseits der Alleebäume war. Ab und an schlängelte sich die Straße durch ein Dorf, dessen einzig sichtbarer Bewohner ein im Staub einer Hofauffahrt schlafender Hund war. Und dann wieder endlose Alleen, grüne Leere, unterbrochen höchstens von Schilf und Moor. Mann, dachte Josefine, als sie die Hafenstadt Anklam durchfuhr. Wo war nur ihr Solidaritätsbeitrag geblieben? Hier jedenfalls nicht. Entsetzt sah sie die bröckelnden grauen Häuser vorbeiziehen. So würde doch wohl nicht auch Heringsdorf aussehen? Bitte nicht! Endlich erkannte sie die blaue Brücke, die das Festland mit der Insel Usedom verband, die hatte sie schon im Internet gesehen. Jetzt wurde es ein bisschen freundlicher. Hier und da ein Hofladen mit Biokäse und Biobrot. Ein knallig gestrichener Gutshof, dem man ansah, dass enthusiastische Städter sich seiner angenommen hatten. Ein Schild zum Flugplatz – so etwas gab es hier auch? Und dann endlich der Abzweig nach Ahlbeck und – Heringsdorf.

Halleluja, dachte Josefine, als sie schließlich von der Bundesstraße in den Ort einbog.

Weiße Villen mit Holzintarsien an Veranden säumten die schmale Straße. Seebäderarchitektur, Anfang letztes Jahrhundert, schätzte Josefine und blickte sich erfreut um. Pärchen schlenderten über rote Gehwege, vor den Schaufenstern links und rechts betrachteten Leute Teepötte, Keramikmöwen, neongrüne Bikinis und italienische Schuhe. Josefine musste bremsen, weil ein Junge auf einem Leihfahrrad mit einem Eis in seiner Hand die Spur nicht halten konnte. Sie hupte. Die Eltern schauten ihr bitterböse hinterher, als ob die Straße nicht zum Fahren da wäre.

»In zweihundert Metern haben Sie das Ziel erreicht.«

Josefine verdrehte sich den Hals nach dem Portal eines riesigen weißen Hotels im Gründerzeitstil, das sie soeben links hinter sich ließ. Leute mit Sonnenbrille im Haar und um die Schulter gelegtem Pulli saßen in den gelb-weiß gestreiften Polsterstühlen und tranken aus Champagnergläsern. *Seepalais* las sie im Augenwinkel. War das denn nicht ihr Hotel? Wo hatte sie der Kapitän denn untergebrach…?

»Sie haben Ihr Ziel erreicht.«

Josefine brachte den Wagen neben Stiefmütterchenrabatten zum Stehen. Über dem Eingang des Hotels *Zum goldenen Anker* hing ein goldener Anker. Eine junge Frau mit einer bunten Strähnchenfrisur, wie sie Josefine seit Jahren nicht mehr gesehen hatte, begrüßte sie und schob ihr die Schlüsselkarte über den Rezeptionstresen. »Herzlich willkommen im Goldenen ...«

»Danke!« Josefine nahm die Karte. »Gibt es WLAN auf dem Zimmer?«

»Selbstverständlich. High Speed, Frau Johnfeld.« Die Frau nickte freundlich. Wenigstens das, dachte Josefine, als sie ihre Zimmertür öffnete und die Reisetasche auf die Gepäckablage neben dem winzigen Schrank hievte. Ihre Füße versanken in Altrosa, als sie über den Teppich zum Fenster lief. Direkter Meeresblick, erste Reihe. Na bitte, hatte der Kapitän doch was Schönes ausgesucht, dachte sie und stieß das Fenster auf. Salzige Luft strömte in den Raum, sie atmete tief durch. Die Ostsee glitzerte golden im Sonnenlicht. Möwen flogen dicht über das Wasser. Strandkörbe mit blauweiß gestreiften Bezügen waren über den weißen breiten Strand verstreut wie vergessene Sandförmchen. Einige hundert Meter reichte die Seebrücke ins Wasser, an deren Ende eine Pyramide aus blauem Glas prangte.

Vielleicht sollte sie gleich einen Spaziergang ans Wasser machen? Und auf dem Rückweg konnte sie schon mal schauen, wo der Kapitän wohnte. Sie zog die Turnschuhe an und stand wenige Minuten später wieder an der Rezeption. »Können Sie mir beschreiben, wie ich zu Kapitän Harm Harmsen komme?«

»Zu wem?«

»Käpt'n Harm Harmsen.«

»Tut mir leid. Ist mir nicht bekannt.«

Seltsam. So groß war Heringsdorf doch nun wirklich nicht.

»Möchten Sie im Restaurant zu Abend essen? Wir haben fangfrische Ostseescholle auf der Karte. Mit Bratkartoffeln.«

Josefine merkte, wie ihr das Wasser im Mund zusammenlief. »Reservieren Sie mir gern einen Tisch.« Sie musste ja die fettigen Bratkartoffeln nicht essen. Oder vielleicht nur ein oder zwei. Bestimmt gab es auch einen von diesen Beilagensalaten mit Karottenschnitzen und Radieschen. »Vielen Dank. Ich mache einen kurzen Spaziergang zum Strand.«

»Viel Spaß.« Die Rezeptionistin wandte sich wieder dem Computer zu.

Josefine lief schnurstracks auf das Meer zu, das sie magisch anzog. Sie stapfte über die Düne – und da erstreckte es sich vor ihr bis zum Horizont, wo kleine Schäfchenwolken in das Wasser einzutauchen schienen. Sie atmete tief durch. Gleichmäßig rauschten die Wellen heran, die Schaumkämme rollten und trudelten auf den nassen Sand, und die Abendsonne färbte die nassen Stellen orange. Der Wind fuhr ihr in die Haare, so dass sie einen Haargummi aus ihrer Hosentasche zog und sich einen Pferdeschwanz band. Dann wandte sie sich nach links und lief der Abendsonne entgegen durch den tiefen Sand. Er kribbelte in ihren Schuhen, aber das machte ihr nichts aus. Zum ersten Mal seit langer Zeit verschwanden alle Gedanken an ihren Job aus ihrem Kopf. Sie sah nur das Meer, hörte das Rauschen, spürte den Wind auf dem Gesicht und die Sonnenstrahlen – und lief.

Als sie nach gut einer Stunde durchgepustet und vor sich hin summend wieder ins Hotel kam, sprach die Rezeptionistin sie an: »Es sind Blumen für Sie eingetroffen.« Sie bückte sich hinter den Tresen und kam mit einem riesigen eingepackten Strauß wieder hoch.

Josefine nahm ihn entgegen. Auf dem Zimmer zog sie als Erstes die Grußkarte heraus.

Herzlich willkommen in Heringsdorf, Frau Johnfeld.

Ich hoffe, Sie hatten eine angenehme Anreise. Morgen früh um zehn Uhr hole ich Sie in der Lobby ab.

Herzlich,

Ihr Kapitän Harm Harmsen

Um zehn? Da war ja der halbe Tag vorbei. Wohl ein Langschläfer, dieser Kapitän, dachte Josefine und wickelte den Strauß aus: wunderschöne Pfingstrosen, wie sie zugeben musste. Sie drapierte sie in der Vase, die die Rezeptionistin ihr gleich mitgegeben hatte, und stellte sie auf das Häkeldeckchen auf dem Nachttisch, als ihr iPhone den Eingang einer SMS ankündigte.

Von Leopoldine.

Gut angekommen bei den Fischköppen, Schwesterchen? Wie ist das Wetter?

Nanu? Seit wann interessierte sich Leo dafür, ob sie auf einer Dienstreise gut angekommen sei? *Windig.*

Sonst nichts?

Was willst du, Leo?

Dir viel Spaß wünschen. Bin nämlich etwas neidisch.

Wie bitte? *Verarschen kann ich mich alleine.*

Nein, ernsthaft. Löwes waren letztes Jahr im Sommer in Ahlbeck. Schwärmen heute noch. Soll sehr mondän sein.

In Ahlbeck vielleicht. Oder im *Seepalais.* Im *Goldenen Anker* wohl kaum. *Stimmt. Bin begeistert. Und verliebt in die Ostsee.* Das war immerhin wahr.

Wünsche Dir viel Erfolg mit deiner Story, Schwesterchen. Und erhol dich auch ein bisschen, du Arbeitstier!

Leo – so zahm? Das klang wirklich nicht ironisch. Was war los mit ihr? *Danke. Willst du eine Postkarte?*

Au ja. Mit Strandkorb!

Gebongt. Muss jetzt Ostseescholle essen gehen.

Schluss! Sonst heul ich. Ahoi!;)

Ciao, Leo. Und danke für die lieben Grüße.

Es geschahen doch Zeichen und Wunder. Josefine schüttelte den Kopf, verließ das Zimmer und wurde sofort eingehüllt von Bratkartoffelduft. Immer der Nase nach zum Restaurant. Und danach ins Bett fallen und schlafen, dachte sie. Morgen würde ein aufregender Tag werden.

8
Josefine

Pünktlich am nächsten Morgen um zehn Uhr zog Josefine die Zimmertür hinter sich zu und lief die Treppe hinunter Richtung Lobby. Sie hatte hervorragend geschlafen und war nach dem Aufwachen als Erstes ans Fenster getreten, um das Meer zu betrachten, das ruhig und tiefblau dalag. Sie hatte das Fenster aufgestoßen, die noch kühle, salzige Luft gespürt und den Möwen gelauscht.

Wenn man nur jeden Tag mit solch einer Aussicht, mit diesem Gefühl von Weite und Freiheit beginnen könnte, dachte sie, sprang die letzten Stufen hinunter in die Hotelhalle und sah ihn sofort: Kapitän Harm Harmsen lehnte an der Rezeption und flirtete mit der Trägerin der Strähnchenfrisur. Er hatte doch tatsächlich eine blendend weiße Uniform an und eine Kapitänsmütze auf dem Kopf. Groß war er, und wie sie schon auf dem Foto bemerkt hatte, ziemlich gut geraten. Seine Augen waren gletscherblau, stellte sie fest, jetzt wo er vor ihr stand, die blonden Haare ordentlich gestriegelt und kürzer als auf dem Foto, der Dreitagebart leider abrasiert. Und so einer schrieb Glücksratgeber?

Harmsen lachte sie mit strahlend weißen Zähnen an. »Herzlich willkommen im hohen Norden, Frau Johnfeld! Hatten Sie eine gute Anreise?« Er sprach mit einem entzückenden nordischen Dialekt und drückte fest zu, als er ihr die Hand gab.

Saßen ihre Haare noch richtig? Sie versuchte, es im Spiegel hinter der Rezeption zu überprüfen, und setzte ihr schönstes Lächeln auf. »Gerade von der Brücke gestiegen, Kapitän Harmsen?« Sie blickte an der Uniform hoch und runter. Wirklich hübsch.

»Immer im Dienst.« Er zwinkerte der Rezeptionistin zum Abschied zu und stieß sich lässig vom Tresen ab. »Bitte nach Ihnen, Frau Johnfeld.« Er deutete auf die Drehtür nach draußen.

»Wo schippern wir denn hin?« Sie konnte den Blick nicht von seiner Uniform abwenden. Diese goldenen Knöpfe blendeten fast, so sehr waren sie poliert.

»Das überlassen Sie mal mir. Ich übernehme das Ruder.« Er bot ihr den Arm, aber sie ignorierte ihn, ging voran und straffte sich, als sie spürte, wie er sie von oben bis unten abscannte. Sehr kritisch konnte sein Urteil nicht ausfallen bei ihrer erstklassigen No-Carb-Figur (die drei Bratkartoffeln, na gut, fünf von gestern Abend fielen nicht ins Gewicht) und der glänzenden Blondmähne mit Sonnenbrille darin, dachte sie. Zudem täuschten die Turnschuhe und die Jeans Bodenständigkeit vor. Das kam bestimmt gut an bei diesem Seebären. Bei diesem erfreulich gutaussehenden Seebären. Vielleicht würde das doch noch eine ganz interessante Reportage werden. Mit diesem Kerl auf dem Titel müsste sich doch eine gute Auflage verkaufen lassen. Aber – mahnte sie sich sofort – einlullen lassen würde sie sich nicht von seiner Schönheit. Sie straffte sich. Sie würde knallhart recherchieren und berichten, wie immer.

Die Drehtür spuckte erst Josefine, dann den Kapitän auf den Hotelvorplatz zu den Stiefmütterchen. Josefine ließ ihre Sonnenbrille auf die Nase herab.

»Volle Kraft voraus!« Der Kapitän lief in schnellem Tempo los in Richtung Promenade.

Josefine hatte Mühe, Schritt zu halten. Sie überquerten die Straße und ließen die Bimmelbahn vorbei, aus der fröhliche Touristen Handys in die Luft hielten und die Landschaft verpassten. »Achtung, Verkehr von backbord!«, rief sie, als eine weiß gelockte Dame mit drei Rauhaardackeln an drei Leinen plötzlich hinter einer Blumenrabatte hervortrat und der Kapitän beinahe über die Hunde gestürzt wäre.

Er streichelte einen der drei, wünschte der Dame einen schönen Tag und drehte sich zu Josefine um. »Ich hätte schon keinen Zusammenstoß riskiert.«

»Stets wachsam auf der Brücke?«

»Tag und Nacht. Bei Wind und Wetter, wat mutt, dat mutt.« Er schmunzelte.

»Kollision und Sinken sind demnach völlig ausgeschlossen bei Ihnen?« Sie überholte ihn, er blieb dran.

»Absolut.« Seine Nase kräuselte sich, als er sie anlächelte. »Selbst mit Eisbergen kenne ich mich aus.«

Verglich er sie etwa gerade mit einem Eisberg? Ganz schön forsch. »Im Zuge der Klimaerwärmung gibt es ja zum Glück immer weniger Eisberge, nicht wahr?«, sagte sie, als sie zwischen dem *Maritim*-Hotel und einem grauen DDR-Bau auf die Strandpromenade traten. Den Rücken zum Meer wölbte sich eine Konzertmuschel in ihre Richtung. Dreißig Männer mit Prinz-Heinrich-Mützen und Matrosenhemden nahmen auf der Bühne Aufstellung und sortierten Notenblätter. Bitte nicht, dachte Josefine.

»Falls ich doch mal einem hübschen Eisberg begegne, neige ich dazu, das Eis an Bord zu holen, es anzuschmelzen und als Grundlage für meinen Whiskey zu nehmen. Moin!« Der Kapitän grüßte eine mittelalte Frau, die bei seinem Anblick in der Uniform stehen geblieben war und ihn anstarrte.

Was waren das eigentlich für Chauvi-Sprüche? »Halten Sie das für gesund? Immerhin gibt es gelegentlich ungenießbare Rückstände im Eis.«

»Ich bin ein Genießer durch und durch. Für mich gibt es keine ungenießbaren – Eisberge.« Der Kapitän strahlte sie an und kickte einen Fußball zurück, der einem Jungen mit einer Luftmatratze unter der Achsel aus dem Arm gefallen war. Was für ein Macho, dachte Josefine und betrachtete die Urlauber, die in Shorts-Socken-Sandalen-Kombi auf den weißen Bänken an der Promenade saßen. Aber was für ein verdammt ansehnlicher Macho.

Ein paar Radler zogen vorbei, und Josefine wandte ihren Blick von den zwei hässlichen Plattentürmen der Kurklinik ab. Dafür gefiel ihr die Seebrücke umso besser: Weiße Häuschen mit Spitzdächern, wie übereinandergestapelt, bildeten die Landstation. Von dort führte die Brücke weit in die Ostsee hinein, ein weißer Pavillon bildete den Mittelteil, und am Ende prangte die blaue Pyramide.

Der Kapitän machte eine ausholende Geste. »Die längste Seebrücke Deutschlands. Fünfhundertacht Meter. Sie ist das Wahrzeichen unseres schönen Heringsdorfs. 1817 hat Oberforstmeister Georg von Bülow den Ort als Refugium auserwählt und zur Fischersiedlung gemacht. Später wurde er

Kaiserbad genannt, weil die kaiserliche Familie hier ihren Urlaub verbracht hat. Genau wie Lyonel Feininger, Maxim Gorki, Heinrich Mann, Alexej ...«

»Guaden Tach!« Ein weißhaariger Mann mit Hornbrille in einem leicht abgeschabten Tweed-Dreiteiler, den Josefine eher bei einem Lord in Cornwall vermutet hätte als hier an der Ostsee, winkte dem Kapitän von einer Bank aus zu. »Schicke Uniform, mien Jung. Ist denn schon Fasch...«

»Kurt!« Der Kapitän lächelte gequält und lief zu der Bank. »Das hätte ich mir denken können, dass wir dich hier treffen. Kein Roulette heute?« Er gab ihm die Hand.

Der Alte winkte ab. »Die zocken mich doch nur ab, da drinnen.« Er warf einen verächtlichen Blick Richtung Spielbank, die am Anfang der Promenade mit weißen Säulen wie eine römische Feldhalle thronte. Dann blickte er an der Uniform des Kapitäns hoch und runter. »Nun sag doch aber mal: Wie hast du di upputzt? Ist ein besonderer Tag heute?«

»Wir müssen weiter, Kurt.« Der Kapitän nahm Josefine am Arm und versuchte, sie an der Bank vorbeizuziehen. Sie machte sich los.

»Und wer ist deine charmante Begleiterin?«

Dem Kapitän blieb nichts anderes übrig, als Josefine vorzustellen, und er fügte hinzu: »Sie ist Reporterin beim *Komet* und macht eine Geschichte über mich.«

Der Alte gab ihr die faltige Hand, an der sie einen großen alten Familiensiegelring erkannte. »Sie schreiben einen Artikel über den Jung? Wat hat er onstellt?«

Bevor sie antworten konnte, lachte Harmsen laut auf. »Unser Kurt! Immer einen Witz parat.«

In diesem Moment dröhnte der Shanty-Chor los, dreißig Bassstimmen gaben »La Paloma« zum Besten. Harmsen zog Josefine mit sich fort Richtung Strand.

»Tschüs, Kurt. Bis die Tage«, rief er über die Schulter zurück. »Schnell weg. Shanty-Hits haben die Eigenschaft, einen mindestens bis zum nächsten Morgen unter der Dusche zu verfolgen.«

»Netter alter Herr«, sagte Josefine, als sie über den hölzernen Dünenweg zum Strand liefen. »Ein Nachbar?« Sie bückte sich, als sie den Sand erreichten, schlüpfte aus den Turnschuhen und krempelte die Hosenbeine hoch.

Ben schüttelte den Kopf. »Ein Jugendfreund von unserer Großmutter Charlotte.« Er behielt die Schuhe an. Es war wohl unter seiner Kapitänswürde, mit den Füßen ins Wasser zu gehen wie ein dahergelaufener Tourist, dachte Josefine und stellte sich in die langsam heranrollende Gischt.

Das kalte Wasser umspülte ihre Knöchel, der Sand rann unter den Fußsohlen fort, als das Wasser sich wieder zurückzog. Der weiße Schaum kitzelte und knisterte leise. »Wenn man hier oben geboren wird, muss man wohl Seemann werden, was?« Sie blickte über das Meer. Am Horizont zog ein Containerschiff vorbei. Eine Welle erfasste ihr Hosenbein. »Ah!« Sie schnellte vor und griff etwas aus dem Wasser, das die Welle angeschwemmt hatte. »Bernstein! Sehen Sie nur!« Sie hielt ihm den braun glänzenden flachen Stein entgegen, so groß wie ihre halbe Handfläche. »Was für ein Glück. Gleich an meinem ersten Tag mit Ihnen.«

»Bin halt ein Glücksbringer.« Er nahm ihr den Stein ab. »Aber zeigen Sie mal.« Er biss drauf. »Phosphor.« Er warf ihn zurück ins Wasser.

Fassungslos schaute Josefine hinterher. »Sie haben meinen Bernstein weggeworfen.« Welle um Welle rollte über die Stelle, an der er versunken war.

»Ich sage doch: Das ist Phosphor.«

»Sie beißen auf Phosphor?« Sie lief weiter, den Blick auf die Wellen gerichtet. »Sind Sie verrückt?«

»Stammt aus dem Zweiten Weltkrieg. Damals haben …«

»Papperlapapp.« Sie sprang über eine Feuerqualle. Die gab es hier also auch? »Da habe ich einmal Glück und finde Bernstein, und Sie werfen ihn weg. Glauben Sie nicht, dass man das Glück festhalten sollte, wenn man es einmal in den Händen hält?« Innerlich zückte sie Kugelschreiber und Notizheft. Sollte der Glücksguru mal seine Weisheiten kundtun.

Er schaute sie erstaunt an und lief einen Moment lang schweigend durch den tiefen Sand neben ihr her. »Natürlich soll man sein Glück festhalten. Nur sollte man sein Herz nicht an Dinge hängen, die mehr versprechen, als sie halten.« Er faltete die Hände auf dem Rücken, während er weiterspazierte.

»Was ist denn Glück für Sie, Käpt'n?« Die Gischt schwemmte eine Muschel an. Trudelnd rollte sie ein Stück zurück ins Meer. Josefine bückte sich nach ihr und fischte sie aus dem Wasser. »Was ist Ihr persönlicher Glückshafen? Was steuern Sie an?« Die Muschel hatte ein kleines Loch in der Mitte. Vielleicht konnte sie sie zu Hause an eine Kette hängen und als Erinnerung an die Ostsee im Büro tragen?

»Mein persönlicher Glückshafen ist hier«, sagte er so schnell, dass es Josefine auffiel. »Hier an diesem Strand bei Wind und Wetter laufen zu können, die Wellen zu hören und das Salz zu riechen, das ist Glück für mich.«

Sie steckte die Muschel in die hintere Jeanstasche. »Das klingt sehr bescheiden. Sie wollen sagen, dass Sie wunschlos glücklich sind? Bereits angekommen in Ihrem Glückshafen?« Sie sprang zur Seite, als die nächste Welle drohte, ihre Jeans nass zu machen. »Familie? Kinder? Alles kein Thema für Sie?«

Er blieb stehen, die Hände immer noch hinterm Rücken verschränkt und so breitbeinig, als bräuchte er für diese Aussage einen festen Stand. »Selbstverständlich bin ich angekommen. Sonst hätte ich ja wohl kaum dieses Buch schreiben können.« Dann ging er weiter.

Schauspieler? Oder Spinner?, dachte Josefine. Sie würde es herausfinden. Denn dass er log, lag für sie auf der Hand: Wer war schließlich mit Ende dreißig bereits angekommen und wunschlos glücklich? Wie traurig, wenn es so wäre, dachte sie und hob einen besonders schönen Stein auf. Er war grünlich und hatte die Form einer Schnecke.

»Und Sie?«, fragte er über die Schulter zurück. »Ist Ihr Glückshafen schon in Sicht?« Er wartete keine Antwort ab, sondern begann plötzlich »La Paloma« zu pfeifen.

Sie blickte ihn irritiert an. »Mein Glückshafen hat zwei Flügel, Lederausstattung und die Kanzlerin an Bord.« Sie steckte den grünen Stein zu der Muschel.

Er zog die Augenbrauen fragend hoch und hörte auf zu pfeifen.

Josefine ließ ihn einen Moment überlegen, während eine Möwe kreischend über ihre Köpfe hinwegflog. »Wenn ich mit Ihnen hier fertig bin, fliege ich mit unserer Regierungschefin nach Washington«, sagte sie dann. »Und später lande ich auf dem Sessel meines Chefs.«

Er grinste. »Sitzt der Chef dann noch drauf?«

»Sehr witzig.« Sie stellte sich ein letztes Mal in die Gischt, dann trat sie auf den trockenen, sonnenwarmen Zuckersand und rollte die Hosenbeine wieder hinunter. »Sie werden sehen: Ich schreibe eine Bombenstory über Ihr Glückszeugs, werde endlich Chefreporterin, und in ein paar Jahren löse ich Chefchen ab.« Sie streifte den Sand von den Füßen, so gut es ging. »Sie machen also mit?«

»Wo mache ich mit?« Der Kapitän schaute übers Wasser, als stünde er auf der Brücke eines Schiffs.

»Bei meiner Reise in den Glückshafen.«

Sein Kopf fuhr herum, er blickte sie entgeistert an. »Bei Ihrer Reise in den …«

»Ganz genau. Ich werde Ihren Ratgeber durchexerzieren. Schritt für Schritt oder Boje für Boje, wenn Ihnen das lieber ist. Mit Ihnen gemeinsam.«

Er riss die Augen auf. »Von vorn bis hinten? Alle acht Bojen? Wie lange soll denn das gehen?«

»Fünf Tage.« Sie streifte die Socken über und schlüpfte in die Turnschuhe. »Ich habe ganze fünf Tage für die Recherche. Ist das nicht phantastisch?« Sie sprang auf und strahlte ihn an. »Und als Erstes nehmen wir uns gleich heute Nachmittag Boje Nummer eins vor: *Machen Sie klar Schiff.*« Sie nickte eifrig. »Ich hab schon einen Plan. Wird Ihnen gefallen.«

9
Markus

Markus stand in der Tür des Kapitänshauses und schaute Ben gespannt entgegen, als der am Kirschbaum vorbei den Gartenweg heraufkam. »Und? Wie ist sie?« Im Internet hatte Markus die Reporterin bereits gefunden. Schöne Frau, keine Frage. Und sogar Journalistin des Jahres war sie geworden für ihre Recherchen in der Korruptionsaffäre bei Siemens. Wenn sie nur eine gute Story über das *Kapitänsprinzip* schriebe. War das überhaupt möglich? War es denkbar, dass sie den Schmu nicht herausfand? Er musste sich eingestehen, dass er Angst hatte. Immerhin stand sein Ruf als Autor auf dem Spiel. Wenn sie aufflogen, würde niemand mehr seine Romane ernst nehmen. *Abendmitte. Seitenrot* gegen *Das Kapitänsprinzip*, das waren die Duellanten. Die *Abendmitte*, das war sein Herzblut. Das *Kapitänsprinzip* – was war das für ihn? Ein Gag? Zufall? Wenn alles aufflog, dann war es auf jeden Fall sein literarischer Tod.

Ben drängte an ihm vorbei in die Diele und hinterließ Sand auf dem alten Kachelboden mit den grau-gelb-schwarzen Ornamenten. »Wie sie ist? Blond. Aus München eben.« Er warf die Kapitänsmütze auf die alte Seemannskommode an der Treppe.

Markus nahm sie auf und hängte sie an einen Garderobenhaken. »Ist sie nett?«

Ben lachte. »So nett wie ein Skorpion. Und es wird noch schlimmer.« Er warf die Kapitänsjacke in Richtung Garderobe und verfehlte den Haken. »Wir dachten doch, dass sie eine Nacht bleibt, ein Interview mit mir macht, bei dem ich meinen Charme versprühe und ihr ein bisschen den Ort und den Strand und die Seebrücke zeige, und dann fährt sie wieder ab.«

»Nicht?« Markus ließ die Jacke, wo sie war.

»Sie bleibt fünf Tage – uno, dos, tres, cuatro, cinco.« Ben hielt fünf Finger hoch. »Und sie will das ganze *Kapitänsprinzip* von vorn bis hinten durchexerzieren, Boje eins bis acht.« Er ging durch die Schiebetür voran ins Wohnzimmer, Markus hinterher. »Fünf ganze Tage. Wie soll ich das bloß durchstehen?« Ben ließ sich auf das braune Ledersofa vor dem Kamin fallen und streckte sich lang aus. »Und wer übernimmt solange die Surfschule? Da geht doch alles drunter und drüber, wenn ich nicht da bin.« Vom Kaminsims schaute in einem goldenen Rahmen Opa Gustav, ebenfalls in Kapitänskluft, auf ihn herab.

Markus setzte sich auf die Armlehne der Couch. »Jetzt mal langsam. Läuft denn gerade ein Kurs?«

»Fängt nächste Woche an.«

»Na bitte. Das Café und die paar Anrufe, das schafft Sonja auch allein. Da bin ich sicher.« Markus sah Ben in die Augen. »Was viel wichtiger ist: Hast du das Buch inzwischen gründlich gelesen? Weißt du wirklich ganz genau, was drinsteht?«

Ben vergrub die Augen unter seiner Armbeuge. »Hab's durchgeblättert.«

Markus sprang auf. »Du hast es nur durchgeblättert? Es ist das Buch, das uns vielleicht retten kann, dein Foto ist drin, und du hast es noch nicht einmal richtig gelesen?« Er lief zur deckenhohen Bücherwand hinüber, zog das *Kapitänsprinzip* heraus, kam zu Ben zurück und riss an seinem Arm, um ihn zum Sitzen zu bewegen. »Komm hoch. Zuhören. Keine Ausreden mehr.«

Ben fläzte sich in die Ecke der Couch und ließ ein Bein über die Lehne baumeln.

Markus stellte sich vor ihn hin mit dem Rücken zum Kamin und blätterte eine Seite am Anfang auf. »Das Vorwort kennst du hoffentlich.« Markus schob Bens Bein von der Lehne. »Setz dich gerade hin und konzentrier dich, Herr Gott noch mal, hör zu: *Sie haben also den Entschluss gefasst, nicht länger in der Nussschale zu treiben.*«

Ben legte seinen Knöchel auf sein Knie und zog an der Socke. »Es nicht länger in der Nussschale zu treiben?« Er grinste.

Markus schlug ihm die Hand von der Socke. »Lass den Blödsinn: ... *nicht länger in der Nussschale zu treiben. Sie haben Ihre Wünsche erforscht und ein Ziel ins Auge gefasst.* Dafür gibt es einen Fragebogen auf Seite neun, ist dir bestimmt auch entgangen, wie?« Er seufzte, als er sah, dass Ben sich am Fuß kratzte, und fuhr fort: »*Der Hafen, in den Sie einlaufen wollen, steht fest.*«

»Mann, das ist ja ganz schön versaut.« Ben grinste noch breiter und griff nach dem Besen des Kaminbestecks, das neben der Couch stand.

»Wie alt bist du? Dreizehn?« Markus funkelte ihn über den Rand des Buches an. War ihm denn nicht klar, wie ernst die Lage war? »Hör zu: *Das Erste, was Sie tun müssen, ist, Ihre Position zu bestimmen: Wo stehen Sie? Wie (see)tauglich sind*

Sie für Ihr Ziel? Machen Sie eine Bestandsaufnahme Ihres Lebens und Könnens.« Er blickte zu Ben hinüber, der mit dem Kaminbesen den abgewetzten Orientteppich fegte, auf dem das Sofa stand. »Dafür gibt es ebenfalls einen hübschen Ankreuztest im Buch, falls dir das auch entgangen ist.« Er riss seinem Bruder den Besen weg und steckte ihn wieder in die Halterung am Kaminbesteck. »Zuhören! *Mit den Ergebnissen aus dem Test können Sie nun einschätzen, wo Sie stehen. Wagen Sie sich jetzt daran, Ihr Schiff seetauglich zu machen, eben ›klar Schiff‹ zu machen. Denn nur ein Boot, an dem alles an seinem Platz und in guter Verfassung ist, wird Sie sicher über das Meer bringen.*«

»Wie tiefsinnig, Markus.« Ben blickte hinauf zu dem ausgestopften Löwenkopf mit der mottenzerfressenen Mähne am Kaminschacht, ein Mitbringsel von Ururgroßvater Hermann aus Tansania. »Wann hast du dir diesen ganzen Kram eigentlich ausgedacht? Und glaubst du das wirklich selbst? Was soll denn das überhaupt heiß…«

Jetzt war aber genug. Markus wurde laut: »Das heißt, dass man sich Ziele stecken, seinen Arsch hochkriegen und sich nicht gehenlassen soll. Und ja, das glaube ich selbst. Im Buch steht es ein bisschen netter, hör gefälligst zu: *Ihr Schiff, das sind Ihr Körper und Ihr Geist. Der Körper trägt Sie, wohin Sie wollen, solange Sie ihn in Schuss halten. Der Geist gibt Ihnen die Richtung vor, die Sie einschlagen sollen – solange das Oberstübchen aufgeräumt ist. Deshalb lautet Boje 1 des Kapitänsprinzips: Machen Sie klar Schiff! Bringen Sie Ihren Körper in Form, ordnen Sie Ihre Gedanken, und lenken Sie Ihren Geist auf Ihr Ziel!*«

Ben setzte sich gerade auf. »Jetzt verstehe ich's!«

Markus ließ das Buch sinken. »Was?«

»Warum sie mich zum Joggen treffen will.« Ben schaute auf seine Swatch. »In einer halben Stunde auf der Seebrücke.«

»Sport frei, Bruderherz!« Jetzt grinste Markus und klappte das Buch zu. »Wann warst du das letzte Mal richtig laufen? Als Jungpionier?«

Ben winkte ab. »Das ist doch kein Problem. Die Schickimicki-Tussi stecke ich doch mit links in die Tasche. Die läuft mir nicht davon.«

Markus wiegte den Kopf. Wenn er sich da mal nicht täuschte.

10
Josefine

»Guter Typ, dieser Kapitän? Bringt der was für die Geschichte?«

Die Stimme des Chefs klang abwesend am anderen Ende des Telefons. Vermutlich standen zwei Leute vor seinem Schreibtisch und wollten irgendeine Entscheidung von ihm hören, dachte Josefine, während sie im Hotelzimmer auf ihrer Yogamatte die Kobra turnte, das iPhone auf Freisprecher gestellt neben sich. »Schick ist er, aber unverschämt. Hat mich doch tatsächlich mit einem Eisblock verglichen.« Sie stemmte sich hoch in den Hund.

»Dich, Josie? Wie kann er nur.« Mittermann lachte. »Ich hab übrigens schon die Seiten geplant. Du kriegst sechs. Und denk an das Titelfoto: Der Käpt'n auf einer Brücke am Steuer oder wie das heißt. Einen Fotografen schicke ich dir. Der Fredl kommt morgen an.«

Josefine stöhnte und wechselte in den Krieger. »Nicht der Fredl, die alte Diva.«

»Schön, dann ist ja alles klar. Viel Erfolg, Josie. Wenn diese Geschichte einschlägt – vielleicht fliegst du dann nicht nur nach Washington, sondern bist bald Chefreporterin.«

Josefine hörte auf zu turnen. »Wirklich? Du machst mich zur Chefreporterin?« Endlich, endlich, endlich. Und noch vor Carolina Blöde Kuh Bechsel!

»Wenn die Geschichte ein Knaller wird, Josie, versprochen. Aber jetzt servus. Ich zähl auf dich. Hau uns eine supergeile Ostseekapitäns-Glücksstory hin. Das wird die Auflage im Osten endlich mal hochreißen.«

»Und Washington ist gebongt?«, fragte sie noch schnell.

»Washington, Washington! Das sehen wir dann. Mach jetzt erst mal in Glück, Josie.« Er legte auf.

Josefine vollführte einen Freudentanz und warf sich ausgestreckt auf das Bett. Chefreporterin – yes! Und noch vor ihrem zweiunddreißigsten Geburtstag im November. So wie sie es immer geplant hatte.

Sie klatschte sich laut Beifall, rollte vom Bett, kramte pfeifend in der Reisetasche und zerrte gerade die Joggingschuhe heraus, als das Telefon erneut klingelte

Schatz ruft an, blinkte die Anzeige. »Konstantin? Du, ich bin auf dem Sprung.«

»Du bist immer auf dem Sprung, Liebling.« Sie hörte, wie er lächelte. »Ich komme gerade von einem gewonnenen Prozess, der mir am Ende des Jahres einen hübschen Bonus einbringen wird, sitze am Schreibtisch in der Kanzlei und sehe dein unerhört schönes Foto von unserem Urlaub auf den Malediven vor mir. Toller Bikini. Immer wieder.«

»Konstantin. Ich muss los.«

»Zu diesem Kapitän?«

»Ja, zu diesem Kapitän.«

»Habe mir das *Kapitänsprinzip* mal angeguckt. Sieht ja doch ziemlich gut aus, der Kerl. Zu gut.«

Sie stieg in die Laufschuhe. »Du, ich bin gleich zu spät.«

»Soll ich nicht doch zu dir kommen und dir Gesellschaft leisten?«

Sie legte das Handy auf das Bett und knotete sich die Schnürsenkel zu. »Konstantin, ich mache hier meine Arbeit und sonst nichts. Und die mache ich am besten ohne Anhang.«

»Aber ...«

Sie nahm das Handy wieder vom Bett. »Ich begleite dich doch auch nicht in den Gerichtssaal, oder?«

Konstantin schwieg. »Okay, Liebling. Aber ich komme, sobald du auch nur Piep machst. Halt mich auf dem Laufenden.«

»Gutes Stichwort. Wir gehen nämlich jetzt laufen. Auf der Seebrücke.«

»Gleichzeitig Training für den Marathon in New York?«

Josefine lachte. »Dieses Jahr nicht. Nein, wir joggen nur ein bisschen und plaudern.«

»Dann viel Erfolg. Kuss!« Er schmatzte durch die Leitung.

Sie schmatzte nicht zurück. »Danke. Bis dann.« Sie drückte das Handy aus, verstaute es in der Trainingsjackentasche und trabte aus dem Zimmer.

11
Ben

Der Wind pfiff an den weißen Häuschen der Seebrücke entlang und riss an Bens Trainingsjacke. Schnell zog er den Reißverschluss ganz zu. Zum Glück hatte er die alten Nikes noch im Keller gefunden.

Er joggte probeweise auf der Stelle. Sein rechtes Knie knackte. Er beugte sich vor und versuchte, seine Zehen zu berühren. Fünf Zentimeter vor dem Ziel war Schluss, es zog gewaltig in den Kniekehlen. Schnell kam er wieder hoch. Mann, das konnte doch nicht sein. Gut, er wurde bald vierzig. Er schüttelte den Kopf bei dieser Zahl. Wie hatte die Zeit nur so schnell vergehen können? Gerade war er doch noch fünfundzwanzig gewesen. Immerhin surfte er. Wobei, machte er sich klar, eigentlich surfte er längst nicht mehr so viel wie früher. Stattdessen fuhr er mit dem Motorboot zwischen seinen Schülern und Schülerinnen hin und her und gab durch das Megaphon Kommandos. Er lächelte. Seine Schülerinnen. Noch hatte er Erfolg bei den Damen. Er klopfte sich gegen den Bauch, der vor drei Sommern noch ein passables Waschbrett aufgewiesen hatte. Wo war das eigentlich hin? Viele Männer in seinem Alter trugen bereits Wampe und Glatze, so weit war er zwar noch nicht, aber da wollte er auch nie hinkommen.

Markus hatte das Problem irgendwie schneller erfasst als

er, stellte Ben fest und nahm sich vor, seinen Bruder nicht mehr zu hänseln, wenn der sich jeden Morgen die Laufschuhe anzog und die Promenade hinunter bis nach Ahlbeck und zurück joggte. So spießig war das vielleicht doch nicht. Er musste das wohl mal in Erwägung ziehen. Aber jetzt galt es zunächst, den Lauf mit der Reporterin zu überstehen. Mit dieser etwas zickigen, aber äußerst attraktiven Reporterin. Dort hinten bog eine blonde Läuferin mit schwingendem Pferdeschwanz auf die Promenade. Schnell und mit großen, federnden Schritten kam sie näher. War sie das? Himmel, sie wird mich abhängen, dachte er.

»*Machen Sie klar Schiff!* Boje Nummer eins«, rief sie ihm statt einer Begrüßung zu, stoppte nicht, sondern rannte sofort an den weißen Häuschen mit den Geschäften und Cafés entlang auf die Seebrücke. Ben setzte sich in Bewegung, um hinterherzukommen. Die Holzplanken federten weich unter seinen Turnschuhen, nach wenigen Metern schimmerte die Ostsee durch die Ritzen.

»*Ihr Körper ist Ihr Schiff*«, zitierte die Reporterin frei aus dem Kopf. »*Bringen Sie ihn in Form.*« Sie wandte ihm das Gesicht zu. »Ist nie falsch, der Tipp, wie?«

Knack, knack, knack machte sein Knie. Er zwang sich zu einem Lächeln. »Was wollen Sie damit andeuten?« Kritisierte sie etwa als Erstes sein Buch? Markus' Buch natürlich.

»Kann nie schaden, meine ich nur.« Ruhig und gleichmäßig setzte sie ihre Schritte. Mühelos, wie ihm schien.

»Nein, in der Tat nicht.« Puh, war das anstrengend. Er schnaufte und vergaß das Lächeln.

»Joggen Sie demnach jeden Tag?« Sie ließ ihre Hand über das Geländer streifen.

»Jeden Morgen«, log Ben und wunderte sich, dass er überhaupt noch einen Ton herausbekam. »Die Promenade hinauf bis nach Ahlbeck und zurück.«

»Schöne Strecke.« Ihr Pferdeschwanz schwang gleichmäßig, sie kniff die Augen zusammen, weil die Sonne direkt von vorn kam. »Fast so schön wie meine in München durch den Englischen Garten.«

Ben antwortete nicht. Schon nach diesen paar Metern war er komplett außer Atem, jedes Wort war zu viel. Zum Glück redete die Reporterin umso mehr.

»Als Sie auf See waren, wie haben Sie sich da fit gehalten?« Sie zog das Tempo an, drehte sich um und lief rückwärts vor ihm, den Blick auf die Küste gerichtet. »Ist das schön! Dieser endlose Strand und diese putzigen Seebrücken. Das da ist Ahlbeck, nicht wahr?« Sie wies nach links.

Er nickte schnaufend.

»Und das dahinten?« Sie zeigte auf die andere Seite.

»Bansin«, brachte er hervor und lief schneller, so dass sie sich wieder umdrehen musste.

»Und?«

»Was, und?« Er versuchte, ruhig ein- und auszuatmen.

»Wie haben Sie sich fit gehalten?« Sie sah ihn fragend von der Seite an.

Womit hatte er sich bloß fit gehalten auf See? »Klimmzüge«, fiel ihm ein. Nicht so trampeln, Ben, dachte er. Aufrecht bleiben. Arme locker schwingen. Mann, war die schnell. Und sie atmete ganz ruhig. »An einer Eisenstange …«, er konnte sein Schnaufen nur mühsam unterdrücken, »zwischen den Türpfosten meiner …«, uff, »Kabine.«

Sie umrundeten eine Familie, und Josefine betrachtete

von der Seite interessiert seine Oberarme, wie ihm schien.

»Und wie viele schaffen Sie heute noch?«

»Was denn?« Es war, als ob ihm zwei Dolche in die Seiten stachen.

»Klimmzüge. Wie viele kriegen Sie hin? Am Stück, meine ich.« Nicht die Spur einer Rötung in ihrem Gesicht.

Sein Atem rasselte. »Vierundfünfzig?«

Sie wandte ihren Blick von ihm ab und über das Geländer auf das Meer. »Wie schön die Ostsee glitzert. Und diese Seeluft. Herrlich. Ich frage mich, warum ich hier eigentlich noch nie war.« Sie sog genussvoll die Luft ein.

»Weil Sie immer nach Sylt gefahren sind, nehme ich an?« Er wechselte kurz auf die andere Seite der gläsernen Windwand, die die Seebrücke in zwei Bahnen teilte, um einem eng umschlungenen Paar auszuweichen. Beim nächsten Durchlass kam er zurück.

»So war es wohl«, antwortete sie und sprintete auf einmal los. »Wer als Erster an der Spitze der Brücke ist!«

Ben nahm alle Kraft zusammen, und tatsächlich überholte er sie auf den letzten Metern, passierte als Erster die Pyramide und stoppte am Geländer neben der Anlegestelle des Bäderdampfers. Eine Möwe blickte ihn von der Spitze eines Holzpfeilers aus an, legte den Kopf schief und schien ihm anbieten zu wollen, den Notarzt zu alarmieren.

»Respekt!« Die Reporterin streckte das rechte Bein auf das Geländer und beugte sich mit der Stirn auf das Knie.

Ben hielt sich schwer atmend am Geländer fest und tat so, als mache er einen Ausfallschritt. Die Möwe flog davon. »Das ist die absolute Grundlage für das Glück«, brachte er hervor. »Dass man mit sich im Reinen ist und Körper und Geist auf

Trab hält. Dann kann man seine Ziele aus einer guten Position angehen.« Er zog ein Bein zum Po, was er dunkel als Dehnungsübung in Erinnerung hatte. »Klar Schiff eben.«

»Jetzt mal im Ernst, Herr Kapitän.« Sie machte eine Kniebeuge. »Jeder vernünftige erwachsene Mensch, den ich kenne, tut das doch sowieso. Auf seinen Körper achten, meine ich. Dafür braucht man doch keinen Ratgeber.« Sie dehnte ihre Seite.

»Wer das sowieso macht, der ist seinem Glück eben schon einen Schritt näher gekommen als die Masse. Schauen Sie sich doch mal im normalen Leben um. Nicht in Ihrer Münchner Schickeria. Die meisten Leute könnten ein bisschen Jogging ganz gut vertragen.« Kam das gerade aus seinem Mund?

Die Reporterin antwortete nicht, ihr Blick war offenbar auf eines der Liebesschlösser gefallen, die in letzter Zeit zuhauf am Geländer der Seebrücke festgemacht wurden. »Eine echte Plage, was?«, fragte sie. »Bei uns gibt's die auch an jeder Ecke.«

Er nahm das Schloss in die Hand. Mit Edding hatte das Pärchen seine Namen verewigt. Annika und Tobias. »Sie würden so was wohl nie anbringen? Mit Ihrem Liebsten?«

»Im Traum nicht!« Sie umfasste ihr Handgelenk, zog beide Arme weit über den Kopf gerade nach oben, drehte sich um – und joggte los. »Aber hier geht's ums klar-Schiff-Machen, nicht um diesen kitschigen, überflüssigen Kram. Sie sind demnach mit sich im Reinen?«, rief sie über die Schulter zu Ben zurück.

Er musste hinterher. »Selbstverständ… Oha!« Auf der anderen Seite der gläsernen Windwand entdeckte er Jens' Rastalocken. Seit ihrer gemeinsamen Schulzeit hatte Jens die nicht abgelegt, und es wäre äußerst ungünstig, dachte Ben, wenn er ihn jetzt hier sehen würde. Beim Joggen. Mit dieser Frau. Ben zog das Tempo an, um schnell an Jens vorbeizukommen. Zum Glück schaute der aufs Wasser und wippte mit dem Kopf im Takt der Musik aus seinem iPod.

Die Reporterin passte sich der Geschwindigkeit scheinbar mühelos an, ihr blonder Pferdeschwanz schwang weiter gleichmäßig hin und her. »Wie bitte? Was sagten Sie?«

»Ich sagte: Aloha.«

»Aloha?«

»Musste gerade an meine Reisen denken. Hawaii war der helle Wahnsinn.« Er sah die unvergesslichen Wellen am Waikiki-Beach vor sich, dachte an das Gefühl, auf ihnen unendlich lange zu gleiten. Und erinnerte sich an die Mädchen. Die Mädchen mit den Blumengirlanden.

»Was?« Sie schaute verwirrt. »Sie waren also mit großer Leidenschaft Kapitän, höre ich da heraus?«

»Wie? Allerdings.« Ben hatte die rettende Promenade fest im Blick. »Das liegt in der Familie. Schon mein Ururgroßvater war Kapitän.« Er würde es schaffen, bis dahin zu joggen. Ohne zusammenzubrechen. »Opa auch.« Erfreulicherweise wurden ihre Fragen jetzt weniger. Vielleicht war sie auch ein kleines bisschen geschafft. Ihre Wangen waren leicht gerötet, aber das war alles, was bei ihr auf Anstrengung schließen ließ.

»Ihr Vater ebenfalls?« Sie passierten den Mittelteil der Brücke mit den Geschäften, in denen Frauen Schuhe anprobierten und Verkäuferinnen große Einkaufstüten packten.

Ben schüttelte den Kopf. »Durfte nicht. Das war zu Zeiten

der DDR.« Seine Füße brannten. Wer hatte eigentlich behauptet, in Turnschuhen bekomme man keine Blasen?

»Was macht er stattdessen?«

»Was hat er gemacht. Er ist tot.«

Einen Moment lang hörte man nur die federnden Schritte auf den Planken. »Das tut mir leid. Was hat er also gemacht?«, fragte sie dann.

»War bei der Werft in Rostock als Ingenieur.« Er musste kurz auf der Stelle joggen und warten, bis sich eine Gruppe laut tratschender Frauen mit rheinischem Akzent bequemte, ihn und Josefine vorbeizulassen.

»Wenn ich fragen darf – wie ist er gestorben?« Auch sie setzte sich in Bewegung, von den Frauen neidisch beäugt, wie Ben schien.

»Bootsunglück. Ich war drei, mein Bruder fünf Jahre alt. Meine Eltern hatten eine winzige Segeljolle. Es war ein Unwetter, in das sie geraten sind.« Er bemerkte, wie sie ihn erschrocken anschaute. »Jetzt zeigen Sie mal, was Sie draufhaben!« Er spurtete los, auf das Ende der Seebrücke zu, die Lunge brannte, die Waden schmerzten – und erreichte endlich die Promenade. Er stoppte und stützte die Hände schnaufend auf die Oberschenkel.

Außer Atem kam die Reporterin wenige Schritte hinter ihm an. »Ganz schön fit, Herr Kapitän zur See.« Sie beugte sich ebenfalls vor. »Und wie steht's nun mit dem Essen?«

»Essen?« Er hustete und schaute sie erstaunt an.

»Ihr *Kapitänsprinzip, Boje zwei: Laden Sie den richtigen Proviant!*« Sie zog einen Fuß an den Po, dann den anderen. »Das müssen Sie mir heute Abend erklären, was Sie damit genau meinen. So gegen acht bei Ihnen? Passt mir gut!« Sie lief rückwärts los, winkte ihm noch einmal zu, drehte sich um und joggte mit gleichmäßigen, ruhigen Schritten die Promenade hinunter Richtung *Goldener Anker*.

Essen? Proviant? Er musste dringend Markus befragen, was es damit auf sich hatte. Offenbar mussten sie kochen. Er ging langsam Richtung Kapitänshaus. Jeder Muskel schmerzte. Kochen. Sie weichkochen, diese Reporterin. Denn ein Fan von dem Buch war sie nicht, so viel stand fest. Er lächelte und straffte sich. Wäre doch gelacht, wenn es ihnen mit Markus' Kochkünsten und seinem eigenen bewährten Charme nicht gelänge, die Dame heute Abend vor dem Kamin dahinschmelzen zu lassen. Wohlgemerkt – mit seinem Charme. Mit Unterstützung von Markus war in diesen Dingen leider nicht zu rechnen, dachte er und seufzte. Denn wenn sein Bruder aufgeregt oder angespannt war – etwas, das heute Abend mit Sicherheit der Fall sein würde –, dann wurde er äußerst wortkarg und kurz angebunden, was ihm die Kommunikation mit Frauen schon immer erschwert hatte. Ben nahm sich vor, ihm einen Lockerungsschnaps einzuflößen, bevor die Reporterin kam.

Er musste husten, sein T-Shirt klebte am Rücken. Jetzt brauchte er erst einmal eine Dusche, dachte er.

Und dann eine Reha.

Er schleppte sich die letzten Meter zum Kapitänshaus.

12
Josefine

Eingehüllt in das orangefarbene Licht der Abendsonne erreichte Josefine das Kapitänshaus.

Tatsächlich. Eine weiße Villa, dachte sie. So wie die, an denen sie bei der Ankunft vorbeigefahren war. Bloß stand das Haus des Kapitäns nicht an der Hauptstraße, sondern in der ersten Reihe am Meer. Nur die Promenade, ein paar windschiefe Kiefern und der schmale Dünengürtel trennten es vom Strand.

Die alten Kastenfenster der zwei Stockwerke leuchteten golden im Abendlicht, ebenso das kleine ovale Fenster im Giebel. *Villa Seeblick, 1898,* stand darüber an der weißen Backsteinfassade. Zwischen den wuchtigen Gründerzeithäusern auf den Nachbargrundstücken rechts und links wirkte das Kapitänshaus wie ein Gärtnerhäuschen. Aber Josefine fand es entzückend. Besonders die mit aufwendigen Holzschnitzereien verzierte Veranda. Sie erinnerte sie an Südstaatenfilme – Scarlett O'Hara schien jeden Moment in einem Korsettkleid ans Geländer zu treten, um nach den Brüdern Tarleton Ausschau zu halten. Vielleicht hatte sich der Erbauer des Hauses, mit Sicherheit auch ein alter Kapitän der Familie, von Eindrücken auf einer seiner Reisen inspirieren lassen.

Zwei Dattelpalmen wiegten sich auf der Veranda im

Abendwind, und Josefine konnte sich gut den alten Kapitän mit Rauschebart vorstellen, der hier 1898 nach überstandenem Bau in einem Schaukelstuhl gesessen, eine Zigarre geraucht und in den Erinnerungen an seine letzte große Fahrt geschwelgt hatte.

Sie öffnete die hüfthohe Gartenpforte und lief, eine Champagnerflasche in der Hand, über die Steinplatten des leicht ansteigenden Weges. Ein Kirschbaum mit süßen Knuppern, die bald reif sein würden, hielt seine Äste wie ein Dach über sie. Am Rosenbeet stoppte sie kurz, um an den herrlich pink-weiß gesprenkelten Blüten der Papagenos zu riechen; die Sorte kannte sie von zu Hause in Starnberg, wo ihre Mutter sie rund um den Teepavillon am See gepflanzt hatte. Unter den rauschenden Blättern der uralten Pappel lief sie auf die Haustür zu und suchte eine Klingel. Sie fand keine. Dafür hing eine Schiffsglocke neben der Tür. Sie lächelte und zog an der Leine.

Ein großer braunhaariger Mann um die vierzig in Jeans und dunkelblauem Fischerpullover öffnete barfuß. Er hatte einen Dreitagebart und blaue Augen. Vielmehr bekam sie von ihm nicht zu sehen, denn er sagte bloß »Moin!«, drehte ihr den Rücken zu und stapfte wieder hinein.

Das war dann wohl Markus, der Bruder des Kapitäns. Sie schüttelte den Kopf. Was war mit dem guten alten *Herzlich willkommen! Schön, dass Sie da sind* passiert? Sie trat ein und schloss die Haustür hinter sich. Ihr Blick fiel auf den wunderschönen alten Fliesenboden, der mit einem wirklich bezaubernden Rankenmuster in Grau, Gelb und Schwarz verziert war. Auch der Rest der Einrichtung gefiel ihr: altmodisch zwar, aber sehr geschmackvoll. Auf einer prächtigen Seemannskommode mit etlichen Schubladen stand ein Pfingst-rosenstrauß in einer bauchigen Bauernvase. Darüber hing ein Ölschinken im goldenen Rahmen mit dem Portrait eines weißhaarigen Kapitäns, der unter dichten Augenbrauen und seiner Kapitänsmütze entschlossen in die Ferne blickte. Sicher ein Vorfahr Harm Harmsens. Zwei grob geschnitzte Holzmasken flankierten das Gemälde. Eine schief getretene Treppe mit einem weißen Holzgeländer führte nach oben.

An der Garderobe war dieser Markus stehen geblieben. »Trekk di ut!«, sagte er.

»Wie bitte?« Sie zog die Augenbrauen fragend hoch.

Er deutete auf ihre Lederjacke. »Ausziehen?«

War das zu fassen? Was für ein Fischkopp! Sie gab ihm die Jacke. Er hängte sie wortlos neben zwei Jeansjacken, dann schob er eine Doppeltür auf, die zum Wohnzimmer führte.

Josefine trat in den schummrigen Raum. Auf einem ab-gewetzten Orientteppich standen eine Couch aus braunem Leder und zwei Sessel. Im Kamin loderte ein Feuer und ließ Schatten tanzen über die deckenhohe Bücherwand, die die Längsseite des Raumes einnahm. Die Bücher lehnten auf ihren Regalböden an chinesischen Vasen und Schmuck-kästchen aus Perlmutt; Josefine sah eine sehr aufwendig geschnitzte Zigarrenkiste und kleine, wohl afrikanische Holzstatuen, die tanzende Menschen darstellten. Auf dem Kaminsims entdeckte sie ein Foto von einem alten Mann mit weißem Rauschebart und – Kapitänsmütze. Der Opa der beiden? Darüber hing ein sehr alt aussehendes Gewehr am Kaminschacht, und ganz oben ein ausgestopfter Löwen-kopf mit mottenzerfressener Mähne. Mann, in was für einer Seemannshöhle bin ich denn hier gelandet?, dachte sie und betrachtete den Löwen fasziniert. Wann und wo einer der alten Kapitäne der Familie den wohl …

»Kommen Sie? Oder wollen Sie hier festwachsen?« Dieser Markus bog schon in die Küche ein.

Grr. Nicht aufregen, beschwor sich Josefine. Mit diesem Bruder würde sie ja zum Glück nicht viel zu tun haben, sondern nur mit … Da war der schmucke Kapitän, stand lässig am Herd an der modernen Kochinsel in einem Surfer-T-Shirt und Jeans, braungebrannt und sonnenblond. Knoblauch- und Zwiebelduft stiegen Josefine in die Nase, und sie sah, dass der Käpt'n ein Brett vor sich hatte und ein Messer in der Hand. Mit dem Handrücken wischte er sich Tränen aus den Augenwinkeln. »Kommen Sie mir nicht zu nahe, wenn Sie nicht weinen wollen.«

Sie stellte ihre Champagnerflasche auf den wunderschönen, grob gezimmerten Plankentisch. »Keine Sorge. Hab nicht nah am Wasser gebaut.« Sie nahm ihm das Messer aus der Hand, schob ihn zur Seite und schnippelte die Zwiebeln weiter. »Was soll es denn werden, wenn es fertig ist?«

»Königsgarnelen in Tomaten-Knoblauch-Sauce mit Erdnüssen.« Er nickte stolz.

»Mit Erdnüssen? Extravagant. Haben Sie das Rezept von einer Ihrer Reisen mitgebracht?«

Der Kapitän klaute eine Erdnuss aus einer Schale. »Hawaii. Großer Erdnussumschlagplatz. Die tollsten Gerichte zaubern die dort aus den Dingern.« Er kaute geräuschvoll.

Sie schaute ihn erstaunt an. Erdnüsse auf Hawaii?

Markus griff zur Flasche, inspizierte das Etikett und zog die Augenbrauen hoch. »Sektflöten haben wir aber nicht. Trinken Sie das auch aus 'nem Wasserglas?«

Sie schenkte ihm ihr strahlendstes falsches Lächeln. »Ganz egal, woraus. Daheim in München auch gern zum Frühstück aus dem Zahnputzbecher.«

»Glaub ich Ihnen aufs Wort.« Markus goss ein.

Ganz ruhig bleiben, Jo, beiß dir auf die Zunge. Sie nahm ihr Glas. Erdnüsse auf Hawaii checken, kritzelte sie sich in Gedanken noch schnell in ihr Notizbuch, als sie anstießen.

»Auf das *Kapitänsprinzip*. Und auf *Boje Nummer zwei: Laden Sie den richtigen Proviant!*« Josefine prostete den Jungs zu. Der Taittinger perlte wunderbar kalt und frisch. »Können Sie das mal erläutern, Herr Kapitän? Was für Proviant meinen Sie denn?« Sie sah Harmsen gespannt an, der sich jedoch schnell bückte und eine Pfanne im Unterschrank suchte. Auch dieser Markus hielt im Trinken inne und blickte zu seinem Bruder hinüber.

Als der wieder auftauchte, platzierte er zunächst einmal in aller Seelenruhe die Pfanne auf der Herdplatte und goss Öl hinein. »Sie müssen eben alles mitnehmen, was Sie für Ihre Reise so brauchen«, murmelte er schließlich und hob die Pfanne leicht an, um das Öl zu verteilen. Dann lief er zum Kühlschrank und nahm eine Schüssel mit Königsgarnelen heraus.

»Für meine Glücksreise.«

»Exakt.« Er stellte die Garnelen ab und machte den Holzlöffeltest. Das Öl schlug Bläschen.

»Und was wäre das bei mir?«

Der Kapitän schüttete die Zwiebeln in die Pfanne, es zischte und duftete. »Äh, also … Sie … Sie müssen …« Er stockte.

»Dafür gibt es im Buch doch vorher den Fragebogen«, schaltete sich plötzlich Markus ein, »mit genau definierten Fragen: *Was sind Ihre Interessen und Vorlieben? Was wollen Sie erreichen? Was soll Ihr Glückshafen sein?*« Er blickte Josefine fragend an.

»Chefreporterin beziehungsweise später Chefredakteurin«, antwortete sie prompt und naschte ebenfalls eine Erdnuss.

Markus zog leicht die Augenbraue hoch. »Das ist also Ihr Ziel.« Er nahm einen Schluck Champagner. »Dann müssen Sie schauen, was für Tools Sie dafür brauchen, um das zu erreichen.«

»Tools?« Er konnte ja sogar Fremdsprachen, dieser Fischkopp.

»Maßnahmen, Helferlein. In Ihrem Fall vielleicht Weiterbildung?« Auch Markus griff in die Erdnussschale.

»Wie bitte?« Sie straffte sich und sah ihn böse an.

»Schreibtraining?« Er zerknackte eine Nuss zwischen den Zähnen.

»Was?« Meinte er das ernst, oder war er einfach unverschämt?

»Oder einen Kurs in Mitarbeiterführung? Oder Kommunikation?« Er spülte mit Champagner nach.

Jetzt reichte es aber! Sie und Weiterbildung? Kommunikation? Den Kurs konnte er vielleicht selbst gebrauchen, aber doch nicht sie!

»Das ist jedenfalls der Proviant, den Sie laden müssen.« Er pulte zwischen den Zähnen, ohne die andere Hand vorzuhalten. »Suchen Sie sich zusammen, was Sie brauchen, um Ihr Ziel zu erreichen. Chefreporterin.« Er schüttelte den Kopf.

Lieber Gott, bitte lass mich nicht an die Decke gehen! »Sie kennen sich aber sehr gut aus mit dem *Kapitänsprinzip.* Haben Sie das auswendig gelernt, weil Sie so stolz sind auf Ihren Bruder?« Was mischte Markus sich überhaupt ein? Warum musste er überhaupt hier sein? Ein Dinner zu zweit, nur der Kapitän und sie bei Kerzenschein – das wäre doch viel angenehmer gewesen, fand sie. Sie trat zu Harmsen, legte ihm die Hand auf die Schulter und schaute in die Pfanne. Die ersten Zwiebelstückchen und Garnelen wechselten gerade von glasig zu schwarz, weil er das Gespräch verfolgt und nicht gerührt hatte.

»Mann!« Markus sprang an die Pfanne und schubste seinen Bruder noch näher zu Josefine. »Ihr nehmt jetzt eure Gläser und setzt euch vor den Kamin. Ich gonge, wenn's fertig ist.«

Der Kapitän fasste Josefine an der Hand, zog sie ins Wohnzimmer und deutete auf die Ledercouch. Josefine setzte sich. »Ist Ihr Bruder immer so unverschämt?« Sie streckte die Füße gen Feuer.

Der Kapitän ließ sich neben sie fallen und ging gar nicht darauf ein. »Du. Wollen wir nicht du sagen?« Er sah sie mit gletscherblauen Augen an und rückte ein Stück näher.

Sie nickte. »Josefine.«

Er beugte sich zu ihr hinüber. »Be… äh, Harm.«

Sie wich zurück. »Was soll das werden?«

Er rückte nach. »Wir wollen doch Brüderschaft trinken, nicht wahr?«

»Ben?« Eine leise Frauenstimme erklang aus dem ersten Stock. »Ben, mien Seuten! Kommst du zu Öming?«

Er verharrte einen Augenblick knapp vor Josefines Gesicht, dann stellte er sein Glas auf einen alt aussehenden Mosaiktisch und stand auf. »Entschuldigung. Ich muss nach oben.«

»Ben?« Josefine sah erstaunt zu ihm hoch.

»Spitzname. Werden wir bei Öming nicht mehr ändern können.« Er lief in Richtung Treppe.

»Ach?« Eigenartiger Spitzname. Sie sah ihm hinterher. »Und eure Großmutter wohnt hier? Pflegt ihr sie?«

»Wir leisten ihr Gesellschaft, würde ich sagen. Ich muss ...« Er stieg schon die knarrenden Stufen in den ersten Stock hinauf.

»Darf ich mitkommen und sie kennenlernen?«, rief Josefine hinterher und stand auf. »Die Frau vom Kapitän auf dem Kaminsims, oder?« Sie blickte auf das Foto.

»Heute nicht«, rief er zurück. »Es ist spät. Normalerweise schläft sie um diese Uhrzeit schon.« Er verschwand die Treppe hinauf, immer zwei Stufen auf einmal nehmend. »Du kannst dich ja inzwischen bei Markus nützlich machen«, rief er noch.

Sie seufzte. Musste das sein? Wäre es wohl sehr unhöflich, wenn sie sich einfach hier auf das Sofa legen, dem Kamin beim Knistern zuhören würde und diesen Markus allein kochen ließe? Ja, musste sie zugeben, das wäre wohl nicht ganz die feine Art. Also trat sie in die Küche – und bereute es sofort.

Denn Markus rührte weiter in der Pfanne und brummte, ohne aufzuschauen: »Tisch decken – kriegen Sie das hin?«

Gleich würde sie explodieren, sie spürte es. Noch ein doofer Kommentar von dem da, und sie ginge an die Decke. »Ich glaube nicht. Dafür brauche ich erst eine Weiterbildung.«

Er schnaubte und zeigte auf das alte Küchenbuffet, in dem blau-weißes Zwiebelmustergeschirr stand.

Sie stellte die Teller auf den Tisch; er rührte stumm in der Pfanne. Stumm wie a Heilbutt, dachte sie. War das denn zu fassen? Zum Glück hatte er nichts weiter mit dem Buch zu tun. Wäre er der Autor – sie würde das *Kapitänsprinzip* in der Luft zerfetzen – allein für seine unverschämte Art. »Was gibt's denn noch außer den schwimmenden Freunden?«, fragte sie schließlich, um sich nicht noch mehr in die schlechte Laune hineinzusteigern.

Er schüttelte die Pfanne, die Garnelen brutzelten. »Vorneweg Salat mit Ziegenkäseröllchen in Serranoschinken.«

Sie sah ihn erstaunt an. »Tatsächlich?« Was war er? Ein heimlicher Gourmetkoch?

»Und hinterher Panna cotta mit Marsalaschaum.«

»Und das kochen Sie mal eben schnell mitten in der Woche? Wo finde ich Besteck?«

Er zeigte auf die Schublade in dem Buffet. »Jau.« Dann trat er durch die kleine Speisekammertür, verschwand kurz und kam mit einer Flasche Wodka wieder heraus. Er schraubte sie auf, goss ein wenig über die Garnelen und zündete den Wodka mit einem Streichholz an. Eine Stichflamme schoss empor, Markus schüttelte die Garnelen in der Pfanne, bis die Flamme erloschen war.

Josefine klappte den Mund wieder zu. »Sonst haben Sie ja auch nicht so viel zu tun.«

Er verteilte die Garnelen auf drei Teller. »Wie?«

»Harm hat es mir erzählt.«

Markus blickte sie fragend an und schob die Teller in den vorgewärmten Ofen.

»Dass Sie arbeitslos sind, meine ich.«

Er antwortete nicht, sondern schlug stattdessen einen kleinen silbernen Gong, der an der Wand hing.

»Kapitän wie Ihr Bruder wollten Sie wohl nicht werden?« Josefine hörte Schritte im Stockwerk über sich, dann Getrappel auf der Treppe.

Markus holte den Salat aus dem Kühlschrank. »Nö.« Er zog ein Baguette aus einer Bäckertüte.

»Warum nicht?« Mann, ging es vielleicht ein bisschen ausführlicher?

»Seekrankheit.« Er schnitt das Baguette in schmale Stücke.

Josefine lachte. »Ausgerechnet.«

»Ausgerechnet, was?« Ben erschien und setzte sich an den Plankentisch. »Geht's los? Mann, hab ich einen Kohldampf.«

»Seekrankheit«, sagte Josefine.

»Wer wird seekrank?«

»Ich, wie du weißt.« Markus schaute ihn streng an.

»Stimmt. Wo bleibt mein Ziegenkäse?« Der Kapitän bedeutete Josefine, sich zu setzen. »Bitte! An meine goldene Seite.« Er klopfte auf seinen Nachbarstuhl. Dieser Markus verdrehte die Augen, wie sie bemerkte. Sie wandte ihren Blick ab und ließ ihn über die arabischen Ornamente in den Bodenfliesen schweifen. Die Porzellanuhr über der Speisekammer tickte gemächlich. Ihr war warm geworden durch den Champagner, den Kamin und den Herd. Warm und gemütlich. War das eine schöne Küche! Überhaupt ein schönes Haus. Ein Wohlfühlhaus, dachte sie. Abzüglich Markus, natürlich. »Tolle Villa«, sagte sie. »Wie hat die Familie sie nur während der DDR-Zeit halten können?« Sie nahm sich ein Stück Baguette zum Ziegenkäse. Köstlich!

»Wir wurden natürlich enteignet, das Haus wurde in sechs Wohnungen aufgeteilt, und unsere Großmutter hatte eine davon gemietet.« Ben steckte eine ganze Scheibe Baguette in den Mund und sprach kauend weiter. »Kurz vor der Wende, als die Plattenbauten am Rande des Ortes entstanden, sind die anderen Mieter ausgezogen. Das Kapitänshaus war zu dem Zeitpunkt fast verfallen. Aber Charlotte wollte auf keinen Fall raus und hat durchgehalten mit uns Kindern. So gut es ging, haben wir das Dach geflickt und die Rohre instand gehalten. Es fehlte nicht viel, da wäre das Haus über uns zusammengebrochen.« Er stopfte die nächste Scheibe hinterher. »Nach der Wende haben wir es dann für einen symbolischen Preis zurückgekauft. Die Ruine wollte eh keiner haben.« Er spülte mit dem südafrikanischen Weißwein nach, den Markus entkorkt hatte.

Sie musste einfach auch noch ein Stückchen Baguette zum Salat haben – obwohl es ihre No-Carb-Diät torpedierte. Eine Extrarunde über die Seebrücke morgen, hieß das wohl. Aber bei dieser schönen Seebrücke war das ja kein Problem, dachte sie. Im Gegenteil, sie freute sich darauf. »Ich kenne das von meiner Familie, und bei euch wird es ähnlich sein: Einen solchen Familienbesitz gibt man nie mehr her, oder? Schon gar nicht an diesem herrlichen Fleckchen Erde.«

Ben und Markus tauschten einen Blick. »Nie mehr.«

Wenig später servierte Markus die Garnelen. Auch sie waren köstlich. Die Panna cotta sowieso. Josefine schob den Dessertteller weg. Wie satt sie war, und müde. Und zufrieden. Diese altmodische Umgebung, das Seemannsambiente brachte einen wirklich runter. »Das war außerordentlich, vielen Dank! Vielleicht sollten Sie auf dem Arbeitsamt anregen, dass man Sie als Koch vermittelt, Markus. Hier gibt's doch genug Gastronomie auf der Insel. Vielleicht nimmt die eine oder andere Frittenbude Sie ja.«

Der Kapitän kicherte, Markus' Gesicht versteinerte.

»Aber jetzt muss ich los. Morgen geht's früh raus.« Sie gähnte.

»Ach ja?« Die Brüder sahen sie fragend an.

Sie nickte. »Auf große Fahrt. *Boje Nummer drei: Setzen Sie die Segel, und stechen Sie mutig in See!* Wir machen morgen eine Schiffstour, ist doch klar. Dann erlebe ich dich endlich in deinem Element, Kapitän Harmsen.«

Bens Miene fror ein.

»Sie wollen mit meinem Bruder in See stechen?« Markus kratzte den letzten Marsalaschaum vom Dessertteller.

Sie nickte. Und du bleibst zum Glück an Land, du Stoffel, dachte sie. »Das ist ein zentraler Punkt für meine Geschichte. Zwei Bojen haben wir auf meiner Glücksreise bereits passiert: Wir haben klar Schiff gemacht – Boje Nummer eins. Und heute Abend habe ich erfahren, dass ich eine Weiterbildung im Schreiben brauche – mein Proviant, Boje Nummer zwei.« Sie schaute böse zu Markus. »Das hole ich dann in München nach, wenn's recht ist. Oder wollen Sie mir Unterricht geben?« Sie lachte. »Dass ein arbeitsloser Insulaner allerdings mehr schreiben kann als A, B und vielleicht noch C, wage ich zu bezweifeln.«

»Autsch!«, sagte Ben und grinste.

Markus stand wortlos auf und begann die Teller in die Spülmaschine zu räumen.

Josefine erhob sich ebenfalls. »Ihr arrangiert das mit dem Boot, nicht wahr? Das ist doch kein Problem für euch.« Sie ging voran in die Diele und schnappte ihre Jacke, der Kapitän folgte. »Vielen Dank für den interessanten Abend!« Sie stellte sich auf die Zehenspitzen und gab ihm ein Küsschen rechts, ein Küsschen links auf die Wangen. »Machen wir so in München!«

Von der Pforte aus winkte sie ihm zum Abschied zu und lief durch die kühle Sommernachtsluft über die menschenleere Promenade zurück zum Hotel.

13
Ben

Segelboote schaukelten im Hafenbecken, die Takelage an den Masten klimperte metallisch im Wind. Sportmotorboote und eine zweistöckige Yacht lagen vertäut am Steg, kleine Wellen klatschten gegen ihre Bäuche. Die Blätter der hohen Buchen rund um den kleinen Hafen rauschten. Über den blauen Himmel zogen Schleierwolken. Ben stand mit Jens neben dem Bootshaus am Steg und wartete. Hoffentlich war Josefine nicht verstimmt wegen gestern Abend, dachte er. Dass Markus, wenn er nervös war, aber auch immer so schroff sein musste. Weiterbildung! Und das dieser Starreporterin! Er musste grinsen. Na, er würde sie heute ein wenig verwöhnen und ihr schmeicheln. Dann war bestimmt wieder alles im Lot.

»Warum ist die hier? Ich hab das am Telefon nicht ganz verstanden.« Jens sah Ben fragend an. Seine Rastazöpfe hingen zottelig wie immer auf die Kapuzenjacke herab. Er hatte die Hände in die Hosentaschen versenkt. Sein Blick glitt an Bens schneeweißer Kapitänsjacke auf und ab. »Und was ist denn das für eine Uniform, die du da anhast?«

Bevor Ben antworten konnte, raste ein schwarzes Beetle Cabrio auf den Schotterplatz und stoppte kurz vor ihren Schienbeinen. Josefine sprang in weißer Marlene-Hose und blau-weiß gestreifter Bluse mit einem dunkelblauen Pulli um die Schultern heraus und brachte eine Wolke Maiglöck-chenduft mit.

Jens blickte bis zu den nigelnagelneuen Segelschuhen an ihr hinunter und zog die Augenbrauen hoch.

»Grüß Gott, Jungs!«, rief Josefine, und ihr Oberkörper verschwand noch einmal im Cabrio.

»Sag jetzt nichts«, zischte Ben Jens zu. »Und wundere dich über nichts, was sie dich vielleicht fragen wird. Auch nicht darüber, dass sie mich ›Käpt'n‹ nennt. Ich erkläre dir das später.«

Jens grinste und flüsterte zurück. »Rollenspiel gegen Flaute im Bett, was?« Er kniff seinen Arm. »Okay, Alter, hab's verstanden.«

»Nichts hast du verstan...« Weiter kam Ben nicht, denn Josefines Oberkörper erschien wieder, in der Hand hielt sie eine Korbtasche. Sie schloss das Cabrio mit einem Piepen ab und trat zu ihnen. »Ganz schön klein, der Hafen. Den kann-te mein Navi gar nicht.«

Jens verdrehte die Augen und sagte »Moin!« zu einem al-ten Segler, der mit einer Pinne unter dem Arm an ihnen vor-bei zum Bootshaus lief.

Ben lächelte Josefine an. »Jetzt hast du es ja geschafft.« Er deutete auf Jens. »Das ist mein Freund Jens. Wir sind zu-sammen zur Schule gegangen.«

Josefine ergriff Jens' Hand, an deren Gelenk ein Hau-fen Freundschaftsarmbänder baumelte. »Ein Freund vom Käpt'n. Wie interessant. Da habe ich gleich ein paar Fragen an Sie.« Sie fasste ihn vertraulich am Arm.

Bevor Jens etwas sagen konnte, sprach Ben schnell weiter und betrat den Steg, die beiden folgten. »Jens begleitet uns auf unserer kleinen Bootstour. Das steht zwar nicht im Ratgeber, aber es ist sozusagen Boje Nummer dreieinhalb: *Heuern Sie die richtige Mannschaft an!*« Er zwinkerte ihr zu. »Es ist Jens' Boot, mit dem wir fahren.«

Sie liefen vorbei an Jollen und einem Dickschiff. »Das ist aber nett von Ihnen, dass Sie uns Ihre Yacht zur Verfügung stellen.« Josefine ließ ihren Blick ein wenig erstaunt, wie es Ben schien, über Jens' Rastas und seine Baggyjeans gleiten. »Welches Schiff ist es denn?« Sie sah sich rechts und links des Steges um.

»Folgen Sie mir.« Jens lief voran, immer weiter auf dem langen Steg zwischen den schaukelnden Booten hindurch. Ganz am Ende war die große Motoryacht vertäut. Kurz vor der Yacht blieb Jens stehen. »Das ist es!« Er zeigte auf einen Fischkutter, der in den Wellen dümpelte. Neben der schnittigen Yacht wirkte er wie ein Beiboot. Die weiße Farbe des Führerhäuschens bröckelte. Der ehemals schwarze Namenszug *Her.03* am Bug war stark verblasst und gerade noch zu lesen.

Josefine schaute entsetzt. »Damit fahren wir?« Ihr Blick schweifte sehnsüchtig zu der prachtvollen Motoryacht, die blitzblank und weiß leuchtete.

»Ein Liebhaberstück«, sagte Jens stolz. »Ich habe es von einem alten Fischer gekauft und restauriere es nach und nach. Steckt ganz schön viel Arbeit drin.« Er wies mit einer weiten Geste über den Kutter, als wäre es ein Kreuzfahrtschiff. »Ich liebe ihn einfach, meinen kleinen Hering null drei.«

»Tja, wenn das so ist …« Josefine schaute misstrauisch auf den Rettungsring, der am Führerhäuschen hing.

»Darf ich bitten?« Ben sprang in den Kutter und bot ihr von dort aus die Hand.

»Besitzt du denn kein eigenes Boot, Käpt'n?« Sie drückte ihm die Korbtasche in die Hand und landete mit einem Sprung auf den unlackierten Planken.

»So ein Freizeitboot ist nun wirklich nichts für mich. Ein Schiff beginnt für mich erst ab einer Länge von fünfzig Metern.«

Sie nahm die Tasche wieder an sich. »Mit solchen bist du wohl immer gefahren? Für welche Reedereien eigentlich?«

»Für verschiedene«, sagte er schnell.

»Genau so steht es in der Vita im Buch, das kenne ich schon. Nenn mir doch mal eine.« Sie schaute ihn auffordernd an. »Bei welcher warst du am längsten?«

Bockmist! »Reederei Steilmann, Oldenburg.« Gab es die überhaupt?

Sie schien sich das innerlich zu notieren. »Und für die bist du auch nach Hawaii gefahren, um Erdnüsse zu laden?«

»Ganz genau.« Er lugte in die Korbtasche. Was sie da wohl drin hatte? »Schnittchen?«, versuchte er, das Thema zu wechseln.

Sie ging nicht darauf ein. »Ich habe mal recherchiert. Auf Hawaii wachsen kaum Erdnüsse.«

Verdammt. Er drehte sich zum Führerhäuschen und öffnete die Tür. »Nach dir.« Er deutete hinein.

Aber die Reporterin schüttelte den Kopf, blickte auf die Uhr und zum Parkplatz. »Einen Moment noch. Er wird gleich hier sein.«

Ben schaute sie erstaunt an. »Wer?«

»Mein Fotograf. Fredl Kahl, ist dir der Name ein Begriff?«

Ben schüttelte den Kopf.

»Nicht?« In diesem Moment fuhr röhrend ein Porsche auf den Schotterplatz und hielt neben Josefines Beetle. »Hat alle Preise gewonnen, die man als Fotograf gewinnen kann.« Sie winkte Richtung Porsche. Die Autotür flog auf, und ein hagerer Typ um die vierzig sprang heraus. Als er näher kam, sah Ben, dass er Flipflops, ein weißes, im Wind wehendes Oberhemd über weißen Bermudashorts und einen Sonnenhut trug. Jens schüttelte nur stumm den Kopf, Josefine lief zum Bug und rief Fredl eine Begrüßung zu, als er mit federnden Schritten, in der Hand einen Kamerakoffer, über den Steg eilte.

»Finchen!« Der Fotograf setzte im Gehen die Sonnenbrille ab und steckte sie mit dem Bügel in den Ausschnitt seines Hemdes. Den Fotokoffer hoch über den Kopf haltend, stakste er vom Steg an Deck. »In was für abgelegene Winkel ich deinetwegen immer reisen muss. Das ist doch wirklich«, er küsste sie rechts und links, »eine Zumutung, Schatzl, findst nett?« Er musterte Jens, ließ seinen Blick dann weiterschweifen zu Ben.

»Das ist das Kapitänchen?« Die Augen wanderten einmal hoch und runter über seine Uniform. »Süß!« Er reichte Ben die Hand, schaute sich um und zog die Augenbrauen hoch. »Aber sag mal, Finchen, dieser Kahn ist doch nicht euer Ernst?«

Ben sah gespannt zu Josefine und musste sich das Lachen verkneifen. Josefine hatte ein strahlendes Lächeln aufgesetzt. »Und ob das unser Ernst ist, Fredl. Überleg doch mal: Dieses Boot symbolisiert die Nussschale, mit der wir uns auf die Reise machen zu unserem Glückshaf...«

»Schon gut. Ist mir gleich.« Fredl schob den Sonnenhut in den Nacken. »Der Himmel ist blau, die Sonne brennt, der Kapitän sieht aus wie ein Herzensbrecher – das werden geile Fotos.« Er stellte den Fotokoffer aufs Deck, fast auf Jens' Zehen. »Muss der auch dabei sein?«, wandte er sich an Josefine und wies mit dem Finger auf Jens.

»Ja, ich muss auch dabei sein«, sagte Jens. »Ist zufällig mein Boot.«

Über seinen Koffer gebeugt, winkte Fredl ab. »Gut, gut, aber nicht, dass eine von diesen entsetzlichen Rastasträhnen vor meine Linse gerät, gell?«

Über Fredls Rücken hinweg machte Ben eine beschwichtigende Geste zu Jens. Der drehte sich stumm um und band das Schiff los. »Also, Herr Kapitän«, es klang ein bisschen böse, »dann mal ab ans Steuer.«

Ben betrat das Steuerhäuschen und zündete den Motor, der spotzte und schließlich losknatterte. Der kleine Schornstein stieß mächtig Rauch aus. Josefine stellte sich neben das Führerhaus, achtete aber darauf, nicht in Fredls Schusslinie zu geraten, der seine Kamera bereits in Betrieb genommen hatte und am laufenden Band Fotos von Ben schoss. Sie schaute zu, wie Ben das Steuer bediente. »Wie kommt's?«, rief sie durch das Geknatter des Motors.

»Wie kommt was?« Ben hatte es endlich geschafft, den schwerfälligen Rumpf der alten Her.03 so hinzudrehen, dass er die Hafenausfahrt ansteuern konnte. Zum Glück war er im vergangenen Sommer schon mal mit Jens unterwegs gewesen und kannte das Schiff.

»Na, was ich vorhin gesagt habe: Hawaii hat keine Erdnussfarmen, die im großen Stil exportieren.«

Mist, dachte Ben und gab Gas, sie hatte ihre Frage nicht vergessen. Zum Glück hatte er sich inzwischen etwas überlegt. »Waren natürlich keine Erdnüsse, die wir da geladen hatten, sondern Kokosnüsse. Dummer Versprecher von mir, sorry.«

Sie sah ihn forschend an. Aber er wandte sich schnell ab und schaute aus dem Seitenfenster auf das Wasser, als ob er überprüfen musste, dass sie kein Treibgut rammten. Die Her.03 entfernte sich vom Hafen und fuhr einen Süd-West-Kurs über das Achterwasser. Schilf, Trauerweiden, Kuhwiesen und kleine Strände zogen steuerbord vorbei. Der Motor tuckerte gleichmäßig.

»Können Sie mal nicht so verkrampft gucken, Süßer?« Fredl tauchte mit seiner Kamera dicht neben dem Führerhäuschen auf und fotografierte Bens Profil. Die Kamera klickte und klickte. »Toll. Nicht so verkniffen. Schauen S' zuversichtlich. Männlich. Stark. Kinn vor. Gut so, ja. Super. Toll. Klasse. Noch mal.« Er tanzte um das Führerhäuschen herum. Jens stand mit verschränkten Armen auf dem Vordeck und schüttelte nur den Kopf.

Ben gab mehr Gas, der Kutter knatterte über das Wasser und ließ eine weiße Schaumspur auf der Wasseroberfläche zurück. Möwen begleiteten das Boot. Als sie feststellten, dass auf diesem Kutter kein Fisch zu holen war, drehten sie ab und flogen davon.

»Du!« Fredls Zeigefinger pikte Jens in die Seite. »Steuere mal weiter. Ich brauche den Kapitän jetzt auf dem Vordeck.«

Jens ging ohne ein Wort auf Fredl zu, rempelte ihn im Vorbeigehen fast von Deck und betrat das Führerhäuschen.

»Einen riesengroßen Stein, sag ich dir, einen Megastein hab ich ab jetzt bei dir im Brett, Alter«, zischte er Ben zu, als er das Steuer übernahm. »So viele Gefallen kannst du mir im Leben gar nicht tun, um das wiedergutzumachen.«

Ben drückte seinen Arm und trat lächelnd aus dem Führerhaus.

Fredl arrangierte ihn sitzend auf der Reling und auf den Deckplanken. Stehend, die Hand an der Stirn, als würde er Ausschau halten nach Seeräubern. Mit Rettungsring im Arm, auf dem Rettungsring sitzend, an Deck liegend. Er gab ihm für einige Schüsse seine Sonnenbrille mit den riesigen Gläsern, ließ darin das Wasser spiegeln. Er versuchte sogar, eine Möwe anzulocken, die um Bens Kopf kreisen sollte, aber die Möwe ließ sich dazu nicht überreden. Ben musste die Mütze absetzen, die Jacke ausziehen, über die Schulter werfen, die Schuhe ausziehen, die Hosenbeine hochkrempeln, das Bein auf die Reling stützen, versonnen über das Wasser schauen, die Füße im Wasser baumeln lassen. »Fertig!« Fredl packte die Kamera ein, klappte den Koffer zu und wandte sich an Jens. »Zurück zum Hafen, Meister Marley, pack ma's!«

Jens ließ den Motor auf vollen Touren laufen und schipperte in Rekordzeit zurück. Den silbernen Kamerakoffer zuerst auf den sicheren Steg stellend, kletterte Fredl aus dem Boot. »Dich!« Er zeigte auf Ben. »Brauche ich noch auf der Seebrücke, am Strand und auf der Promenade.« Er setzte die Sonnenbrille auf. »Heute Nachmittag.« Er hob seinen Koffer an. »Denn jetzt, ihr Lieben, hat Herr Kahl einen Termin im Spa.« Er drehte sich um und lief den Steg hinunter zu seinem Porsche.

»Halleluja«, sagte Jens.

»Glaubt mir, er ist wirklich der Beste«, sagte Josefine.

»Ich will jetzt ein Bier«, sagte Ben und lugte in Josefines Korbtasche. »Hab ich da vorhin so was gesehen?«

»Ingwer-Bier.« Sie reichte ihm eins.

»Das tut's auch.« Ben nahm es.

»Sollen wir noch eine Runde drehen?«, fragte Jens.

Josefine nickte, gab ihm auch ein Bier und nahm sich selbst eins – als Bens Handy klingelte.

»Ja, Markus? Was gibt's?«

»Es ist was mit Charlotte, Ben! Du musst schnell nach Hause kommen!«

14
Josefine

Ein Rettungswagen stand auf der Promenade vor dem Kapitänshaus. Ben rannte durch die offen stehende Haustür und die schiefe Treppe hinauf, immer zwei Stufen auf einmal nehmend, ins Zimmer der Großmutter.

Josefine hinterher.

Markus saß bei der alten Dame auf der Bettkante und sprang sofort auf, als sie hereinstürmten. Oma Charlotte streckte beide Hände nach Ben aus. Er nahm sie und setzte sich. »Charlotte, du darfst mich nicht so erschrecken!« Er gab ihr einen Kuss und schloss sie in die Arme. Dann wandte er sich an den Notarzt und den Sanitäter. »Was hat sie?«

Der Arzt klappte seinen Koffer zu. »Vorhofflimmern mit Ohnmacht in der Folge.« Er ging zur Tür und ermahnte seine Patientin. »Bitte unbedingt die Tabletten nehmen. Und nicht zu viel Zucker. Versprochen?« Er verschwand, der Sanitäter folgte. Oma Charlotte setzte sich auf und strich die Bettdecke über ihren Oberschenkeln glatt. »Diese jungen Ärzte. Noch grün hinter den Ohren, aber einen Haufen schlaue Tipps auf Lager. Als ob das eine alte Fregatte wie mich noch interessieren würde.« Sie hob den Kopf zu Ben. »Wo warst du, mien Seuten? Warum hat das so lange gedauert?«

Ben zeigte lächelnd auf Josefine. »Sie ist schuld.« Charlotte sah Josefine neugierig an und streckte ihr die Hand entgegen. Josefine trat ans Bett. Der Blick der Großmutter aus den tiefblauen wachen Augen war so durchdringend, dass Josefine beinahe das Gefühl hatte, sie könne ihre Gedanken lesen.

»Sie sind also die Reporterin? Ben und Markus haben mir schon von Ihnen erzählt. Habe zwar nicht ganz verstanden, was Sie hier bei den Jungs woll…«

»Wir waren mit Jens' Kutter unterwegs, Öming«, unterbrach Ben sie. »Tolles Bootswetter heute …«

Sie brachte ihn zum Schweigen, indem sie ihm die Hand aufs Bein legte. »Mien Jung, sei so gut und hol mir einen Rum auf den Schreck. Mit ein bisschen Tee, wenn es sein muss, wir wollen nicht gleich über die Stränge schlagen. Der jungen Dame auch einen, bitte. Und Markus«, wandte sie sich an ihren zweiten Enkel, der Tabletten und Medizinfläschchen auf dem Nachttisch hin und her schob, »musst du nicht unten nach dem Rechten sehen? Ob dieser junge Notarzt auch nichts mitgehen lässt zum Beispiel.«

»Omi, nun mach aber einen …«

Sie wedelte ihn aus dem Zimmer und zeigte, als beide Enkel verschwunden waren, auf einen Stuhl an der Wand. Ein dunkelblaues und ein feuerrotes Wollknäuel mit Stricknadeln lagen darauf. »Geben Sie mir das bitte, und setzen Sie sich, mien Deern. Nicht so schüchtern. Wir wollen uns doch mal aus der Nähe betrachten, nech?«

Josefine reichte ihr das Strickzeug und zog den Stuhl über die Dielen näher an das Bett heran. Sie blickte hinauf zu dem Ölgemälde mit dem Schiff auf hoher See, nahm den Geruch von Lavendel wahr. Das freundliche Gesicht mit den aufmerksamen Augen wirkte durch die vielen blauen Adern gläsern. Sicher war sie eine Schönheit gewesen in ihrer Jugend mit dieser feinen, geraden Nase und den hohen Wangenknochen, dachte Josefine. Der Schwarm vieler junger Küstenkerle. »Sie fühlen sich also wieder gut?«

Oma Charlotte nahm die Stricknadeln auf, ihre Finger begannen flink zu arbeiten. »So eine unnötige Aufregung wegen dem bisschen Herzstottern. Markus ist immer so schnell am Telefon, um die Rettung zu rufen.«

»Immer? Passiert das denn öfter?« Josefine entdeckte das Kapitänsfoto über dem Fußende des Bettes. Das war doch wieder Bens und Markus' Opa, wie unten auf dem Kaminsims. Jetzt hatte sie Zeit, ihn näher zu betrachten. Freundliche, ein wenig traurig wirkende Augen, ein starkes Kinn; aber diese Nase hatte keiner der Enkel geerbt.

»Immer öfter«, kam es leise zurück, nur die Stricknadeln klapperten durch die Stille, dann hob Charlotte den Blick und lächelte Josefine an. »Endlich mal wieder eine Frau im Haus, das wurde auch Zeit. Schließlich sind nun schon fünf Jahre vergangen, seit Eva ...«

»Hier kommt der Tee, Oma!« Ben erschien mit drei blauweißen Keramikbechern. »Wird auch dir schmecken, Josefine. Echter Rum ist drin, hat Opa mitgebracht.« Er zeigte auf das Kapitänsfoto. »Gefährlicher Tropfen. Direkt aus Jamaika. Dreißig Jahre alt. Hinterher kann man Feuer spucken.«

»Vielen Dank, Ben.« Die Oma bedeutete ihm, die Becher auf den Nachttisch neben die Schachteln und Fläschchen zu stellen. »Wir rufen dich, wenn wir dich brauchen.« Sie zeigte mit einer Stricknadel auf die Tür.

»Aber ich dachte ...«

»Wenn wi di bruken, denn ropen wi di.«

Ben nahm die dritte Tasse wieder an sich und verließ mit einem ängstlichen Blick auf Josefine, wie ihr schien, das Zimmer. Warum war er beunruhigt? Hatte er Angst um seine Oma wegen des Rums kurz nach dem Herzsausen? Oder hatte er Angst vor Josefine? Weil sie möglicherweise von der Oma etwas erfahren könnte, das er nicht preisgeben wollte? Sie nahm die Tassen vom Nachttisch und reichte eine weiter an Oma Charlotte. »Auf Ihre Gesundheit!« Und auf die Wahrheit, dachte sie.

»Pah! Auf die Liebe!«, sagte Charlotte.

»Auf die Liebe?« Josefine roch an ihrem dampfenden Tee. Der Rum stach ihr in die Nase. Puh, wenn sie das Gesöff nur hinunterbrachte.

Die alte Dame nickte hinter ihrer Tasse. »Ohne die Liebe ist alles nix. Sie ist der größte Schatz, den man besitzen kann. Und damit meine ich nicht nur die Liebe zwischen Mann und Frau. Liebe in Familien ist sehr wichtig. Liebe Freundinnen sind es auch. Meine sind leider alle tot. Wie sieht's bei Ihnen aus?«

Josefine bekam einen Stich ins Herz. Dass sie sich vor kurzem mit ihrer Sandkastenfreundin Jessica zerstritten hatte, tat ihr immer noch weh. Und dann noch wegen so einer dummen Sache. »Darf ich Sie etwas anderes fragen?« Sie nippte am Tee. Brr. Aber der warme Abgang tat gut.

»So schlimm? Mit der Liebe?« Oma Charlotte nahm die Tasse in beide Hände und schaute gespannt zu Josefine. »Sie Arme!«

»Ich weiß nicht, was Sie meinen.« Wie konnte sie gleich so persönlich werden? »Ich bin hier, um diesen Artikel über

Ben oder vielmehr über Harm zu schreiben. Alles, was ihn betrifft, interessiert mich.« Sie trommelte mit den Fingernägeln gegen die Tasse und hörte damit auf, als sie es merkte. Ungeduld war kein gutes Mittel, um an Informationen zu kommen. »Wie sieht es denn in Bens Liebesleben so aus?«

Die Oma trank ihre Tasse aus. »Wenn Sie keinen Kummer haben wollen, dann halten Sie sich fern von Ben.« Sie hielt Josefine die leere Tasse hin, damit sie sie auf den Nachttisch stellte, und griff das Strickzeug.

»Ich frage rein beruflich für meinen Artikel. Er wird es mir wohl nicht erzählen.«

Die Nadeln klackten. »Obwohl es da viel zu erzählen gäbe, fürchte ich.«

»So?« Josefine trank, es schmeckte schon besser, und sie genoss nun die Wärme, die durch die Speiseröhre in den Bauch rann.

»Nee, ich sach nix. Blut ist dicker als Seemannsgarn. Sogar in einer Kapitänsfamilie.« Sie prüfte an einer Stelle die Maschen.

Schade, dachte Josefine, aber ich werde schon noch dahinterkommen. »Verraten Sie mir denn ein wenig von dem Seemannsgarn? Für meinen Artikel?« Der Rum wärmte jetzt herrlich. »Vielleicht sogar ein echtes Familiengeheimnis?« Josefine trank noch einen großen Schluck.

Die Maschen schienen zu stimmen, die Oma strickte weiter. »Das größte Familiengeheimnis haben wir noch nicht gelüftet. Es ist das Geheimnis von Sansibar. Kapitän Hermann hat es in die Familie getragen, damals, 1896.« Die Nadeln klackten.

»Hermann? Ist das der mit den buschigen Augenbrauen auf dem Ölgemälde unten in der Diele?« Jetzt war ihre Tasse doch tatsächlich leer geworden, stellte Josefine etwas enttäuscht fest und schaute hinab auf die letzte kleine Pfütze Rum in der Tassenkurve.

Oma Charlotte nickte. »Der erste Kapitän der Familie. Hat die ganze Welt gesehen und hier, in seinem Heimatort, unser Haus gebaut für seine Frau und die Kinder. Er selbst war ja vor seinem Ruhestand kaum da.«

»Und worum geht es bei dieser Geschichte von Sansibar?« Josefine lehnte sich auf ihrem Stuhl zurück und schlug die Beine übereinander.

»Wenn wir das so genau wüssten.« Die alte Frau trennte ein paar Maschen auf, die offenbar nicht gelungen waren. »Er hat einen Brief hinterlassen, uns' Hermann. Darin steht, dass er etwas sehr Wertvolles mitgebracht hat von seiner Fahrt nach Sansibar. Aber was es ist, sein Vermächtnis, das hat er nicht geschrieben, der alte Geheimniskrämer. Und wir haben bisher auch nichts gefunden. Oh!« Das rote Wollknäuel rollte vom Bett und kullerte über die Dielen. »Obwohl es hier im Haus versteckt sein muss. So ist Hermanns Brief jedenfalls zu verstehen.«

Josefine ging auf die Knie, krabbelte hinter dem Wollknäuel her und rollte es wieder auf. »Existiert der Brief noch?«

»Danke, mien Deern.« Oma Charlotte nahm die Wolle entgegen. Die Stricknadeln machten wieder Tempo. »Klar existiert der. Spitzen Sie nur die Jungs noch mal schön auf ihn an. Ich sach ja immer, sie sollen endlich ernsthaft mit der Suche anfangen. Vielleicht sind es ja sogar Diamanten? Sansibar war schließlich bekannt für seine Diamanten. Und dann wäre es kein Wunder, dass die noch niemand gefunden hat, so gut, wie die kleinen Dinger sich verstecken lassen.« Sie hielt das Gestrickte hoch. »Wie wär's? Wollen Sie einen Schal? Der nächste Winter kommt bestimmt. Oder lieber eine Mütze? Es könnte auch noch eine Mütze werden, wenn ich mir Mühe gebe.«

»Ein Schal wäre perfekt.« Meine Oma hat mir nie einen Schal gestrickt, dachte Josefine. »Kapitän Hermanns Vermächtnis ist also das größte Familiengeheimnis, sagen Sie? Das klingt, als gäbe es noch weitere Geheimnisse.«

Oma Charlotte hob den Kopf und schaute sie lange stumm an, die Nadeln schwebten in der Luft. Plötzlich legte sie das Strickzeug zur Seite. »Kein Kommentar. Gehen Sie jetzt.«

Josefine zog die Augenbrauen in die Höhe, stand auf und nahm beide Tassen.

»Gehen Sie, aber kommen Sie wieder. Morgen Nachmittag um drei zu Kaffee und Kuchen? Ich genieße es wirklich sehr, endlich mal eine Frau um mich zu haben. Und zwar eine mir durchaus angenehme, kluge, zielstrebige junge Dame. Auch wenn Sie mir einen Tick zu neugierig sind. Aber das ist wohl eine Berufskrankheit, was?« Sie lächelte. »Ich möchte, dass du mich Charlotte nennst, mien Deern. Wir Küstenmenschen machen das so, wenn wir uns mögen. Aber jetzt geh. Für eine alte Frau, die gerade dem Tod von der Angel gegangen ist, habe ich schon viel zu viel gequatscht.« Sie sank in das Kissen zurück und schloss die Augen.

Josefine verließ leise das Zimmer. Was für eine liebe alte Dame. Und wie vertraut sie gleich mit ihr umgegangen war. Sie stellte sich ihre eigene Oma Margot in der gleichen Situation vor. Niemals hätte sie so mit einer Fremden geplaudert! Sie seufzte. Ihre eigene Familie – das war ein anderes Thema, dachte sie und freute sich, dass sie Charlotte morgen wiedersehen würde.

Sie balancierte mit den zwei Tassen in der Hand und dem Rum im Blut die schiefe, knarrende Treppe hinunter. Zielstrebig hatte Charlotte sie genannt, und das war sie sehr wohl, behielt sie doch immer die Kontrolle und ihren Glückshafen im Blick. So wie bei dieser Boje Nummer vier im *Kapitänsprinzip*. Wie hieß es da noch gleich?, versuchte sie sich zu erinnern. Ach ja: *Besteigen Sie den Ausguck, und halten Sie Kurs!*

Was Ben wohl vorhatte, mit ihr zum Erreichen dieser Boje zu unternehmen?, dachte sie, als sie in die Küche trat.

Ben war nicht zu sehen, nur Markus saß am Plankentisch, las Zeitung und schaute kaum auf. »Ben duscht. Schönen Gruß. Bis morgen«, sagte er zur Zeitung.

Nicht aufregen, beschwor sie sich. Ruhig und freundlich bleiben. »Und was machen wir morgen? Ben und ich.« Und du zum Glück nicht! Sie stellte die Tassen in das Keramikspülbecken.

»Morgen erleben Sie ein grandioses Panorama.« Er blätterte um.

Heißt? Mann, dieser Fischkopp konnte einem wirklich den letzten Nerv rauben. So eine nette Oma. So ein fescher, cooler Kapitän – und so ein Stoffel! »Klartext?«

Markus legte den Zeigefinger auf den Mund und vertiefte sich wieder in seine Lektüre.

Grrr! Am liebsten hätte sie ihm die Zeitung weggerissen, sie zusammengerollt und ihm damit eins auf die Rübe gegeben.

Ohne Gruß verließ sie das Haus über die Holzveranda und roch im Garten noch einmal zur Beruhigung an den Papageno-Rosen, bevor sie die Pforte hinter sich schloss.

Genau zehn Minuten zu früh.

15
Ben

Denn zehn Minuten später stürmte Ben mit der Kapitänsmütze auf den frisch gefönten Haaren und in Uniform in die
Küche. »Muss zum Shooting mit Fredl auf der Seebrücke.«
Er drehte sich einmal um die eigene Achse. »Fotogen genug,
das Kapitänchen?«

Markus hob den Daumen und wandte sich wieder der Zeitung zu. »Viel Vergnügen!«

»Mit Fredl allemal!« Ben lachte, schnappte sich im Vorbeigehen noch einen grasgrünen Apfel aus der Obstschale,
lief hinaus auf die Veranda – und stoppte abrupt. »Markus!
Komm her.«

»Mensch, nun lasst mich doch endlich in Ruhe meine
Zei…«

»Herkommen! Jetzt!«

Markus erhob sich und trat neben Ben auf die Veranda.
»Was zum … Nein!«, rief er, als er sah, was Ben meinte. Auf
der Promenade vor dem Garten schaltete ein Lastwagen soeben in den Rückwärtsgang und parkte ganz langsam pie-
pend direkt vor ihrem Zaun – einen großen, leeren Baucon-
tainer auf der Ladefläche. Der Fahrer sprang heraus, hängte
die schweren Ketten ein und bediente den Kran, so dass der
Container über den Zaun schwebte, bis er auf dem Rasen neben den Papagenorosen zum Stehen kam.

Markus war als Erster in der Lage, sich zu rühren, und lief auf den Fahrer zu, der rittlings über den Gartenzaun hüpfte und sich an den Ketten zu schaffen machte, um sie auszuhaken.

»Was zum Henker soll das werden?«, rief Markus.

Der Mann grinste breit. Graue Zähne kamen zum Vorschein. »Wonach sieht's denn aus?«

»Es sieht danach aus, dass Sie einen Container in unseren Garten stellen, obwohl wir keinen geordert haben.«

»Auftrag ist Auftrag«, sagte der Mann, löste in aller Ruhe die Ketten und zog dann einen Schein aus der Brusttasche seines Blaumanns. Er reichte ihn Markus.

Der blickte drauf. »Hartenberg!« Er biss sich auf die Lippe. »Dieses Arschloch!« Er knallte dem Fahrer das Papier vor die Brust. »Sie nehmen den Container schön wieder mit.« Er griff nach einer der Eisenketten und hakte sie ein. »Zurück auf den Laster und tschüs.«

»Nix und tschüs. Das ist mein Auftrag.« Der Mann lehnte sich an den Zaun und verschränkte die Arme vor der Brust.

»Sie können mich mal mit Ihrem Auftrag! Der Container verschwindet, und zwar sofort.« Markus sah ihn böse an.

Der Mann nickte und zog einen zweiten Brief hervor. »Der Auftraggeber sagte schon, dass Sie Ärger machen würden. Lasse mich gerne beschimpfen für fünfhundert Mücken extra, haha. Machen Sie ruhig weiter. Habe hier noch eine Nachricht für Sie.« Er gab Markus den geschlossenen Umschlag.

Markus riss ihn auf und zog einen handbeschriebenen Briefbogen heraus. Ben sah ihm über die Schulter: *Sehr geehrte Pechvögel*, stand dort in einer zackigen Handschrift und dunkelblauer Tinte. *Ich freue mich sehr, Euch mitteilen zu können, dass Ihr Euren Hausrückkauf ein für alle Mal vergessen werdet – und zwar sofort. Denn erfreulicherweise bin ich in den Besitz interessanter Informationen gekommen, die es mir ermöglichen, Euch davon zu überzeugen, auf das Kapitänshaus zu verzichten. Deshalb lasst den Container ruhig schon mal da, wo er ist; ich kümmere mich ab jetzt – um die Entrümpelung!*

Sollte es Euch interessieren, welche spannenden Details aus Eurem verwegenen Leben mir zu Ohren bzw. zu Augen gekommen sind, trefft mich doch bitte übermorgen um 21 Uhr im »Klabautermann« auf der Seebrücke. Vorher ist mir die Freude, in Eure Gesichter zu blicken, leider nicht gegeben, da ich mich auf Geschäftsreise befinde. Aber ich habe einen kleinen Tipp für Euch, wohin die Reise geht: Ahoi!

Mast- und Schotbruch,

Euer Werner Hartenberg

Markus ließ den Briefbogen sinken. »Das war's.« Er machte kehrt und lief langsam über den Rasen und die Veranda ins Haus zurück.

»Was ist denn nun mit dem Container?«, fragte der Fahrer.

»Aufladen und abhauen damit«, zischte Ben und rannte hinter Markus her in die Küche.

Wie ein angeschlagener Boxer stand der an der Mittelinsel und stützte sich auf sie. »Er weiß es«, sagte er. »Es ist aus.«

Ben nickte langsam. Es war aus. Wenn ihnen nicht noch eine Lösung einfiele. Bis übermorgen. Etwas mehr als 48 Stunden blieben. 48 Stunden, in denen sie einen Plan entwickeln mussten, wie sie Hartenberg umstimmen konnten.

48 Stunden aber auch, in denen sie die Kapitänsfarce für Josefine aufrechterhalten mussten. In denen er weiter den feschen Käpt'n spielen musste. Den Kapitän mit dem gepachteten Glück.

Er legte den grasgrünen Apfel zurück in die Obstschale und lief mit hängenden Schultern, die Hände in den Hosentaschen versenkt, Richtung Seebrücke.

16
Josefine

Was für ein Glückspilz war sie doch, dass sie an so einem schönen Ort arbeiten durfte! Josefine stand am offenen Fenster ihres Hotelzimmers und sah auf den Strand. Urlauberpaare schlenderten an der Wasserlinie entlang, Kinder buddelten vor Strandkörben und kreischten beim Fangenspielen. Ein noch größerer Glückspilz wäre sie allerdings, wenn sie gar nicht arbeiten müsste, sondern einfach einen Strandspaziergang machen könnte, dachte sie – und erschrak. Seit wann hatte sie denn solche Gedanken? Ein Nine-to-five-Job war doch noch nie ihr Traum gewesen. Sie schüttelte den Kopf. Nein. Erst die Arbeit, dann der Strand. Fredl und Ben shooteten schließlich gerade, da konnte sie sich jetzt keinen Lenz machen.

Sie lief zum Bett und setzte sich im Schneidersitz vor ihren Laptop. Recherche. Musste schließlich auch erledigt werden. Sie klickte auf die Seite der Uni Rostock. Mal eine freundliche Mail schreiben, dachte sie, und mich ankündigen für ein Gespräch über den Studenten Harm Harmsen.

Wie er wohl an der Uni gewesen war – engagiert? In Komitees und Clubs aktiv? In Arbeitsgruppen? Sie schüttelte den Kopf. Nee. Irgendwie konnte sie sich das nicht vorstellen. Eher sah sie ihn nach frühem Feierabend am Strand von Warnemünde abhängen. Vielleicht surfen? Das Surfer-

T-Shirt gestern Abend beim Kochen hatte ihm gut gestanden, fand sie, tippte ihre Anfrage zu Ende und klickte auf *Senden*.

Die Mail sauste zischend ab.

Was noch? Sie hob den Kopf und blickte zum Fenster. Am Himmel zogen kleine weiße Wolken auf. Lange würde das Wetter womöglich nicht mehr halten. Vielleicht sollte sie doch lieber schnell gehen, bevor es zu windig und zu kühl wurde? Sie nickte zu sich selbst. Vielleicht fand sie ja noch einen Bernstein. Einen echten, keinen aus Phosphor. Sie lächelte und dachte an Ben, wie er auf den Stein gebissen hatte. An seinen Blick, sein Lächeln, sein …

Reiß dich zusammen, Josefine, schalt sie sich. Komm, eine E-Mail noch, dann darfst du an den Strand.

Also: Wen musste sie noch kontaktieren? Ach ja, die Reederei. Steilmann, Oldenburg. Die Finger klackten über die Tastatur. Da war sie schon, die Homepage. Mal anfragen, wie Ben sich als Kapitän gemacht hatte. War er eine gute Führungskraft gewesen? Äh. Wenn sie so darüber nachdachte, fiel es ihr schwer, sich Ben vor einer Mannschaft von fünf bis zehn Seemännern vorzustellen, wie er Kommandos gab und das Wohl eines riesigen Containerschiffes im Blick hatte. Hm. Sie formulierte ein kurzes Anschreiben und bat um Rückmeldung.

So. Jetzt aber an den Strand! Sie klappte den Laptop zu. Durchatmen. An nichts denken. Schon gar nicht an Ben. Oder an seinen unmöglichen Bruder. Höchstens an Charlotte. Gut, dass sie wieder auf dem Dampfer war. Josefine lächelte. Sie freute sich auf morgen. Mit Charlotte Kaffee trinken. Und davor Boje Nummer vier abhaken mit Ben. Worum ging's dabei noch gleich? Sie angelte das mit vielen bunten Post-its versehene *Kapitänsprinzip* vom Nachttisch und blätterte. Da war sie ja. *Boje Nummer vier: Besteigen Sie den Ausguck, und halten Sie Kurs!*, las sie. Ach ja. *Sie haben nun Ihren Glückshafen definiert, Ihr Schiff seetauglich gemacht, Proviant geladen und sind mutig in See gestochen. Bravo! Wenn Sie dachten, den schwierigsten Teil Ihrer Glücksreise hätten Sie damit hinter sich, haben Sie sich geirrt. Der schwierigste Teil beginnt jetzt, auf offener See. Denn hier ist kein Land in Sicht. Kein Lotse übernimmt das Steuer. Es gibt nur das Meer, den Himmel, den Wind und Sie, Ihr Schiff und Ihr Ziel – das weit entfernt hinter dem Horizont liegt.*

Deshalb, Matrose, ist es zu diesem Zeitpunkt besonders wichtig, den Überblick zu behalten und auf Kurs zu bleiben. Driften Sie nicht ab, noch nicht einmal um ein paar Grad, sonst landen Sie möglicherweise am Südpol, obwohl Sie in die Karibik wollten.

Überprüfen Sie ständig die aktuelle Position auf Ihrer Seekarte. Fahren Sie genug Knoten pro Stunde, um die angepeilten Etappen zu schaffen? Achten Sie auch auf Ihren inneren Kompass, Ihr Bauchgefühl. Es wird Ihnen bei jeder zu treffenden Entscheidung sagen, ob Sie damit weiterhin auf Kurs liegen.

Besteigen Sie also sofort nach dem mutigen In-See-Stechen den Ausguck. Segeln Sie hart am Wind auf Ihren Zielhafen zu. Ach ja: Und genießen Sie den Törn auch ein wenig. Das Meer ist rau, aber schön, Matrose. Volle Kraft voraus.

Josefine klappte das Buch zu, warf es auf den Nachttisch und sprang vom Bett. *Besteigen Sie den Ausguck.* Was Ben wohl vorhatte mit ihr bei dieser Boje? Sie würde es herausfinden. Morgen früh. Jetzt aber endlich an den Strand.

17
Josefine

Am nächsten Morgen war ein kühler Wind aufgezogen, Wolken jagten über den Himmel heran, als Josefine am Kapitänshaus ankam. Zu Fuß. So hatte es Ben angeordnet, und schon sah sie, warum. Zwei Hollandräder lehnten am Gartenzaun, Ben, heute in Holzfällerhemd und Jeans statt Uniform, pumpte den einen Hinterreifen auf. Müde sah er aus und etwas grau im Gesicht mit dunklen Schatten um die Augen, bemerkte Josefine. Das Shooting am Vortag war sehr gut gelaufen, hatte Fredl berichtet. Daran konnte es also nicht liegen. Dann hatte der Kapitän wohl eine kurze Nacht gehabt? Sie verzog den Mund. War denn das die Möglichkeit? Sogar während dieser wenigen, für sein Buch so wichtigen Tage mit ihr konnte er seine Finger nicht stillhalten? Charlotte hatte ja angedeutet, dass er ein Lebemann war. Aber das kam ihr jetzt wirklich unprofessionell vor.

»Heute wird gestrampelt«, sagte Ben statt einer Begrüßung und pumpte weiter. Kein Lächeln, kein Scherz.

War er etwa muffelig? Das war neu, dachte Josefine und wandte ihren Blick von ihm ab zu den Rädern. Wann war sie das letzte Mal geradelt? Lange bevor sie in die Stadt gezogen war. »Wo geht's denn hin?«

»Hoch hinaus.« Es klang, als ob es ihn jetzt schon anstrengte. Offenbar hatte er sich sehr verausgabt letzte Nacht.

Sie nahm das Damenrad vom Zaun und schob es auf die Promenade, um den Sattel richtig einzustellen. Aber was gingen sie eigentlich seine Weibergeschichten an? Sie war hier, um sein Buch zu beurteilen und die Brauchbarkeit seiner Glücksratschläge zu testen. Den Autor musste man dafür nicht mittesten. Ein bisschen mehr Professionalität seinerseits hätte sie sich allerdings gewünscht. Schließlich war das hier Business. Sie lugte zu ihm hinüber, wie er die Fahrradpumpe abzog und in der Halterung an der Stange befestigte. Mit wem er wohl zusammen gewesen war? Sie drehte die Sattelklemme auf und zog den Sattel ein Stück heraus. »Berge habe ich hier aber noch nicht gesehen.«

»Sag das nicht. Wir haben einen schönen, den Golm, knapp siebzig Meter hoch.« Er prüfte mit den Fingern ein letztes Mal den Reifendruck und nickte.

»Wow.« Sie schloss die Sattelklemme. »Also geht's doch nicht hoch hinaus.«

»Aber so was von.« Ben schwang sich in den Sattel. »Wir fahren nach Swinemünde und klettern auf den Leuchtturm.«

Josefine hielt mitten im Aufsteigen inne. »Du willst mit mir nach Polen?«

»Achtundsechzig Meter hoch ist er. Dreihundert Stufen.«

»Nach Polen?« Ihr Bein schwebte immer noch in der Luft.

»Als er erbaut wurde im Jahr 1859, war es der höchste Leuchtturm der Welt.«

»Deshalb sind wir also ohne Auto unterwegs?« Sie lächelte.

Er ging nicht darauf ein. »Wenn wir Glück haben, können wir ganz Usedom überblicken«, sagte er matt.

Josefine drehte eine erste Runde und fuhr eine Acht. Schöner breiter Sitz, gemütlich. Aber wenn Ben nicht bald wacher wurde und bessere Laune bekam, dann konnte das ein richtig anstrengender Ausflug werden. »Wie weit ist es denn bis in den Warschauer Pakt?«

»Gut zwanzig Minuten, immer die Promenade entlang, kleine Fährfahrt über die Swine. Werden Sie das schaffen, Frau München-ich-steige-in-Highheels-vor-dem-P1-aus-dem-Beetle?« Endlich gelang ihm doch ein Lächeln.

Josefine trat stehend in die Pedale. »Finde es raus, Käpt'n!« Sie sauste los.

Der Schotter knirschte unter den Rädern, als sie unter den Kiefern der Promenade Richtung Ahlbeck radelten. Gründerzeitvillen mit imposanten Säulen und parkähnlichen Gärten zogen vorbei, Rhododendronbüsche, gestutzte Rasenflächen und von kniehohen Buchsbäumchen gesäumte Gartenwege. Josefine konnte sich vorstellen, wie Anfang des letzten Jahrhunderts die Herren und Damen aus Berlin zur Sommerfrische eintrafen. Sie sah die Frauen in langen Kleidern und großen Hüten aus der Kutsche oder aus dem Horch steigen, charmant gestützt von den Herren in Anzug mit Stock und Hut. In gestärkten Häubchen und Schürzen standen die Bediensteten Spalier, die bis zur letzten Minute vorgekocht und das Sommerhaus gewienert hatten.

Sie blickte auf die andere Seite zum Strand und erinnerte sich an Schwarzweißfotos, auf denen Männer mit Kaiser-Wilhelm-Bart in knielangen Badeanzügen ins Meer wateten und Kinder mit Affenschaukelzöpfen vor dem Strandkorb Sandburgen bauten, während die Frau Mama, bis zum Hals zugeknöpft, im Schatten des Korbes ein Buch las.

Ben radelte neben sie. »Die Seebrücke von Ahlbeck!« Er zeigte auf die Holzbrücke mit ihrem weißen, flachen Haus, dessen rotes Dach mit den vier grünen Spitztürmchen Josefine schon auf vielen Bildern gesehen hatte.

Sie fuhr langsamer. »Sie ist viel schöner als die in Heringsdorf.«

»Über Geschmack lässt sich nicht streiten«, sagte Ben und trat plötzlich heftig in die Bremse. »Stopp!« Er sprang vom Rad.

Josefine kam nach ein paar Metern zum Stehen und schaute ihn fragend an. »Kannst du nicht mehr?«

Ben lachte und zeigte auf ein weißes Gründerzeithotel mit großer Café-Terrasse. »Hier muss ich einfach anhalten, wenn ich vorbeikomme. Hier gibt's den besten Kaffee der Insel. Den kann ich heute bestens gebrauchen. Ich lade dich ein.« Er schob das Rad zu einem Ständer in der Nähe der goldenen Standuhr und schloss beide Räder zusammen.

Zu Löffelgeklapper und Stimmengewirr setzten sie sich an einen Tisch in der ersten Reihe, und Ben hatte recht: Als der Kaffee kam, roch er herrlich würzig, und Josefine meinte eine leichte Note von Zimt herauszuschmecken und ein feines Röstaroma.

»Eigene Mischung, eigene Röstung.« Ben nickte stolz, als hätte er die Bohnen eigenhändig gepflückt.

Josefine lehnte sich auf ihrem Korbstuhl zurück, nahm die Tasse in beide Hände – und genoss. Familien mit Eistüten in der Hand liefen vorbei. Pärchen in Polohemden und Chinos führten rassige Hunde an der Leine. Rentner, die ihre besten Polyesterhosen aus dem Schrank geholt hatten, studierten Speisekarten in den Schaukästen und beratschlagten, ob sie sich ein Kännchen Kaffee und ein Stück Streuselkuchen leisten sollten. Die grauen Wolken jagten weiter über den Himmel, aber es blieb trocken. Und Josefine genoss dieses Licht, das es nur an der See gab und das auch den trübsten Tag freundlich wirken ließ.

Sie blickte zu Ben hinüber. Auch er verfolgte das Treiben auf der Promenade, schien jedoch mit seinen Gedanken woanders zu sein.

Josefines Handy klingelte. Ausgerechnet. *Fredl Kahl ruft an*, zeigte das Display. »Ja?«

»Ja?«, äffte Fredl sie nach. Er machte ein ungeduldiges Schnalzgeräusch. Im Hintergrund hörte sie etwas, das klang wie tibetische Gebetsglocken von einer Entspannungs-CD. »Sich mit Namen melden ist so was von out, dass es schon wieder in ist. Ist wohl noch nicht angekommen bei dir, gell?«

»Was willst du, Fredl?«

Sie hörte ein klatschendes Geräusch, dann brüllte Fredl: »Finger weg! Es langt, gehen Sie! Mann, diese Provinzmasseure: hetero, hässlich wie die Nacht und brutal.« Sie hörte Flipflops über einen Steinboden patschen, die tibetischen Klänge verebbten.

»Fredl, was ist der Grund für deinen Anruf?« Josefine schaute sehnsüchtig auf ihren Kaffee, den sie auf der weißen Tischdecke abgestellt hatte.

»Wollte mich erkundigen, ob du mich hier noch brauchst. Sonst würde ich gern in die Zivilisation zurückkehren. Die Fotos vom Kapitänchen habe ich Mittermann schon vorausgeschickt. Sind natürlich tipptopp.« Sie hörte, wie eine Fahrstuhltür aufglitt.

»Wie immer bei dir.« Sie überlegte kurz. »Nein, ich brauche hier nichts mehr.«

»Dann pack ma's.« Eine Zimmerkarte piepte, und kurz darauf fiel eine Tür ins Schloss. »Halt dich wacker, Finchen, gell? Ich denk an dich.« Er legte auf.

»Fertig zum Weiterfahren?« Ben stand schon vom Tisch auf. Seine Augenringe schienen ihr etwas kleiner geworden zu sein. Er lächelte sie sogar fast schon keck an.

Josefine trank im Stehen ihren Kaffee aus und folgte ihm zu den Fahrrädern.

Sie fuhren nur noch wenige Minuten, dann passierten sie die alte Grenze. Der Grenzsandstreifen war noch deutlich zu erkennen, ein dunkler Steinstreifen markierte den Grenzverlauf quer über die Promenade. Schon säumten die ersten Häuser von Swinemünde den Weg, einige Verkaufsbüdchen, Kiefern, dann erreichten sie den großen Hafen.

Die Fähre legte gerade am Kai an, sie schoben die Räder hinauf und kletterten auf das Hochdeck. Nach wenigen Minuten ruckelte es, die Fähre setzte sich in Bewegung und zog vorbei an Kriegsschiffen, die vertäut in einem Seitenbecken lagen, an Öltanks und Kränen und an der großen Fähre nach Trelleborg, in deren offenen Schlund Lastwagen um Lastwagen rollte. Josefine beobachtete das rege Hafentreiben, Dieselgeruch stieg ihr in der Nase. Ben lehnte mit nachdenklicher Miene an der Reling. Was ihn wohl beschäftigte?, überlegte sie.

Nach wenigen Minuten hatten sie die Swine überquert und die Insel Wollin erreicht. Mit den Rädern fuhren sie weiter und kamen endlich am Leuchtturm an.

Gelbbrauner Backstein mit roten horizontalen Streifen

oben und in der Mitte – Josefine fand den Turm geradezu stylish. Sie schlossen die Räder an, liefen die Stufen zum Eingang empor und kauften bei der mürrisch dreinschauenden Frau im Kassenkabuff Eintrittskarten. Das Museum sparten sie sich und gingen gleich zur Turmtreppe.

»Nach dir.« Ben wies in das Treppenhaus, in dem die Wendeltreppe begann. »Geh du voran, dann kann ich dir besser auf den Hintern glotzen.«

Josefine fuhr herum. »Wie bitte?«

»Ich sagte: Geh du vor, aber wegen der dreihundert Stufen nicht motzen.«

»Hast du nicht, du hast …«

»Wenn du nicht willst, dann gehe ich eben vor.« Er drängte an ihr vorbei und begann die Stufen schnell emporzusteigen. Josefine beeilte sich hinterherzukommen. Ihre Schritte hallten durch den Turm. Auf einem Drittel der Höhe erreichten sie den ersten Rundumbalkon und traten hinaus. Die Stadt und den Hafen konnten sie von hier aus sehen, viel mehr nicht. »Steigen wir ganz nach oben«, sagte Ben und verschwand schon wieder im Treppenhaus. Josefine folgte.

Wenige Meter unter dem großen Leuchtfeuer in seinem Glaszylinder traten sie schwer atmend ins Freie. Starker Wind empfing sie, die Geräusche des Hafens – Kranquietschen und Schiffstuten – wehten zu ihnen herauf. Josefine machte einen festen Knoten aus ihrem Pferdeschwanz, bevor sie bis an die Brüstung trat. Dieser Balkon war mannshoch vergittert, aber Ben hatte nicht zu viel versprochen: Der Blick war gigantisch! Josefine sah ganz Usedom vor sich liegen, der Strand zog sich wie ein weißes Band bis an den

Horizont. Die Ostsee glitzerte, wo die Sonne hinkam; Wolken warfen flüchtige Schatten auf das Wasser.

Ben zeigte mit ausgestrecktem Arm an der Küste entlang. »Dahinten ist Heringsdorf.«

Josefine schirmte mit der Hand die Augen gegen das Licht ab und erkannte winzig klein die Seebrücke mit der Pyramide.

»Und das da«, Ben bückte sich zu ihr hinunter, so dass sein Gesicht auf der Höhe des ihren war, und kam mit seiner Wange sehr nahe an ihre, »das davor ist Ahlbeck.«

»Tatsächlich? Das wäre mir als Frau ohne Geographieverständnis ohne deine Hilfe natürlich entgangen.« Josefine rückte etwas von ihm ab.

Er rückte hinterher. Offenbar hatte er seinen Flirtmuskel wiederentdeckt, und der Kaffee schien die miese Stimmung von heute Morgen vertrieben zu haben. »Deshalb sag ich es ja.«

Der Humor war also auch wieder da. »Herrgott noch mal.« Sie trat einen Schritt von ihm weg, aber sie lächelte. »Jetzt erklär mir den Rest von dieser trostlosen Insel, und dann brause ich ab ins Hotel, ich muss arbeiten.« Sie zückte ihr Handy, hielt es durch das Gitter und machte ein Foto. Der Wind erfasste ihre Hand, beinahe hätte sie das iPhone fallen lassen. Schnell zog sie den Arm zurück.

»Du arbeitest doch gerade.«

»Na gut, Herr Kapitän, denn mal Butter bei die Seeschollen: Was hat es denn nun im Kern auf sich mit *Boje Nummer vier: Besteigen Sie den Ausguck, und halten Sie Kurs!*« Sie fotografierte ihn von der Seite. Im Hintergrund erwischte sie die Mitglieder einer Reisegruppe, die soeben schnaufend und lautstark Witze reißend aus dem Treppenhaus auf den Balkon traten.

»Ist das so schwer zu verstehen? Wenn man gestartet ist in sein Glück, muss man sein Ziel fest im Blick behalten, fokussieren, eifrig dran arbeiten und sich nicht ablenken lassen.« Er trat nah an sie heran, drehte sie sanft mit dem Rücken zum Gitter und griff links und rechts von ihr in die Maschen. »Von nichts und niemandem.« Seine Augen tauchten in ihre.

Sie erwiderte seinen Blick und wich nicht aus. »Von nichts und niemandem?«

»Ganz genau.« Er kam noch näher. »Wichtig ist auch, seine persönliche Seekarte und seinen Kompass eng am Mann beziehungsweise an der Frau zu behalten.« Sein Mund stoppte kurz vor ihrem.

Sie strich sich eine Haarsträhne hinters Ohr, an der der Wind zerrte. »Kompass?«

»Kompass«, flüsterte er, und seine Lippen öffneten sich leicht – da kam Josefine zu sich, tauchte ab und hangelte sich unter seinem Arm hindurch in die Freiheit.

Sie drehte ihm den Rücken zu, atmete tief durch, ließ sich den Wind ins Gesicht pusten und schloss für einen Moment die Augen. Hilfe! Sie drängte sich zwischen den bunten Anoraks der Reisegruppenmitglieder hindurch, um das Leuchtfeuer zu umrunden. Das war knapp gewesen! Aber keine Panik jetzt. Wieder professionell werden. Den Zielhafen im Auge behalten, den Kurs auf der Seekarte absegeln, hart am Wind und nicht abdriften. Sie fing ihre flatternden Haarsträhnen ein und machte einen neuen, festen Haarknoten. Noch mal tief durchatmen, lächeln – und weiter, sagte sie zu sich und lief die letzten Meter auf dem Rundbalkon, um wieder zu Ben zu gelangen.

Er stand immer noch so da, wie sie ihn verlassen hatte. Die Hände in den Maschen blickte er ihr entgegen.

»Kompass. Ein sehr hilfreiches Gerät, besonders der innere. Hab ich jetzt verstanden«, sagte sie. »Seekarte auch, wie ich feststelle. Von einer plötzlich auftauchenden Landmarke *Knutschen mit Interviewpartner* ist da auf meiner weit und breit nix verzeichnet.«

»Doofe Seekarte, würde ich sagen.« Er lächelte schief und löste die Finger langsam aus den Maschen, gerade als Josefines Handy klingelte. Sie zog es aus der Jeanstasche. *Schatz ruft an,* blinkte das Display.

»Ja? – Konstantin!« Sie lief beim Sprechen zur Treppenhaustür und trat in die Windstille, Ben folgte. »Du, ich bin gerade im Interview. Kann ich dich später zurückrufen?« Sie begann mit dem Abstieg, ihre Schritte hallten durch den Turm. »Ja, mit dem Kapitän. – Ja, alles in Ordnung so weit. – Wie? Nein, keine Sorge, keine Gefahr.« Ein paar Leute kamen ihnen von unten entgegen, Josefine drückte sich an die kalte Wand, um sie vorbeizulassen. »Ach wirklich? Du, das hatten wir doch schon besprochen. Ich bin sehr beschäftigt. Ich denke nicht, dass ich viel Zeit hätte für dich.« Die Leute waren durch, sie stieg die letzten Stufen hinab. »Ja klar, heute Abend reden wir noch mal darüber, wenn ich im Hotel bin. Ich vermisse dich auch, ciao.« Sie drückte ihn weg.

»Schatz?« Ben hopste ein paar Stufen hinunter wie ein kleiner Junge.

»Ich glaube nicht, dass du ihn so nennen solltest, aber ja, das war Konstantin.« Sie verließen das Treppenhaus, nickten der Frau im Kassenkabuff zum Abschied zu und liefen zum Ausgang.

Ben hielt Josefine die Tür auf. »Konstantin will herkommen?«

Sie trat hinaus und atmete frische Luft. »Aber ich halte es für keine gute Idee. Bin schließlich hier, um zu arbeiten.«

»Da kennst du nichts, was? Arbeit geht immer vor.«

»Arbeit geht vor, richtig. Und Konstantin versteht das, er muss selbst sehr viel ackern als Anwalt.« Sie umrundeten einen Reisebus und liefen zu den Fahrradständern.

»Wie verständnisvoll.« Ben legte den Kopf in den Nacken und schaute am Turm hinauf. »Dreihundert Stufen hinauf und hinunter sind wir gestiegen. Plus Radtour. Da haben wir unser Fitnessprogramm für heute erledigt, was?«

Sie sah ihn erstaunt an. Er schaffte es also tatsächlich, so zu tun, als sei überhaupt nichts gewesen, und ging nahtlos in den Smalltalk über. Sie zog ihr Rad aus dem Ständer. Gut so. Sie würde mitmachen, beschloss sie. »Warst du denn noch gar nicht joggen? Deine tägliche Runde nach Ahlbeck?«

»Wann denn? Wir sind doch um neun Uhr losgefahren.« Er drehte sein Rad in Fahrtrichtung.

Sie schwang sich in den Sattel. »Davor natürlich. Ich war um sieben Uhr auf der Promenade und habe danach ganz gemütlich gefrühstückt.«

»Gibt ein Fleißbienchen.« Ben saß auf und trat in die Pedale.

»Hast du denn gar keine Prinzipien?«, fragte sie, als sie an der Swine entlang zurückfuhren Richtung Hafen.

»Mein Prinzip ist neuerdings das Kapitänsprinzip. Das reicht mir an Prinzipien.«

Schweigen. Josefine schaute ihn von der Seite an. Sein markantes Profil, der schon fast wiederhergestellte Dreitagebart, der im Sonnenlicht golden schimmerte. Seine Lippen. Wie er wohl küss... Oh, da war schon die Fähre. Sie schoben die Räder hinauf und glitten an den Kriegsschiffen und Öltanks vorbei zurück nach Usedom.

Dies war nur ein kleiner Ausflug gewesen, sagte sich Josefine, als sie das Ufer mit den Häusern der Stadt immer näher kommen sah. Ins Niemandsland. Jetzt betraten sie wieder realen Boden. Auf dieser Seite der Swine. Im Hier und Jetzt. Sie schoben die Räder von der Fähre. Sie würde einfach nicht mehr an den Fast-Kuss denken, beschloss sie. Schon fuhren sie auf der Promenade, er voran, sie hinterher. Sie war ja Profi. Und kein Teenager mehr. Eine erwachsene Frau von einunddreißig Jahren. Da würde sie doch vernünftig mit dieser Situation umgehen können. Genau wie er es ganz offensichtlich tat. Das gleichmäßige Treten tat ihr gut. Sie schaute auf sein Holzfällerhemd, unter dem die Rückenmuskeln spielten. Weiter im Plan. Was war gleich das nächste Kapitel im *Kapitänsprinzip*?

Ach ja. Piraten.

Sie holte auf und lenkte ihr Rad neben Bens: »Herr Kapitän, auf ein Wort. *Boje Nummer fünf: Wehren Sie Piraten ab!* Was hat es damit auf sich?«

»Wie?« Er drehte seinen Kopf vom Meer weg zu ihr und sah sie an, als ob er ganz vergessen hätte, dass er mit ihr unterwegs war und was das *Kapitänsprinzip* überhaupt sein sollte.

»Piraten. Unser nächstes Thema.« Sie lächelte. »Wenn ich es mir recht überlege: Einen Piratenangriff habe ich ja heute schon erlebt.« Verdammt, jetzt hatte sie es doch erwähnt!

Zum Glück grinste er.

»Also, was hat es damit auf sich in deinem Buch?«, fragte sie schnell hinterher.

Er fuhr Schlangenlinien. »Das erkläre ich dir, wenn wir heute Nachmittag dazu eine Übung machen. Eine vertiefende Übung würde ich vorschlagen, die auch bitte schön nicht abgebrochen wird.« Er zwinkerte.

Josefines Lächeln erlosch. »Wie du bemerkt hast, weiß ich mich ganz gut zu wehren gegen Piraten.«

Er hörte auf, Schlangenlinien zu fahren, setzte sich gerade auf und nahm die Hände vom Lenker. »Piraten greifen manchmal mehrmals an. Wusstest du das? Sie geben selten schnell auf, wenn sie ein Schiff ins Auge gefasst haben, das sie entern wollen.«

»Sollen sie. Ich weiß mich zu verteidigen. Immerhin bin ich Schützenkönigin gewesen bei uns im Ort.«

Ben prustete los, sein Rad machte einen ungewollten Schlenker und rammte beinahe eine Bank, auf der ein Rentnerehepaar saß und den Blick auf das Meer genoss.

»Im Ernst. Das ist nicht zum Lachen. Meine Schwester war nur Vizekönigin.«

Ben drohte fast vom Rad zu fallen.

»Na gut, Herr Kapitän, wenn Sie das so komisch finden – können Sie denn schießen?«

»Nee, Gott bewahre«, japste er und wischte sich Tränen aus den Augen.

»Dann wird's aber Zeit, dass du es mal ausprobierst. Ich zeig's dir.« Sie passierten wieder den Grenzstreifen.

»Wie bitte?« Er sah sie erstaunt an.

»Wir machen das zu unserer Übung für *Boje Nummer fünf: Wehren Sie Piraten ab!* Was passt da besser als schießen?«

»Du spinnst.« Sie mussten langsamer fahren, als sie sich jetzt der Ahlbecker Promenade mit ihren vielen Spaziergängern näherten.

»Hey, du hast mich heute ohne Vorwarnung in den polnischen Hinterhalt gelockt. Jetzt darf ich mal wieder Programm machen. Ich komme sowieso nachher um drei zu euch zum Kaffee mit Charlotte.«

Er vergaß zu treten und schaute sie erschrocken an. »Du besuchst meine Großmutter?«

»Und danach gehen wir zwei, du und ich, schießen. Mit dem Gewehr vom Kamin.« Sie nickte strahlend und sah im Augenwinkel die Seebrücke vorbeiziehen. Das rote Dach mit den grünen Spitztürmen leuchtete in der Sonne, die sich für einen Moment durch die Wolken gekämpft hatte.

»Mit Kapitän Hermanns Löwengewehr?«

»So wird's gemacht!« Sie trat schneller in die Pedale. »Im Übrigen geht mir dein Altherrentempo auf die Nerven. Ich muss mal ein bisschen Gas geben.« Sie fuhr ihm davon und winkte lachend, als er zurückblieb.

Puh, das war ja gerade noch mal gutgegangen. Der Kapitän war nicht verärgert, und sie hatte den Überblick bewahrt, den Kurs gehalten, war hart am Wind gesegelt und nicht abgedriftet. Obwohl ein bisschen driften vielleicht Spaß gemacht hätte? Stopp, Josefine, stopp!, schalt sie sich. Du hast alles genau richtig gemacht. Sie strampelte mit über den Lenker gelegtem Oberkörper, so schnell sie konnte. Sie, Josefine, würde keinem Piraten erliegen. Wie verwegen –

oder schick – er auch daherkam. Und gleich, dachte sie, als sie an den ersten Heringsdorfer Villen vorbeifuhr, würde sie im Hotel ihre E-Mails checken. Vielleicht hatte die Uni oder die Reederei ja schon geantwortet?

Sie umkurvte eine Touristentraube nahe der Kurmuschel und erreichte wenig später außer Atem den *Goldenen Anker*.

18
Markus

Wolkentürme zogen vor dem ovalen Fenster vorbei, wandelten ihre Form, strebten auseinander und ballten sich an anderer Stelle wieder zusammen. Markus sah Schaumkronen tanzen auf den höher werdenden Wellen. Das wird ganz schön gepfiffen haben, da oben auf dem Leuchtturm bei Ben und Josefine, dachte er und setzte sich aufrecht auf seinen Schreibtischstuhl. Hoffentlich vertrugen sich die beiden gut. Ben musste jetzt alles geben, damit sie wenigstens eine gute Rezension bekamen. Wenn nur Hartenberg dann nicht alles einriss! Nur noch knapp dreißig Stunden bis zu dem Treffen im *Klabautermann*. Dreißig Stunden, um die Katastrophe abzuwenden. Aber wie?

Er blickte auf seinen Computerbildschirm. Die Recherche zu Hartenberg hatte wenig Neues ergeben. Er hatte ein regelrechtes Immobilienimperium. Nicht nur hier, sondern auch in Hamburg, Köln und Stuttgart. Und Nizza, Biarritz und Lech. Hartenbergs Spezialität waren komfortable Neubauten in Spitzenlage, die er in Eigentumswohnungen aufteilte und verkaufte.

Ein paar Zeitungsartikel zu Eröffnungen und Verkaufsstarts von Wohnkomplexen. Fotos von Hartenberg mit Bürgermeistern bei Grundsteinlegungen und Schlüsselübergaben. Nichts, was ihnen weiterhalf. Einfach nichts.

Musste denn so ein Immobilienhai nicht Dreck am Stecken haben?

Markus seufzte und erhob sich, als er hörte, dass der Trockner auf dem Dachboden über ihm piepte; dann konnte er sich ebenso gut erst einmal um die Wäsche kümmern. Er warf einen letzten Blick auf das Meer und die Seebrücke und verließ sein Arbeitszimmer. Wo blieben nur Ben und Josefine? Über die schmale Holzstiege kletterte er hinauf zum Dachboden. Ich sollte hier endlich mal aufräumen, dachte er, als er die Seemannskisten, Ikea-Tüten, windschiefen Regale und Biedermeierstühle ohne Polster sah, die dort unter der Dachschräge einstaubten. Wenn sie das Haus nicht verlören, nahm er sich vor, wenn sie es irgendwie schafften, Hartenberg umzustimmen oder auszutricksen – dann würde er sich endlich mit diesem Durcheinander beschäftigen. Charlotte mahnte das schon seit einer ganzen Weile an. Zumal sie mit ihrem Dickkopf der festen Überzeugung war, dass hier das Geheimnis von Sansibar – Kapitän Hermanns legendäres Vermächtnis – zu entdecken wäre.

Er stellte den Wäschekorb ab, schaltete den Trockner aus und holte die Klamotten heraus.

»Wo geit die dat?«, fragte er Charlotte, als er wenig später mit dem Korb unter dem Arm ihr Zimmer betrat. Er wusste, sie freute sich, wenn er platt sprach.

»Gaud, mien Seuten«, antwortete sie lächelnd und blickte auf die Wäsche. »Warst du fleißig?«

»Wat mutt, dat mutt, nech?« Markus lief zum großen Nussbaumkleiderschrank und öffnete ihn, um ihre Sachen einzusortieren.

»Wo du gerade da bist, mien Jung: Wenn Josefine nachher

zum Kaffeetrinken kommt, dann will ich sie auf der Veranda empfangen. Nicht hier oben.« Charlotte klang energisch.

Markus hielt beim Falten eines Unterhemdes ein. »Aber Oma, du warst seit Februar nicht mehr im Garten.«

»Siehst du, dann wird es endlich mal wieder Zeit!«

»Heute weht ein kalter Wind.«

»Der pustet meinen alten Kopf durch.«

»Du wirst dich verkühlen.«

»Markus, mien Mudding, Gott hab sie selig, ist seit vierzig Jahren tot. Lass sie nicht auferstehen.«

Er schwieg, legte alle Unterhemden zusammen und versuchte, sie in dem großen Schrank zu verstauen, was gar nicht so einfach war. »Mensch, Charlotte, willst du dich nicht endlich mal von deinen Jungmädchenkleidern von vor dem Krieg trennen? Die verstopfen hier doch alles.«

Bei diesen Worten bildete sich eine Zornesfalte zwischen den Augenbrauen seiner Großmutter, etwas, was sehr selten vorkam. »Die bleiben da! Keiner rührt diesen Schrank an, ist das klar?« Sie haute auf den Nachttisch.

»Will nur nicht, dass die Motten das ganze Haus auffressen.« Markus legte das letzte Unterhemd auf den Stapel.

»Da gibt's keine Motten. Und ich krieg die Mott', wenn du dich jetzt nicht sofort aus meinem Zimmer rutmokst!«

Markus lachte und nahm den Wäschekorb, um zu Bens Schrank im Nachbarzimmer weiterzugehen.

»Machen wir es also so?«, rief Charlotte hinter ihm her.

»Was meinst du?« Markus drehte sich noch einmal zu ihr um.

»Du bringst mich in den Garten, kurz vor drei Uhr.«

Er nickte.

»Geht doch.« Charlotte legte sich in das Kissen zurück.

Markus verließ das Zimmer, gerade als Ben die Treppe heraufstürmte. »Wie war's?« Er schaute seinen Bruder neugierig an.

Der grinste. »Heiß.«

Markus ließ den Wäschekorb sinken. »Wie: ›heiß‹?«

»Sie wäre meinem Charme fast erlegen.«

Markus' Stimme wurde lauter. »Ben, ist dir nicht klar, dass ...«

»Ben, mein Liebling? Bist du da? Komm rein zu Oma, und erzähl mir von Josefine.«

Ben zeigte auf Charlottes Zimmertür. »Ich muss, Bruderherz. Hab jetzt kein Ohr frei für Moralapostel. Aber ich kriege sie, verlass dich drauf.« Er ließ Markus an der Treppe stehen, trat in Charlottes Zimmer und schloss die Tür.

Markus schleuderte den Wäschekorb mit Schwung auf den Boden, Boxershorts und T-Shirts folgten auf den Sisalteppich. Er stürmte in sein Arbeitszimmer und warf die Tür hinter sich zu. *Sie wäre meinem Charme fast erlegen,* hörte er Bens Stimme in seinem Kopf, als er wieder am Schreibtisch saß. Er kippte vornüber, mit der Stirn auf die Computertastatur, als das Handy klingelte. »Ja?« Er kam hoch und sah auf seinem Computerbildschirm Hartenberg, der ihn von seiner Immobilienimperiums-Homepage aus anstrahlte. Schnell klickte er die Seite weg.

»Guten Tag, hier ist das Büro von Herrn Hartenberg. Ich rufe an, um Sie an den Termin morgen Abend im *Klabautermann* zu erinnern.«

Psychospielchen also auch noch, dachte Markus und zwang sich, der Frau gegenüber höflich zu bleiben. »Vergessen wir nicht. Und ach, wenn Sie Ihrem Chef wohl etwas ausrichten würden?«

»Selbstverständlich.«

»Er ist ein Widerling.«

Die Frau schwieg.

»Guten Tag.«

»Guten Tag.« Sie legte auf.

Wenn ich nur etwas finden würde, um ihn zum Aufgeben zu zwingen, dachte Markus verzweifelt und begann wieder im Computer zu suchen, während die Wolken vor dem Fenster sich immer höher auftürmten.

19
Josefine

Je näher sie dem Kapitänshaus kam, desto mehr freute sie sich darauf, mit Charlotte zu klönen. Es fühlte sich nicht wie Arbeit an, es würde einfach Spaß machen. Sie pfiff einen Song, der im Autoradio lief. Von dem Vorfall mit Ben auf dem Leuchtturm würde sie sich nicht irritieren lassen, hatte sie beschlossen. Das war vergessen, das blieb in Polen, dachte sie und lächelte. Ihre E-Mails hatte sie gecheckt: Die Uni hatte noch nicht geantwortet. Die Reederei hatte geschrieben, sie gäbe keine Personalauskunft an die Presse per Mail heraus, sie möge sich persönlich melden. Gut, dann würde sie das tun. Morgen. Jetzt wollte sie erst einmal Kaffee trinken. Mit Charlotte. Sie parkte den Wagen, sammelte ihre Mitbringsel vom Beifahrersitz und stieg aus.

Durch die kleine Pforte betrat sie den Garten. Die Blätter der alten Pappel rauschten im Wind. Die Kirschen am Knupperkirschbaum schienen röter geworden zu sein. Dunkle Wolken flogen über seine Krone hinweg, es roch nach Regen. Die Papageno-Rosen verloren ihre Blütenblätter. Josefine versuchte, nicht auf die hübschen Gänseblümchen zu treten, als sie über den Rasen zur Veranda lief. Flankiert von den zwei Dattelpalmen, saß Charlotte im Schaukelstuhl, den Kopf gen Himmel gestreckt, wohl in der verwegenen Hoffnung auf einen Sonnenstrahl.

Josefine umarmte sie. »Schwarzwälder Kirsch«, sagte sie und deutete mit einem Kopfnicken auf den Tortenkarton, den sie dabeihatte. »Und eine rosa Hortensie für den Garten.« Sie hob den Pflanztopf in der durchsichtigen Geschenkfolie und stellte beides vor Charlotte auf die Verandadielen.

Charlotte betrachtete die Hortensie. »Meine Lieblingsblume. Mein Mann hat mir mal eine aus Cornwall mitgebracht. Die haben wir hier in den Garten gepflanzt, gleich vor die Veranda. Ist leider eingegangen in dem harten Winter von 1978.«

»Soll ich dir die wieder dort hinsetzen?« Josefine sah durch das weiße Verandageländer hindurch zu der Stelle, auf die Charlotte gedeutet hatte. Der Boden schien ideal.

Charlotte nickte. »Gute Idee. Aber erst einmal essen wir.« Sie deutete auf einen Korbstuhl.

Josefine setzte sich und blickte in den Garten und über die Promenade hinweg zum Meer. Die Wolken über dem Wasser ballten sich und bildeten ständig neue Formationen. »Ein komisches Wetter ist das heute. Noch warm, aber man spürt schon, dass Regen kommen wird.«

»Sturm, mein Kind. Ich erkenne das an der Form der Wolken, an der Richtung des Windes.« Sie schloss die Augen, wohl um den Wind besser zu spüren. »Es wird ein heftiger Sturm werden, aber ein reinigender. Manchmal braucht es so ein Wetter.« Sie öffnete die Augen und schaute auffordernd auf das Mosaiktischchen zwischen ihnen. »Also?« Teller mit Kuchengabeln, eine Thermoskanne und Kaffeetassen standen auf dem Tischchen bereit. Josefine machte sich ans Auftun und Eingießen.

»Welchen Kuchen hast du dir ausgesucht, mien Deern?«
Charlotte lugte in den Tortenkarton.

»Mohnkuchen.«

Die alte Dame hob mahnend den Zeigefinger. »Mohn ist gefährlich, das weißt du. Wenn man die Briefe vom alten Kapitän Hermann liest – der war noch in den Opiumhöhlen von Basra unterwegs.« Sie drehte ihren Teller, als Josefine ihn ihr reichte, um mit der Spitze der Torte beginnen zu können.

»Der war wohl überall, dieser Hermann.« Josefine ließ sich den ersten Bissen auf der Zunge zergehen und verfolgte mit den Augen eine Möwe, die über die Promenade segelte.

Charlotte nickte. »Hast du die aufwendig geschnitzte Zigarrenkiste in der Bücherwand im Kaminzimmer gesehen? Die hat er vermutlich aus Kuba mitgebracht. Und aus Kenia stammen die Masken in der Diele neben seinem Portrait. Überhaupt hatte er eine enge Bindung zu Afrika. Denn die meiste Zeit fuhr er für die Deutsche Ost-Afrika-Linie, eine Hamburger Reederei.«

»Einen echten Weltenbummler in der Familie zu haben, das ist schon toll. Schade, dass er seine Abenteuer nicht aufgeschrieben hat.« Josefine aß die letzte Ecke Kuchen und nahm mit der Gabel die Krümel auf.

Charlotte hatte noch nicht mal die Hälfte ihres Schwarzwälder Stücks geschafft. »Hat er. Es gibt Briefe, und seine Logbücher liegen gesammelt auf dem Dachboden. Ich bin sicher, es würde sich sehr lohnen, sie durchzuarbeiten. Bisher hat sich nur niemand die Zeit genommen. Denn das ist keine schnelle Nummer, sag ich dir, ich habe mal hineingeschaut: Schlimmste Sauklaue in Sütterlin.« Sie schlürfte einen Schluck Kaffee.

Josefine lachte und stellte ihren leeren Teller auf die Verandadielen. »Du sagst wohl immer, was du denkst.« Sie kniete sich hin und wickelte den Hortensientopf aus der Folie.

»Das sollte man stets tun, mien Seuten.«

Josefine knüllte die Folie zusammen und stopfte sie unter ihr Korbstuhlkissen. »Schaufel?« Sie schaute suchend in den Garten. »Und du meinst, mit Hilfe der Logbücher könnte man Hermanns Vermächtnis entdecken? Das Geheimnis von Sansibar, das du erwähnt hast?«

»Die Schaufel ist in der Kiste, dort hinten.« Charlotte deutete zur Hauswand und schaute wieder auf ihre Torte. »Allerdings, mien Deern, das glaube ich. Ich bin mir ganz sicher, dass Hermann hier im Haus etwas versteckt hat. Etwas sehr Wertvolles. Vielleicht sind es ja tatsächlich Diamanten? Das ist mein Tipp. Allerdings fürchte ich, zu meinen Lebzeiten werden wir nicht mehr erfahren, was es wirklich ist.«

Josefine entdeckte die Schaufel in der Kiste und zog sie heraus. »Aber das ist doch gar nicht ...«

»Reden wir nicht vom Tod. Der macht eh, was er will.« Charlotte stach senkrecht in die Torte. »Reden wir vom Leben. Von der Liebe.« Sie blickte Josefine neugierig an, während sie den Kuchen in den Mund beförderte.

»Dorthin, wo die alte Hortensie stand?« Josefine lief mit Schaufel und Pflanze zu der Stelle.

Charlotte nickte und kratzte ungeduldig Sahne auf dem Teller zusammen. »Und?«

»Du lässt nicht locker, was? Genau hier, also?« Sie zeigte auf die Stelle nahe der Verandatreppe.

Charlotte ging gar nicht auf ihre Frage ein. »Um über das Wetter zu reden, bin ich zu alt. Verrate mir mal eins: Willst du heiraten?«

»Du bist genauso anstrengend wie meine Mutter.« Offenbar sprach nichts gegen diese Stelle. Josefine kniete sich hin und fing an zu graben.

»Nun?«

Josefine hörte ungeduldiges Gabelkratzen auf Porzellan und schaute in den Sand. »Ja.«

»Deinen Freund?«

»Konstantin?« Josefine prüfte mit der Schaufel, ob das Loch schon tief genug war. Nein, sie musste noch weiter buddeln.

»Wenn er so heißt.«

Sie schaufelte und half mit den Händen nach, als die Erde vom Rand des Loches zurückzufallen drohte. »Er ist ein toller Mann: erfolgreicher Anwalt, sieht hervorragend aus, ein echter Gentleman, spielt ausgezeichnet Golf, ist redegewandt und charmant, fährt einen ...«

»Also nicht.«

Josefines Kopf fuhr hoch, sie hielt beim Graben inne. »Wie kannst du so etwas sagen?«

Die alte Dame winkte ab und gabelte eine Kirsche auf. »Lass mich dir etwas raten: Verschwende nicht deine Zeit. Such dir einen Mann, den du liebst ohne Wenn und Aber. Taucht irgendwo ein Wenn oder ein Aber auf, lass ihn sausen.« Sie biss auf die Kirsche und verzog das Gesicht. »Ausgerechnet! Haben die denn kein Erbarmen mit meinen alten Zähnen?« Sie spuckte den Stein in die Hand und warf ihn in hohem Bogen auf den Rasen.

»Hast du das denn immer so gemacht in deinem Liebesleben?« Josefine drückte den Plastiktopf, um den Wurzelballen der Hortensie zu lockern.

»Ja.« Die Gabel schabte.

Josefine zog die Blume vorsichtig aus dem Topf, bemerkte ihren süßen Duft und setzte sie in das Pflanzloch.

»Obwohl es mir fast das Herz gebrochen hat«, kam es sehr leise hinterher.

Josefine schaute neugierig zu Charlotte empor, während sie Erde um den Wurzelballen verteilte und festklopfte.

Charlotte wischte sich etwas aus dem Augenwinkel und versuchte ein Lächeln. »Golf! Pah! Machen denn die Männer heutzutage nichts Handfestes mehr?«

Josefine lachte, kam aus der Hocke hoch und betrachtete ihr Werk zufrieden.

»Echte Haudegen gibt es eben nur noch selten.« Charlotte kratzte das letzte bisschen Tortenboden vom Teller. »Obwohl vor kurzem einer hier bei uns im Garten war – ich befürchte allerdings, dass das ein Haudegen der ganz unangenehmen Sorte war. Ich mache mir Sorgen.« Sie stellte den Teller weg, legte die Arme auf die Lehnen und schaukelte.

»Um die Jungs?« Josefine zeigte auf die Hortensie. »Gut so?«

»Wunderbar. Vielen Dank.« Charlotte lächelte, aber nur kurz, dann wurde sie ernst. »Ben hat versucht, die Sache herunterzuspielen, und schnell das Fenster geschlossen, damit ich nichts höre. Aber ich habe sehr gute Ohren.«

»Was hast du denn gehört?« Josefine nahm die Schaufel vom Rasen, verstaute sie in der Kiste und schloss den Deckel mit einem Rums.

»Dass dieser Herr mit der unangenehmen Stimme Ärger mit meinen Jungs angefangen hat. Markus war außer sich.«

»Und wer das war, weißt du nicht?« Josefine klopfte sich die sandigen Hände an den Jeans ab. »Soll ich sie gleich etwas angießen?«

Charlotte nickte und zeigte auf den Wasserhahn an der Hauswand, bei dem auch eine gusseiserne Gießkanne stand. »Den Namen habe ich schon verstanden: Hartenberg. Aber er sagt mir nichts. Kenne keinen Hartenberg. Es ging um Luxuswohnungen oder so ähnlich. Kannst du da mal nachforschen, Josefine? Du bist doch als Reporterin eine gute Schnüffelnase, nehme ich an.«

Kaltes klares Wasser lief in die Kanne. Als sie voll war, trug Josefine sie zur Hortensie. »Selbstverständlich.«

»Aber kein Wort zu meinen Jungs. Ich will sie doch nur beschützen.« Charlotte trank ihren Kaffee aus.

Josefine goss die ganze Kanne Wasser auf die Pflanze. »Schützen, Schütze – das ist ein gutes Stichwort, Charlotte.« Sie sah auf ihre Uhr. »Ich muss los. Ben und ich wollen gleich schießen gehen. Mit dem Löwengewehr vom Kamin.« Sie stellte die Gießkanne zurück auf ihren Platz.

Charlotte lachte. »Ihr habt vielleicht Ideen. Aber macht mal: So etwas Verrücktes veranstaltet man nur in der Jugend.«

»Danke für die Jugend. Aber achtzehn sind wir auch nicht mehr.« Sie stieg zu Charlotte auf die Veranda, setzte sich in den Korbstuhl und trank den Rest ihres Kaffees.

»Sei froh. Die besten Jahre sind die zwischen dreißig und fünfzig. Man ist nicht mehr so unbedarft und ungestüm wie als Teenager oder junger Erwachsener.« Charlotte wirkte auf einmal sehr müde. Oder traurig? »Glaub einem alten Felsen in der Brandung.«

Josefine stellte die Teller und Kaffeetassen zusammen, um sie in die Küche zu tragen. Sie beugte sich zu Charlotte hinunter und gab ihr einen Kuss auf die Stirn. »Ich wünschte, du wärst meine Oma.«

Charlotte lächelte und fuhr ihr sanft mit der Hand über die Wange. »Was ist mit deiner Großmutter?«

»Zahnarztgattin. Schatzmeisterin im Lions Club. Das Wichtigste war die Hausmusik zu Weihnachten, die wir Kinder machen mussten. Wenn die schief war, hat ihr die Gans nicht geschmeckt.«

»Verzeih ihr, und vergiss es.« Charlotte zog die Strickjacke enger um sich. »Und pass auf meinen Ben auf bei eurem Projekt, das ich immer noch nicht ganz verstanden habe. Ben ist mein Herzblatt. Auch wenn er das Talent hat, alles falsch zu machen.« Sie schloss die Augen. »Vielleicht gerade deshalb. Und jetzt schick mir bitte Markus. Er soll mich hochbringen in mein Zimmer. Ich bin möd.«

Und ich bin hellwach, dachte Josefine und lud das Geschirr auf das Tablett. Ein Pirat von Ben und Markus war hier also aufgetaucht. Hartenberg. Irgendetwas klingelte bei dem Namen. Hatte sie den nicht schon mal gehört? Aber in welchem Zusammenhang?

»Bereit zur Piratenjagd?«, fragte sie, als sie in die Küche trat, wo Ben und Markus ihr mit betretenen Mienen vom Tisch aus entgegenblickten.

Hatte dieser Hartenberg etwa ernsthafte Probleme verursacht? Hatten die Brüder berechtigten Anlass zur Sorge?

Das wurde ja immer interessanter, dachte sie. Vielleicht war der fesche Glückskapitän ja vom Pech verfolgt? Enterten Piraten etwa gerade seinen Glücksdampfer? »Keine Müdigkeit vorgeschützt, Herr Kapitän! Wir haben Seeräuber zu besiegen, nicht wahr?«

Ben nickte matt. »Seeräuber, in der Tat«, murmelte er. Kein Lächeln. Kein Witzchen.

»Und zwar schnell«, sagte Markus leise.

Josefine schaute von einem zum anderen. Was?

Ben kam offenbar wieder zu sich, sprang auf und lief an ihr vorbei ins Wohnzimmer. »Ich hole die Donnerbüchse. Vielleicht hilft laut knallen, um die bösen Geister zu vertreiben.«

»Böse Geister?« Josefine riss die Augen auf.

»Er macht nur Quatsch, unser Ben. Wie immer!« Markus ballte die Faust in Richtung Wohnzimmer.

Ben kam zurück, fasste Josefine unterm Arm. »Komm, meine Scharfschützin. Wir gehen Piraten abschießen.« Er warf Markus einen finsteren Blick zu und zog Josefine aus der Küche. »Bis nachher, Bruderherz.«

»Halt die Klappe, du Chaoten-Kapitän!«

Ben warf die Küchentür hinter sich und Josefine zu. »Los jetzt!«, sagte er zu ihr und lief mit dem Gewehr voran zum Auto.

Sie beeilte sich hinterherzukommen.

Ärger zwischen den Brüdern? Was für eine hervorragende Gelegenheit, um aus Ben etwas herauszuquetschen bei ihrer kleinen Schießübung, dachte sie und lächelte.

20
Ben

»Auf den Rücksitz damit«, sagte Josefine, als sie in den Beetle stiegen.

Ben legte das Gewehr vorsichtig ab und nahm auf dem Beifahrersitz Platz.

»Ganz schön leichtsinnig von euch, das Ding einfach so im Haus hängen zu haben. Und dann noch geladen.« Sie startete den Wagen.

Er zuckte die Schultern. »Hat jahrzehntelang niemanden interessiert.«

»Jetzt ist es endlich mal für etwas gut.« Josefine trat aufs Gas. »Kennst du eine einsame Stelle im Wald?«

»Willst du mir an die Wäsche?« Er grinste.

»Pah!«, machte sie, zog das *Kapitänsprinzip* aus der Seitentasche an ihrer Tür, legte es aufgeschlagen gegen das Lenkrad, las vor und schaute zwischendurch kurz auf die Straße: »*Boje Nummer fünf: Wehren Sie Piratenangriffe ab! Sobald Sie Fahrt aufgenommen haben, werden Sie Angriffe erleb…*«

»Willst du uns umbringen?« Ben nahm ihr das Buch ab und las weiter: »*… werden Sie Angriffe erleben. Fremde, Verwandte, Freunde – viele Menschen werden Ihnen erklären, warum das ganz und gar nicht funktionieren wird, was Sie vorhaben. Sie werden Sie an die Vergangenheit erinnern, daran, was Sie alles falsch gemacht haben, und wo Sie versagt haben. Sie werden*

Ihnen erklären, dass Sie schlicht und ergreifend ungeeignet sind für das Vorhaben, das Sie sich zum Ziel gesetzt ...«

»Schön kannst du vorlesen, aber was ist denn jetzt mit der Waldstell...«

»*Hören Sie nicht auf diese Piraten!*« Er las einfach weiter. »*Lassen Sie sich von niemandem etwas einreden und durch nichts abbringen von Ihrem Plan! Machen Sie die Piraten mundtot. Und steuern Sie in jedem Fall geradewegs auf Ihren Glückshafen zu, Matrose!*« Er warf das Buch auf den Rücksitz zum Löwengewehr. »So, nu weißte Bescheid.«

»Und? Waldstelle?« Josefine schaltete das Radio an.

»... erreicht uns eine Regenfront von Westen mit starkem Wind in Böen mit bis zu sechs Windstärken, die Temperatur sinkt auf ...«, sagte die Wetterfrau.

»Ist dir was eingefallen?« Bässe begannen zu wummern.

»Du willst also wirklich im Wald schießen?« Ben beugte sich vor und klappte das Handschuhfach auf. »Hast du keine Bonbons da?«

Sie schlug auf seine Hand und warf das Fach wieder zu. »Wo denn sonst?«

»Auf einem Schießplatz zum Beispiel. Ich dachte, du hättest mit dem Schützenverein telefoniert.« Er ließ sein Fenster ein Stück hinunterfahren.

»Nein, habe ich nicht. Also, wo lang?« Sie trommelte mit den Fingern im Takt der Musik und summte mit, während sie die Hauptstraße gen Ortsausgang hinunterbrausten. »Rechts oder links an der Ampel?«

Ben überlegte kurz. »Da vorn rechts. Und geht's vielleicht ein bisschen leiser? So schön deine Mainstream-Mucke auch ist, aber ich ...«

Josefine drehte die Lautstärke runter. »Für alte Herren mache ich natürlich piano.«

Er lachte. »Wenn Google nicht lügt, bist du gerade mal sechs Jahre jünger als ich. Auch nicht mehr ganz taufrisch.«

Sie trommelte weiter. »Stichwort Charme. Hattest du nicht gesagt, du wolltest damit Eisberge schmelzen?«

»Jetzt links in den Waldweg abbiegen.«

Josefine steuerte den Wagen in den schmalen Sandweg, sie holperten zwischen hohen Kiefern voran. »Hier geht's also zum Showdown mit den Piraten. Welche Piraten verfolgen dich denn so, Ben?«

»Mich verfolgt kein Pirat.« Er drückte den Fensterknopf, sein Fenster fuhr ganz hinunter.

»Jeder Mensch hat Feinde.« Sie machte das Radio aus.

Die plötzliche Stille dröhnte in seinem Kopf. »Jeder Mensch hat Feinde?« Er lehnte sich aus dem Fenster und streckte die Hand nach den Baumstämmen aus, die er aber nicht erreichen konnte. Ein Kuckuck rief.

»Jeder Mensch, der etwas geschafft hat oder etwas besitzt, hat Neider oder Feinde, ist doch klar.«

»Du hast wirklich ein scheußliches Menschenbild.« Er spürte den Fahrtwind.

»Du etwa nicht? Warum hast du das dann so aufgeschrieben in deinem Buch?« Sie drückte den Knopf auf ihrer Seite, sein Fenster begann hochzufahren. »Also, wer sind deine Piraten?«

Er musste wieder reinkommen. Von Hartenberg würde er ihr natürlich nicht erzählen. »Kein Kommentar, Frau Reporterin.« Er lehnte sich vor und schaute durch die Windschutzscheibe in den wolkenverhangenen Himmel.

»Sie machen mich neugierig, Herr Kapitän.« Sie umfuhr ein Erdloch.

»Vergiss es einfach, okay?« Er verschränkte die Arme.

»Scheint ja schlimm zu sein, dein Pirat.« Sie lächelte. »Keine Sorge, ich krieg's raus. Ist mein Job.« Sie lenkte den Wagen um die aus der Erde herausragende Wurzel einer Eiche.

»Viel Erfolg!«

»Danke.«

Sie rumpelten schweigend im Schritttempo weiter hinein in den Wald. Der Weg machte eine Kurve, eine Lichtung tat sich auf. Brüchige Betonplatten bildeten eine rechteckige Fläche, die mal ein Parkplatz gewesen war.

»Was ist das denn hier?«, fragte Josefine.

»Altes Sperrgebiet der NVA.«

Sie stoppte und schaltete den Motor aus. »Aber das nutzt niemand mehr? Hier düst nicht gleich ein Bundeswehrpanzer um die Ecke und mäht uns um?«

Ben hob das Gewehr vom Rücksitz. »Keine Sorge, du musst nur ein wenig vorsichtig auftreten. Wegen der Minen, du weißt schon.« Er grinste.

Sie stiegen aus, der Wind rauschte in den Baumwipfeln, ein Eichelhäher schrie. Ben ging voran auf einem Trampelpfad, der von den Betonplatten über einen Grashügel führte.

Josefine beeilte sich hinterherzukommen. »Das war doch ein Witz, oder?«

»Ich mache nie Witze.« Er stapfte weiter, das Gewehr im Arm, und fühlte sich wie ein Apache auf der Pirsch.

»Natürlich nicht. Sag mal, warst du bei der NVA?«

»Dafür bin ich dann doch zu jung.« Er blieb stehen und

drehte sich zu ihr um. »So. Dann man ran an die Feuerbüchse.« Er hielt ihr die Waffe hin.

»Mensch, hast du nie Karl May gelesen? Donnerkolben heißt das«, sagte sie und förderte aus ihrer Jeanstasche gelbe Ohrenstöpsel zutage, für jeden ein Paar. »Reinmachen.« Sie reichte ihm eines.

Ben verstöpselte seine Ohren.

Josefine nahm das Gewehr, legte es auf den Sandboden und überprüfte die Patronen. Der Lauf schimmerte silberschwarz, der Kolben aus Holz hatte zahlreiche Kerben. »Worauf schießen wir?«

Ben schaute sich um und sah ein paar leere Bierdosen nahe der Böschung herumliegen. Er lief hin, stapelte sie und kam zu Josefine zurück: »Okay, Cowgirl. Dann zeig mal, was du draufhast!«

»Tritt ein Stück hinter mich.«

Er tat es, und sie hob den Kolben gegen die rechte Schulter, kniff das linke Auge zu und blickte über den Lauf konzentriert auf die Bierdosen.

Wumm!, krachte der Schuss durch die Stille. Die oberste Dose hüpfte vom Stapel. Josefine ließ die Waffe sinken und strahlte. »Funktioniert noch.«

»Chapeau, Madame.« Ben übernahm das Gewehr vorsichtig. »Pirat sauber erlegt. Wie heißt er denn?«

»Wer?« Sie stellte sich dicht neben ihn, um ihm zu zeigen, wie man die Waffe richtig hielt. Eine Strähne ihrer blonden Mähne wehte hoch und streifte seine Nase.

Pfirsichshampoo. »Dein Pirat.«

»Carolina BK Bechsel. Trübt mir täglich den Ausblick im Büro.«

»Klingt nach gefährlicher Piratenbraut.« Er ließ Josefine seine linke Hand nehmen und den Arm in die Streckung ziehen. Ihr Arm lag an seinem, ihr Körper schmiegte sich an seinen Rücken. Er konnte ihren kleinen festen Busen spüren. Sie stellte sich auf die Zehenspitzen und schaute über seine linke Schulter. »Passt. Aber sei vorsichtig. Das Ding hat einen enormen Rückschlag. Ziel ein wenig höher, als du meinst, dass es richtig ist.« Sie trat einen Schritt zurück. »Feuer frei!«

Ben versuchte, ruhig zu atmen, und fixierte die Bierdosen. Das Pfirsichshampoo wich nicht aus seiner Nase. Er löste sich aus der Haltung. »Ich weiß nicht, ob ich es schon richtig verstanden habe«, sagte er. »Zeigst du es mir bitte noch einmal?«

»Schwer von Kapee, der Käpt'n, wie?« Sie trat noch einmal an ihn heran und legte ihre Arme um ihn. Wieder spürte er ihren Körper an seinem Rücken. »So halten«, sagte sie über seine Schulter hinweg.

Er roch das Shampoo. »So?« Er drängte sich enger an sie.

»Ja, so ist's genau richtig«, sagte sie auf einmal sehr leise und so nah an seinem Ohr, dass ihre Lippen sein Ohrläppchen berührten.

»So ist es also gut?« Er spannte seine Rückenmuskulatur.

»So ist es gut, Herr Kapitän«, flüsterte sie, und er spürte ihren Atem in seinem Nacken und machte Anstalten, sich umzudrehen – aber sie stieß sich von ihm ab und lachte. »Jetzt schieß endlich!«

Sie war doch wirklich eiskalt, diese Reporterin. Er kniff das linke Auge zusammen, spürte den Abzug an seinem Finger und schoss.

Die Bierdosen blieben, wo sie waren, aber er machte einen Schritt nach hinten. Teufelsding! Er hielt das Gewehr von sich.

»Hab ich doch gesagt, das Baby hat Wumms.« Josefine grinste ihn an, die Arme in die Hüften gestemmt.

Hatte sie denn gar nichts gespürt? Na warte, Eisblock. Ich werde dich noch schmelzen. »Alter Norweger.« Ben gab ihr das Gewehr zurück.

»Halten wir mal fest: Ich hab den Piraten voll erwischt. Dein Schiff hätte er leider gekapert.« Sie streichelte den Gewehrlauf.

Das macht sie jetzt mit Absicht, die Hexe, dachte er. »Sieht so aus. Allerdings dachte Ma…, dachte ich beim Kapitel *Wehren Sie Piratenangriffe ab* eher daran, Feinde auszutricksen oder zu überzeugen, als sie gleich kaltzumachen.«

»Langfristig ist meine Methode aber wirkungsvoller, das musst du zugeben.« Sie nahm wieder Aufstellung und legte an. »Jeder noch einmal, und dann lassen wir die alte Dame wieder schlafen.« Sie feuerte. Wieder die oberste Dose. Ben traf beim zweiten Schuss immerhin in den Haufen, die Dosen flogen scheppernd auseinander.

»Was macht ihr denn hier?« Plötzlich trat Jens zwischen den Kiefern hervor und kam auf sie zu, in der Hand einen Korb mit Pilzen. »Wart ihr das, die so herumgeballert haben? Ich dachte schon, gleich ende ich wie ein Wildschwein.«

Ben schaute in Jens' Korb. »Rührei mit Pfifferlingen heute Abend, Jens? Sehen aber komisch aus, deine Pfifferlinge.«

»Sehr lustig, Ben.« Er wies auf den Beetle. »Nehmt ihr mich mit zurück? Hab keine Lust zu laufen.«

Josefine seufzte und piepte den Wagen auf. »Du musst aber hinten neben dem Gewehr sitzen, wenn es recht ist.«

»Solange es mir nicht in den Hintern schießt.« Jens stieg ein.

Ben, vorn auf dem Ledersitz, rollte seine vom Rückschlag schmerzende Schulter. Mensch, Jens nun wieder. Wäre er nicht aufgetaucht, hätte er vielleicht doch noch bei Josefine landen können. »Und nun? Wie ist der weitere Plan, Frau Reporterin?«

Sie lenkte den Wagen von den Betonplatten hinunter zurück auf den Waldweg. »Sagen Sie es mir, Käpt'n. Sie haben doch den Ratgeber geschrieben.«

»O Mann«, kam es von Jens auf der Rückbank.

»Du hältst die Klappe, klar?«, fuhr Ben ihn an.

»Besser is' wohl«, sagte Jens. »Wollt ihr ein paar Pilze abha...«

»Ruhe.« Ben versuchte, sich zu erinnern, was für eine Boje jetzt kam. Warum nur hatte er sich keinen Spickzettel auf die Hand gekritzelt? »*Boje sechs: Ein Sturm zieht auf. Luken dicht!*«

Josefine nickte und schaltete den Scheibenwischer ein, der Kiefernnadeln, Vogelschiet und erste vereinzelte Regentropfen von der Frontscheibe fegte. Der chemische Geruch des Reinigungsmittels strömte ins Auto. »Heute Nacht soll es ordentlich pfeifen. Windstärke sechs und Dauerregen haben sie angesagt. Wie wär's, Kapitän: Strandkorbwache an tosender Ostsee?«

»Nachts im Strandkorb?«, fragte Jens. »Du Glückspilz.«

»Klappe. Pass lieber auf, dass du keinen Schuss abkriegst da hinten.« Ben wandte sich zu Josefine. »Nachts im Strandkorb? Bei Starkregen?« Meinte sie tatsächlich Strandkorb,

Seite an Seite, die ganze romantische Tour? Also hatte sie es auch gespürt! Na bitte, lief doch.

»Aber nichts mit romantischer Tour, klar? Ich brauche nur die Atmosphäre für meinen Artikel.«

»Selbstverständlich.« Das bisschen Wind würde die Stimmung schon nicht beeinträchtigen. Was für eine Gelegenheit, sie vollends von seinen Qualitäten zu überzeugen, dachte Ben. In Gedanken machte er eine To-do-Liste: Picknickkorb inklusive Champagner vom *Seepalais* bestellen. Duschen, und zwar mit dem teuren Zeug. Frisches Hemd. Gitarre? Nein, das wäre zu viel des Guten.

»Mann, du schießt wirklich immer den Vogel ab«, kam es vom Rücksitz.

»Um zehn Uhr an der Seebrücke?« Ben sah Josefine mit breitem Lächeln an.

»Abgemacht.« Sie hielt vor dem Kapitänshaus und gab Ben zum Abschied die Hand. »Und jetzt alle Mann raus hier, samt Gewehr bitte. Und Pilzesuchern.« Sie fuhr davon. Jens und Ben blieben zurück.

Jens schaute Ben mit hochgezogenen Augenbrauen an.

Ben schüttelte den Kopf. »Ich will nichts hören von dir.«

»Ich sag auch lieber nichts.«

»Gut.«

»Gut.«

»Tschüs.«

»Tschüs. Herr Kapitän.« Kopfschüttelnd zog Jens von dannen; Ben ging grinsend ins Haus, das Gewehr unterm Arm. Haben wir dich also doch schon um den Finger gewickelt, du kleine Reporterin! Na bitte. Er betrat die Diele und traf auf seinen Bruder. »Markus, wir haben sie im Sack!«

Markus runzelte die Stirn. »Wie meinst du das?«

»Sie frisst mir aus der Hand.« Ben lief an Markus vorbei ins Wohnzimmer und hängte das Gewehr wieder an die zwei Eisenhaken am Kamin.

»Was?«

»Na, was die so einpacken in den Picknickkorb im *See-palais*. Schnell, bestell mal einen für heute Abend, bitte.« Ben zog seine Schuhe aus.

»Was redest du da?« Markus lehnte sich an die Seemanns-kommode.

»Sie möchte mit mir in den Strandkorb heute Nacht.« Er grinste.

Markus runzelte die Stirn und verschränkte die Arme. »*Boje sechs: Ein Sturm zieht auf. Luken dicht?*«

»Ihr Vorschlag.« Ben nickte lachend. »Sie will mich!«

»Blödsinn!«, kam es heftig von Markus.

Ben hörte auf zu lachen. »Hab ich da was verpasst?«

»Gar nichts hast du verpasst. Aber du rührst sie nicht an, klar?« Markus trat auf Ben zu. »Das ist Business, was euch verbindet, mehr nicht. Lies lieber noch ein wenig im *Kapitänsprinzip*, bevor du losgehst. Sonst zieht sie dir das Kapitänsfell über die Ohren.«

»Würde ich glatt machen, wenn ich Zeit hätte. Aber jetzt muss ich mich erst einmal um mein Kapitänsfell kümmern: es fein baden und einölen und so weiter, wenn du verstehst.«

»Ben!« Markus griff seinen Arm. »Sei doch einmal …«

Ben machte sich los und ging zur Treppe. »Ich mache mich schick, Bruderherz. Übernimmst du das Catering, ja?« Schon war er im Bad verschwunden.

21
Josefine

Sie stieg aus dem Schaumbad inklusive Rosenblättern, ein Service vom *Goldenen Anker*, wer hätte das gedacht. Eine Stunde hatte sie geplanscht und gedöst. Jetzt musste sie sich anziehen für die Sturmnacht. Sie blickte auf die Wetter-App. Starker Regen, jetzt sogar Böen bis zu Stärke sieben. Hervorragend. Ideal für ihre Zwecke.

Natürlich würde Ben versuchen, die Situation auszunutzen, dachte sie und lächelte, als sie sich an die Schießübung erinnerte. Sie hatte ihn ganz schön ermuntert. Heute Nacht würde sie ihn richtig auflaufen lassen, den schmucken Kapitän. Und ihn endlich in die Falle locken. Denn eines war klar – irgendwas stimmte nicht mit ihm: Die Unbeholfenheit beim Kutterfahren, die Erdnussgeschichte von Hawaii, die Uni, die erst lange prüfen musste, ob er jemals immatrikuliert war und sich immer noch nicht gemeldet hatte. Und überhaupt diese eigenartige Traumschiff-Uniform.

Sie sprühte sich Parfum an den Hals und verließ, eingewickelt in ein flauschiges Handtuch, das Bad.

Sie würde ihm ordentlich auf den Zahn fühlen. Mit allen Mitteln. Na, vielleicht nicht mit allen. Aber mit fast allen. Diese Geschichte musste einschlagen wie eine Bombe. Mittermann würde sein Wort halten und sie sowohl nach Washington schicken als auch zur Chefreporterin machen müssen. Und Carolina BK Bechsel würde platzen vor Neid. Mit dieser Story könnte sie locker den Auflagenrekord brechen. Glück zog eben, Mittermann hatte recht.

Sie öffnete den Schrank. Einen Südwester, eine Regenjacke und Gummistiefel hatte sie sich von der Rezeptionistin besorgen lassen. Und darunter? Der Marine-Look von der Bootstour, das war genau das Richtige. Sie zog die weiße Marlene-Hose, die blau-weiße Bluse und den dunkelblauen Kaschmirpullover mit V-Ausschnitt von den Bügeln und legte sie auf dem Bett aus. Was für eine gute Investition hatte sie damit doch gemacht in der Boutique auf der Hauptstraße. Die Verkäuferin ganz in Tweed mit schwerer Schminke und klobigen Goldringen war äußerst zuvorkommend gewesen. Kein Wunder, schließlich betrat Josefine den Laden, zeigte auf die Schaufensterpuppe und verlangte das komplette Outfit in 34. Während die Verkäuferin alles zusammensuchte und ihr zusätzlich die Segelschuhe und das blauweiße Halstuch aufschwatzte, erzählte Josefine, dass sie hier sei, um eine Geschichte über Kapitän Harm Harmsen und seinen Bestseller zu schreiben. Die Dame hatte nie zuvor von Harm Harmsen gehört. Als Josefine ihr beschrieb, wo der Kapitän wohnte, fragte sie, ob tatsächlich einer der Brüder gemeint sei. Als Josefine bejahte, sagte sie, das sei aber ein Wunder, dass aus denen noch etwas geworden sei. Dann verschwand sie hinter dem dunkelgrünen Samtvorhang, um eine extra große Einkaufstüte und Seidenpapier zu holen.

Das Handy piepte auf dem Nachttisch. Eine SMS. Von ihrer Schwester? Nanu, die war aber auf einmal anhänglich. Sonst hörte sie doch wochenlang nichts von ihr außer beim Tennisspielen.

Liebe Jo, wir müssen reden. Ich brauche deinen Rat.

Seit wann denn das? *Worum geht's, Leo?*

Will ich nicht simsen. Morgen telefonieren? Gegen zehn? Ich rufe dich von der Praxis aus an. *Jetzt geht's nicht.*

Eigenartig. *Okay, bis dann.*

Bis morgen. Denk an mich!

Das klang bedenklich. Was war nur los bei ihr? Leo ließ doch sonst nie den Hauch eines Zweifels daran aufkommen, dass ihr Leben perfekt war und sie alles im Griff hatte. Und nun das.

Josefine schüttelte den Kopf und stieg in die Marlene-Hose. Sie zog die Bluse und den Pulli an und schlüpfte in die Gummistiefel. Ein letzter Blick in den Spiegel und auf ihre Uhr – sie musste los. Auf dem Weg zum Fahrstuhl schlüpfte sie in die Regenjacke und stülpte sich den Südwester auf den Kopf. Bescheuert sah sie aus, befand sie, als sie sich im Fahrstuhlspiegel sah.

In der Lobby winkte sie der Rezeptionistin – so übel war das Hotel gar nicht, dachte sie, sogar an das Frühstück mit Bierschinken (!) und Camembert konnte man sich gewöhnen – und trat durch die Drehtür in den kalten Regen, den der Wind ihr fast waagerecht ins Gesicht peitschte. Jetzt war sie froh über den Südwester.

Kein Mensch war auf der Straße, der Wind pfiff zwischen den Häusern hindurch, ein Auto fuhr in Schrittgeschwindigkeit durch die tiefen Pfützen und pflügte das Wasser auf den Bürgersteig. Die Kurmuschel schien sich noch tiefer zu ducken als sonst. Sie hatte die Seebrücke gerade erreicht und sich untergestellt, als ihr jemand auf die Schulter tippte. »Frau Reporterin?«

Sie drehte sich um.

Der alte Mann von der Promenadenbank, den sie und Ben bei ihrem ersten Spaziergang getroffen hatten, stand vor ihr. Kurt, erinnerte sie sich an seinen Namen. Er trug einen schwarzen Anzug mit weißem Hemd und Fliege unter einem durchsichtigen Regencape. Kam er etwa aus der Spielbank?

»Sie sind Frau Johnfeld, richtig? Die Reporterin.« Er lächelte müde. »So eine schöne Frau vergisst man doch nicht.«

»Haben Sie Glück gehabt, Kurt?« Sie zeigte durch den Regen auf die erleuchtete Spielbank.

Er schüttelte den Kopf. »Wie so oft in meinem Leben hatte ich auch heute keins. Gehe wie ein begossener Pudel nach Hause.« Er blickte an seinem tropfenden Regencape hinunter. »Ich habe den Hang, Wichtiges aufs Spiel zu setzen und zu verlieren, wissen Sie.«

»Ist das so?« Sie hielt ihren Südwester mit einer Hand auf dem Kopf fest, weil der Wind immer stärker an der Krampe zerrte.

Er nickte. »Kommen Sie, Frau Johnfeld. Ich will Ihnen eine Geschichte erzählen aus meiner Jugend. Dürfte Sie interessieren, denn es geht um Charlotte.« Er schlurfte voran in Richtung des *Klabautermann*, seine Lackschuhe quietschten bei jedem Schritt. »Warm und trocken ist es da drin. Kommen Sie.«

Josefine schaute auf ihre Uhr. Ben war noch nicht da, sie war überpünktlich, ein paar Minuten blieben ihr. Sie schaute die Promenade hinauf und hinunter. Niemand in Sicht.

»Es dauert nicht lange. Trinken Sie ein Bier mit einem einsamen alten Mann.« Er hielt ihr die Tür auf, und sie trat ein.

22
Josefine

Sie setzten sich in eine Eckbank, ein Fischernetz mit Muscheln und Plastikfischen über ihren Köpfen. Die tief über dem Tisch hängende Lampe in Form eines Steuerrades spendete ein gedämpftes Licht wie in einer Hafenspelunke, dazu flackerte eine Tropfkerze im Hals einer bauchigen grünen Flasche auf dem Tisch. Kurt bestellte ein Bier, Josefine eine Cola light.

»Auf die Liebe!«, sagte er und prostete sich selber zu. »Haben Sie die Liebe Ihres Lebens schon gefunden?« Er blickte sie neugierig an.

»Wir wollten doch über Sie sprechen, nicht über mich.« Josefine trank einen Schluck Cola. Hellwach bleiben musste sie heute Nacht. Sie würde sich keine Blöße geben vor Ben.

Kurt winkte ab. »Schon gut. Ich erzähle Ihnen eine alte Geschichte.« Er fuhr mit den Fingern am Glas auf und ab. »Sie stammt aus der ersten Hälfte des letzten Jahrhunderts.« Er lächelte. »So alt bin ich schon.«

Josefine schob sich eines der blau-weiß gestreiften Kissen in den Rücken und sah aus dem Fenster, das die Form eines Bullauges hatte, hinaus auf die Seebrücke.

»Es war einmal ein junger Mann kurz vor seiner Reifeprüfung«, begann Kurt, und Josefine bereute schon, dass sie mit hineingekommen war. »Als er eines Morgens auf dem Schulweg am Mädchenlyzeum vorbeiging, wie jeden Tag, da sah er sie. Er hatte sie schon vorher gekannt, sie wohnte in der Nachbarschaft. Aber an diesem Morgen sah sie plötzlich so schön aus, wie er es noch nie bemerkt hatte. Sie erwiderte seinen Blick und lächelte. Er winkte zaghaft, sie winkte zurück. Er ging weiter. Zur Schule. Aber am nächsten Morgen kam er wieder vorbei, und sie war da und lächelte ihn an.« Kurt schaute durch Josefine hindurch. »Damals waren Romanzen unter Unverheirateten, gar Teenagern, wie man heute so schön sagt, unerhört. Deshalb trafen sich die beiden von da an heimlich in einem Dünental abseits des Ortes, abgeschirmt durch hohes Strandgras.« Er streichelte sein Bierglas. »Es waren die schönsten Sommertage im Leben des jungen Mannes. Sie erzählten, sie träumten, sie küssten. Sie liebten.«

Josefine reckte sich, aber alles, was sie draußen sah, war der Strippenregen vor der Laterne.

»Leider hatte der junge Mann einen Hang zum Spielen. Wenn irgendwo eine Wette platziert wurde, konnte er es nicht lassen mitzumachen. Den Tag, als er achtzehn wurde, ging sein erster Weg in die Spielbank. Er setzte sein ganzes Geburtstagsgeld – und verlor. Er hätte es besser wissen müssen. Aber er war jung und dumm und spielte und spielte.« Er schüttelte den Kopf. »Dem jungen Mädchen gefiel das nicht. Sie wusste, wie gefährlich Spieler sind ...«

Josefine trank mehr Cola. Jetzt musste sie aber wirklich gleich raus. Sie griff nach oben ins Fischernetz und zog eine Muschel heraus. Die waren sogar echt, bemerkte sie.

»... kam der Krieg«, hörte sie Kurt weitererzählen. Seine Miene zeigte Ekel und Schrecken. »Der junge Mann musste an die Front, das Mädchen blieb im Heimatort zurück.

Einmal noch hatte er Fronturlaub, das war im Juni 1940. Es waren die romantischsten Tage und Nächte seines Lebens, aber ...«

»Und nach dem Krieg?«, fragte Josefine, um die Sache abzukürzen. Nicht, dass sie hier noch in den Schützengraben geriet. Sie stürzte den Rest ihrer Cola hinunter. Ben stand bestimmt schon vor der Tür, fror und wunderte sich, wo sie blieb. Sie schaute Kurt ungeduldig an.

»Nach dem Krieg war sie verheiratet mit einem Kapitän, hatte einen kleinen Sohn und wollte nichts mehr von dem jungen Mann wissen.«

»Mit einem Kapitän?« Josefine legte die Muschel neben ihr Glas und wandte sich Kurt zu.

Er nickte.

»Und Sie haben die ganze Zeit dieser Liebe hinterhergetrauert?«

Kurt wiegte den Kopf hin und her. »Als ich gesehen habe, dass sie vergeben war, bin ich weggegangen. Nach Oldenburg. War Geflügelzüchter dort, mein Leben lang. Nette Frau, drei Kinder, alles in Ordnung.«

»Aber in Gedanken waren Sie immer bei Charlotte?«

Er drehte sein Glas. »Bin wiedergekommen, als meine Frau gestorben ist, kurz nach der Wende. Der Kapitän war schon tot. Habe versucht, Charlotte wieder näherzukommen. Sie ist immer noch wunderschön, finden Sie nicht?« Er blickte Josefine verklärt an. »Ein paar Monate lang hatten wir eine wunderbare Zeit zusammen.« Er lächelte. »Wir haben von unserer Jugend geschwärmt, Kuchen gegessen, sie war in diesen Tagen ganz besessen vom legendären Vermächtnis von Kapitän Hermann.« Er schmunzelte.

»Die Diamanten?« Josefine lächelte.

Er nickte. »Ich habe für Charlotte Wände im Kapitäns-haus abgeklopft auf der Suche nach geheimen Türen, habe Balken auf dem Dachboden angebohrt und im Keller Ziegelsteine aus den Mauern gepult. Ohne Erfolg. Aber wir hatten eine Menge Spaß.«

»Und dann?« Sie nahm die Muschel vom Tisch und steckte sie wieder zurück ins Netz.

»Dann hat sie erfahren, dass man mich in der Spielbank gesehen hat, und hat mich fortgeschickt wie den Schuljungen von damals.« Er sackte auf seinem Platz in sich zusammen.

»Sie will Sie nicht mehr sehen?« Josefine schob ihre Cola weg.

»Sie hat mich des Kapitänshauses verwiesen. Ein für alle Mal«, sagte er leise.

Josefine nahm Kurts faltige Hand und streichelte sie.

»Gehen Sie jetzt! Sie haben doch eine Verabredung, oder nicht?« Er entzog ihr seine Hand.

Sie nickte. »Ich treffe mich mit Ben zur Sturmrecherche im Strandkorb.«

»Mit Ben?« Er schaute sie erstaunt an. »Dann passen Sie mal gut auf sich auf.«

»Keine Sorge.« Josefine stand auf. »Gute Nacht, Kurt!« Sie reichte ihm die Hand und verließ den *Klabautermann*. Ben würde bereits vor der Tür warten, davon war sie überzeugt.

Aber wer dort stand im strömenden Regen, mit einer Plastiktüte in der Hand, aus der der Deckel einer Thermoskanne hervorschaute – das war nicht Ben.

23
Josefine

»Vorgeglüht?«, fragte Markus unter der Kapuze seiner gefütterten Regenjacke hervor, als er sah, dass sie aus der Kneipe kam.

Josefine zog ihren Reißverschluss bis unters Kinn zu. »Was machen Sie denn hier? Stand-in für Ihren Bruder?« Wo war Ben? Sollte sie jetzt etwa in den Strandkorb – mit dem da?

»Ben hat einen wichtigen Termin in Rostock. Es geht um die Recherche zu einem neuen Buch, das er ...«

»Sparen Sie sich die Spucke.« Himmelherrgott. »Meinen Sie, Sie können mir genauso gut Rede und Antwort stehen wie der Kapitän? Haben Sie überhaupt Ahnung vom Buch Ihres Bruders?«

»Durchaus.« Er zog die Augenbrauen hoch. »Durchaus.«

Manometer. Na gut. Ein paar Fragen, dachte sie, die stürmische Atmosphäre für den Artikel tanken – und dann nichts wie ab in den *Goldenen Anker*. »Wo gehen wir hin?«

Markus deutete durch den Regen zum Strand und ging voran. Der kalte Wind peitschte ihnen Wasser und Sandkörner ins Gesicht und zerrte an Josefines Südwester. Sie musste sich nach vorn lehnen, um gegen den Wind anzukommen. Die Gummistiefel sanken tief in den nassen Sand; das Stapfen kniff in den Waden. Das Meer wogte und toste. Es sah so aus, als ob das Wasser jeden Moment den Strand überschwemmen würde. Sturmfluten gab es hier doch hoffentlich nicht?, überlegte Josefine.

Markus in seiner flatternden Regenjacke lief ruhig mit gleichmäßigen Schritten voran. Endlich hielt er an einem Strandkorb an, der mit dem Rücken Regen und Wind trotzte und mit einer Plane verzurrt war. Markus lupfte die Plane an einer Seite und ließ Josefine hineinschlüpfen. Der Regen trommelte auf das Strandkorbdach, der Sturm rüttelte an den Scharnieren, aber hier drinnen war es trocken. Ein Windlicht mit einer brennenden Kerze stand auf dem Fußrost bereit und spendete Schummerlicht, eine Wolldecke lag auf der Sitzbank. Da hatte er sich aber Mühe gegeben, musste Josefine anerkennen.

Leider der falsche Bruder, dachte sie.

Sie zogen die klitschnassen Jacken aus, bevor sie sich setzten, und legten sie neben das Windlicht auf das Fußgitter. Markus holte die Thermoskanne aus der Plastiktüte und zwei Keramikbecher dazu. »Grog?« Das Kerzenlicht zeichnete seinen Schattenriss gegen die Strandkorbdachwölbung, als er eingoss. Er prostete ihr zu. »Auf das Schietwetter!«

»Auf die Wahrheit«, sagte Josefine und blickte ihn über den Rand des Bechers an. »Ein Termin in Rostock? So plötzlich? Und mitten in der Nacht? Das glauben Sie wohl selber nicht.« Sie trank einen Schluck Grog, der ihr wohlig warm in den Magen rutschte.

Markus trank ebenfalls und ließ sich Zeit. Der Regen prasselte auf das Dach, der Wind pfiff um die Ecken des Strandkorbs. »Es gibt Dinge, die müssen erledigt werden, wenn sie anfallen. Die dulden keinen Aufschub.«

»Ach, und einen so wichtigen Termin wie diesen hier, den kann man wohl sausen lassen? Ich dachte, Kapitäne sind so pflichtbewusst.«

»Dienst ist Dienst, und Grog ist Grog.«

»Und die Buch-Promo mit mir ist wohl kein Dienst für den Käpt'n? Immerhin kann ich ihm möglicherweise einen Bestseller bescheren.«

»Nun mal nicht zu sehr auf den Putz hauen.« Markus griff in die Plastiktüte. »Nehmen Sie ein Fischbrötchen? Makrele oder Matjes?«

»Makrele.« Sie schaute ihn böse an und nahm das Brötchen entgegen. Immerhin gab's etwas zu essen, wenn diese Brüder schon ihre kostbare Zeit verschwendeten. Was sollte sie denn von diesem wortkargen Fischkopp erfahren können über Stürme des Lebens und das *Kapitänsprinzip*? Sie biss in das Brötchen. Köstlich. Hoffentlich hatte er noch mehr dabei. »Also dann, Mister Ersatzbank – und wehe, es kommt keine druckreife Antwort. Eigentlich sollte ich die Sache an dieser Stelle abblasen.« Sie kaute und versuchte, in die Plastiktüte zu lugen. Vielleicht war da auch ein Brötchen mit Lachs? »Stichwort: *Stürme*. Wie ist das gemeint in Bens Buch?«

»So, wie es drinsteht«, antwortete er, ohne zu zögern. »*Auf Ihrer Glücksreise werden Sie in heftige Stürme geraten. Hindernisse werden auftauchen, starke Widerstände. Vielleicht geht Ihnen das Geld aus. Vielleicht stellen sich Behörden quer. Vielleicht springen Ihnen wichtige Mitarbeiter oder Helfer ab.*«

»Haben Sie das auswendig gelernt? Sie setzen sich ja sehr für Ihren Bruder ein.« Sie hielt ihm ihren Becher hin und nickte Richtung Thermoskanne.

Er schenkte ihr nach.

»Und wie begegnet man nun diesen Stürmen?« Sie beobachtete die kleine ruhig brennende Kerzenflamme des Windlichts.

»Luken dicht!« Er griff nach der Ecke der Plane, die sich an einer Stelle gelöst hatte und im Wind knatterte, und zurrte sie wieder fest. »So wie hier.«

»Heißt?« An Grog konnte man sich gewöhnen, dachte sie, als er ihr warm die Speiseröhre hinunterfloss.

»Kleinstes Segel fahren, die kleinstmögliche Angriffsfläche bieten.«

»Bedeutet?« Mann, musste man dem alles aus der Nase ziehen?

»Kopp in Nacken. Aussitzen. Weitersegeln auf dem Kurs, wenn auch mit weniger Tempo.« Er biss in seine Matjessemmel.

»Man soll den Sturm vorüberziehen lassen?«

Er nickte kauend. »Weil alle Stürme irgendwann vorüberziehen.«

»Ist das so?« Sie aß den letzten Happen Makrele.

»Selbstverständlich.« Er ließ sein Brötchen sinken. »Wie könnten Menschen sonst weiterleben, wenn sie beispielsweise die Liebe ihres Lebens verloren haben? Man stirbt mit. Oder man hält durch und – nimmt wieder Fahrt auf.« Er schien das Fischbrötchen vergessen zu haben, es drohte ihm aus der Hand zu kippen.

»Wenn der Sturm sich gelegt hat und normale Windstärken herrschen?«

Markus nickte langsam. Der Wind heulte um den Strandkorb und riss an der Plane, dass es knatterte. Der Regen prasselte unermüdlich. Er schob sich den Rest des Fischbrötchens in den Mund.

»Sprechen Sie da aus Erfahrung?« Sie sah ihn von der Seite an. War das etwa der Grund, warum er so ein knurriger einsamer Seewolf geworden war?

Seine Hand tauchte wieder in die Tüte ab. »Hier geht's nicht um mich, sondern um das *Kapitänsprinzip*. »Lachsbrötchen?« Er reichte es ihr, als sie nickte. »Was gedenken Sie denn zu schreiben?«

Na gut, so einfach ließ er sich also nicht ausfragen. Aber sie sich auch nicht. »Das werde ich Ihnen doch jetzt noch nicht auf die Nase binden.« Sie biss ins Brötchen.

»Tendenz?« Er stürzte seinen Grog hinunter und goss sich sofort nach.

»Scheint Sie ja brennend zu interessieren. Mehr als Ben, habe ich den Eindruck«, sagte sie kauend und beobachtete die Plane, wie sie sich im Sturm blähte.

»Wir sind eben Brüder, die sich füreinander engagieren.«

»Schön, wenn das so gut funktioniert unter Geschwistern.« Sie dachte an Leo.

»Bei Ihnen wohl nicht?« Er füllte ihr Grog nach.

»Meine Schwester ist mein leuchtendes Vorbild. Das sollte sie zumindest sein, finden meine Eltern. Wer mit einunddreißig nicht verheiratet ist und nicht mindestens ein Kind am Start hat plus richtigen Job – sprich Ärztin oder Anwältin –, der ist leider eine Nullnummer in ihren Augen.« Zumindest bisher war Leo das leuchtende Vorbild gewesen, dachte sie plötzlich und sah die Hilferuf-SMS vor sich. Was wollte ihre Schwester bloß so dringend mit ihr besprechen?

Und warum nicht von zu Hause aus, sondern von der Praxis?

»Oh!« Eine heftige Böe rüttelte am Strandkorb.

»Uns passiert nichts, diese Körbe halten eine ganze Menge aus.« Markus trank in aller Seelenruhe.

»Wenn Sie das sagen.« Josefine wartete, aber es schien bei der einen Orkanböe zu bleiben. Sie versuchte, sich wieder auf das *Kapitänsprinzip* zu konzentrieren. Er wusste ja doch ganz gut Bescheid, dieser Markus. Da konnte sie ihn noch ein wenig löchern. »Aber was ist denn, wenn mein Schiff kentert?«

»Es kann nicht kentern.« Er förderte eine Serviette zu Tage und wischte sich die Fischfinger ab.

»Nicht?« Sie zog eine Gurke aus ihrem Brötchen und aß sie.

»Es sei denn, Sie geben Ihr Ziel auf, verlassen den festgesteckten Kurs, springen selber über Bord oder bieten zu viel Angriffsfläche für den Sturm, so dass er sie fortreißt.« Er goss schon wieder Grog nach.

»Versagen ausgeschlossen? Sie sind aber ein echter Optimist, was?« Sie kaute das letzte Stück Lachsbrötchen.

Er schüttelte den Kopf und sah sie an. Ihr fiel wieder auf, wie blau seine Augen waren. Indigoblau. »Ich bin Realist. Wer dranbleibt, bleibt dran. Wer von Bord geht, geht von Bord. So einfach ist das.« Er stand auf. »Und ich gehe jetzt mal kurz von Bord. Der Grog, Sie entschuldigen.« Er zog seine triefende Jacke über und pellte sich unter der Plane vor in den Sturm.

Josefine wartete einen Moment – dann schnappte sie sich sein Smartphone, das er hatte liegen lassen. Wo war der Kalender? Da. Aha. Letzte Woche ein Termin bei der Bank, versehen mit einem Totenkopf-Emoticon! Hatten die Brüder etwa Geldprobleme? Sie scrollte weiter. Die Woche davor stand nur *München*. Was trieb er denn in München? Sie lauschte, ob er schon wiederkam. Und morgen? *21 Uhr, Hartenberg, Café Klabautermann.*

»Mann, das ist, als ob man eine Dusche genommen hat.« Markus duckte sich unter der Plane hindurch hinein in den Strandkorb.

»Tja, wer schiffen muss, wenn's schifft, der wird nass.« Sie lachte und schenkte ihm schnell noch einen Grog ein. Das Handy lag wieder an seinem Platz.

»Das ist aber der letzte«, sagte er. »Ich sehe schon einen Sternenhimmel, wo heute nur Wolken vorbeihetzen.«

»Bedenklich, Herr Ersatz-Kapitän.« Sie rieb sich die Hände. »Der Grog wärmt zwar, aber etwas frisch ist mir schon ohne Jacke.«

Markus zog die Wolldecke hervor und legte Josefine eine Hälfte um. »Was dagegen, wenn ich die andere Hälfte nehme?«

Hatte sie?, überlegte sie. Nein. Eigenartig. »Ich dachte, ihr Küstenkerle seid so abgehärtet.«

»So sehr nun auch wieder nicht.« Er rutschte näher an sie heran und klappte die Decke vor ihnen zu. Josefine spürte seine Wärme an ihrer Seite und seinen Blick auf sich gerichtet. »Aber kuscheln ist nicht«, lachte sie und fuhr sich durch die Haare.

»Sie haben da noch etwas Lachs«, sagte er statt einer Antwort und schaute auf ihren Mundwinkel. »Soll ich?« Er pellte eine Hand aus der Decke, zögerte, und als sie nickte, wischte er den Fisch fort. »Sind Sie wohl nicht gewohnt, so ein Fischbrötchen, wie?« Er lachte nervös, wie ihr schien.

»Bei uns gibt's nur Leberkässemmeln.« Was redete sie da eigentlich?

»Dacht ich's mir. Und Weißwurscht.« Was redete er da eigentlich?

»Und Obatzda.« Stopp, Josefine!

»Wie konnte ich den vergessen? Besitzen Sie ein Dirndl?«

Fragte er das allen Ernstes? »Eine Bayerin ohne Dirndl ist wie ein Fischkopp ohne Regenjacke.«

Markus lächelte sein Grübchenlächeln. »Würde ich gern mal sehen«, sagte er leise. »Das Dirndl, meine ich.«

Sie schaute ihn erstaunt an. Flirtete er jetzt etwa offen mit ihr? Dieser Markus, der auf einmal gar nicht mehr unfreundlich und wortkarg war. Der die Zähne auseinanderbekam und sogar Witze machen konnte. Dessen Arm und Oberschenkel sich so muskulös und warm an sie pressten unter der Decke. Der so verschmitzt lächelte mit seinen Grübchen und mit seinen indigoblauen Augen auf ihren Mund schaute. So gut roch nach diesem Parfum, wie hieß es doch gleich?

O mei!

Sie rückte ein Stück von ihm ab. Der Grog. Daran musste der Grog schuld sein. Schlimmer Fusel, schlimmer Fus…

Ihr Handy klingelte. Hektisch fummelte sie es aus der Decke. »Konstantin? – Wo bist du? – Tatsächlich? – Natürlich, ich komme sofort.«

24
Markus

Dieser Konstantin stand schon unter dem Vordach bei den Stiefmütterchen und rauchte, als sie am Hotel ankamen. Seine braunen Haare waren ordentlich gescheitelt, eine Hand steckte lässig in der Tasche des maßgeschneiderten Anzugs. Er umarmte Josefine mit der anderen, hob sie hoch und küsste sie wie Humphrey Bogart.

Markus zog die Augenbrauen empor.

»Wer ist das?« Konstantin zeigte auf ihn, als er Josefine wieder abgestellt hatte.

»Das ist der Bruder des Kapitäns, Markus. Das ist mein Freund Konstantin.«

»Der Bruder?« Konstantin musterte ihn von oben bis unten. »Was hast du denn mit dem Bruder zu schaffen? Noch dazu mitten in der Nacht bei diesem Mistwetter?« Er blickte auf die Plastiktüte mit der Thermoskanne. Dann wieder irritiert in Markus' Gesicht, sehr lange. »Kennen wir uns nicht?«

Markus schüttelte den Kopf. »Wohl kaum.«

Hinter Konstantins Stirn schienen sich die Gedanken zu ballen, er nahm Josefine fester in den Arm. »Vielen Dank jedenfalls, dass Sie meine Freundin bei diesem Sauwetter sicher zum Hotel geleitet haben.« Er warf seine Zigarette in die Stiefmütterchen und zog eine Visitenkarte aus der Sakkotasche. »Sollten Sie mal in Schwierigkeiten stecken und einen Anwalt brauchen – wir haben Partner bundesweit. Guten Abend.«

Markus schob die Karte in die Plastiktüte. »Gute Nacht! Und nicht vergessen, Josefine. Morgen folgt *Boje Nummer sieben: Mann über Bord*. So gegen zehn Uhr bei uns?«

»Einverstanden.« Josefine winkte ihm zum Abschied zu und ging in Konstantins Arm durch die Drehtür.

Markus zog die Kapuze tiefer ins Gesicht, schüttelte sich einmal, so dass die Regentropfen flogen, und lief über die Promenade in Richtung des Kapitänshauses.

Hatte er diesen Konstantin nicht tatsächlich schon mal irgendwo gesehen? Aber wo? Hm. Es würde ihm noch einfallen. Erst mal musste er jetzt von Ben hören, ob die Feuerwehr die Surfschule endlich gesichert hatte. Denn dort hatte der beginnende Sturm am frühen Abend einen Baum auf das Dach stürzen lassen – das war der Grund, warum Ben den Termin mit Josefine nicht hatte einhalten können. Hoffentlich würde die Versicherung schnell zahlen, dachte Markus und seufzte.

Erst als er kurz vor dem Kapitänshaus angelangt war, blickte er auf und bemerkte den Rettungswagen.

25
Josefine

Sie zog den Arm unter der Bettdecke hervor und blickte auf ihre Uhr. Fünf Uhr dreißig. Mann, hatte sie schlecht geschlafen. Sie unterdrückte ein Niesen. Neben ihr atmete Konstantin gleichmäßig, draußen vor dem Fenster hatte der Regen aufgehört. Josefine sah in der Morgendämmerung graue Wolken am Himmel.

Fünf Uhr zweiunddreißig. Wenn sie doch endlich losarbeiten könnte. Was würden sie wohl heute unternehmen? Sie erinnerte sich an die nächste Boje. *Boje sieben: Mann über Bord.* Mal schauen, was die Brüder sich dafür ausdenken würden. Fünf Uhr fünfunddreißig. Sie setzte sich auf und lehnte sich ans plüschige Kopfteil des Bettes, Konstantin schlief weiter. Sie angelte ihr iPad vom Nachttisch.

Eine E-Mail von Constanze, der Redaktionsassistentin.

Liebe Josefine,

Dein Wunsch nach Recherche in Sachen Werner Hartenberg war mir ein Befehl:)

Du hattest recht: Wir hatten diesen feinen Herrn schon mal im Visier. Im Anhang schicke ich Dir einige interessante Infos über Herrn Hartenberg, die wir aus juristischen Gründen noch nicht gedruckt haben. Bisher. Viel Spaß!

Deine Constanze

*P. S.: Bin schon gespannt auf Deine Story. Ist der Kapitän
wirklich so heiß, wie er auf den Fotos aussieht?*

Josefine warf einen Blick in die Anhänge und nickte zufrieden. Dann klickte auf *weiterleiten* an *markus@heringsdorf.de*.
Später würde sie die Brüder damit konfrontieren.

Weiter. Eine Mail von der Uni Rostock. Endlich.

Sehr geehrte Frau Johnfeld,
*hiermit teilen wir Ihnen mit, dass bei uns zu keinem Zeit-
punkt ein junger Mann namens Harm Harmsen immatrikuliert
war oder seinen Abschluss mit dem Kapitänspatent gemacht
hat.*
Mit freundlichen Grüßen
Petra Bommel
Sekretariat des Dekans

Josefine schaute ins Leere. Was? Sie spürte, wie die Wut in
ihr hinaufkroch. Was hatte er sich dabei gedacht? Was hatten sich diese beiden Brüder dabei gedacht? Hatten sie geglaubt, sie sei so leicht über den Tisch zu ziehen? Sie warf
die Decke zurück, sprang aus dem Bett und rannte ins Bad
unter die Dusche.

War das zu fassen? Sie hielt den Kopf unter Wasser.

Sollte wirklich alles geschummelt und gelogen sein, von
vorne bis hinten? Ben war gar kein Kapitän? Hatte er das
Buch überhaupt geschrieben? Oder hatte es etwa ...? Sie
hielt beim Einseifen inne. Er hatte sich doch viel besser damit ausgekannt. Er hatte sie schon an dem Abend im Kapitänshaus überrascht mit seinem Wissen über das Buch. Von

wegen Bruderliebe. Na klar. Nicht Ben, sondern Markus hatte das *Kapitänsprinzip* geschrieben!

Sie griff sich ein Handtuch, wickelte sich darin ein und rannte zurück ins Zimmer. Das musste sie sofort Mittermann mailen.

»Jetzt weiß ich es«, gähnte Konstantin vom Bett aus. »Guten Morgen, mein Schatz.« Er schnappte den Zipfel ihres Handtuchs, um sie zum Stehenbleiben zu bringen. Aber sie lief einfach weiter auf ihr iPad zu – auch ohne Handtuch. Was bildeten sich diese Fischköppe eigentlich ein, sie so hochzunehmen? Sie und alle Leser? Sie griff das iPad und begann zu tippen.

»Jetzt weiß ich, woher ich diesen Markus kenne«, sagte Konstantin verschlafen. Nun sah sie doch auf.

Konstantin roch an ihrem Handtuch. »Die Lesung vor zwei Wochen in der Buchhandlung Doldinger. Der Abend, wo du nicht mitwolltest.«

»Wo ich mich nicht zu Tode langweilen wollte, meinst du.«

»Ich mag die Romane von Lars Fernberg sehr gern – sie sind ästhetisch einzigartig, ein echter Kunstgenuss.« Er drehte das Handtuch zu einem Seil.

»Dort war Markus auch? Was macht er denn in München? Dass er gern zu Lesungen geht, hätte ich nicht gedacht.«

»Er war nicht als Gast da. Er hat gelesen.«

»Warum liest Markus denn Bücher fremder Leute ...« Sie stockte. »Nein!«

»Doch. Dieser Markus ist Lars Fernberg. Ob das sein Pseudonym ist oder ob Markus sein Pseudonym ist, wer weiß das schon. Immerhin gibt es ja auch einen Sänger ...«

Josefine sank splitternackt auf die Bettkante. Sie spürte, wie Konstantin sie zu sich zu ziehen versuchte, und schlug seine Hand weg.

Na wartet, ihr Fischköppe. Jetzt ist eure Nussschale in den heftigsten Sturm geraten, den ihr je erlebt habt. Und ein Crewmitglied ist euch nun definitiv über Bord gegangen: ich!

26
Markus

»Ist sie gut angekommen im Krankenhaus?« Markus nahm Ben in der Diele die Jacke ab, als der kurz vor zehn Uhr morgens, nach einer langen Nacht in der Klinik, endlich das Kapitänshaus betrat.

Ben nickte müde. »Aber diese ganzen Schläuche …« Er schüttelte den Kopf. »Wie gut, dass sie das nicht mehr richtig mitbekommt.« Er schlüpfte aus seinen Schuhen und stellte sie vor die Seemannskommode.

»Arme Charlotte.«

»Im Krankenwagen hat sie die ganze Zeit meine Hand gedrückt und etwas geflüstert. Aber ich habe es nicht verstanden. Sie war so aufregt. Es war, als ob ihr irgendetwas auf der Seele brennt und sie es loswerden möchte, bevor …« Ben sah seinen Bruder an, Tränen stiegen in seine Augen.

»Reden wir nicht davon.« Markus fuhr ihm über den Rücken. »Kaffee?« Er schob ihn sanft in Richtung Küche. »Josefine wird gleich hier sein. Schaffst du es, mitzumachen? *Boje sieben: Mann über Bord?*«

»Das ist die letzte verdammte Boje vor dem Einlaufen in den Glückshafen, nicht wahr?«, fragte Ben matt.

Markus nickte und drückte ihn auf einen Stuhl.

»Dann schaffe ich es. Wir wollen diese elende Posse endlich hinter uns bringen. Worum geht's noch mal?«

»Darum, dass man an einem Punkt der Glücksreise das Gefühl haben wird, dass gar nichts mehr geht und alles vorbei ist.« Markus setzte sich ihm gegenüber und schob ihm einen dampfenden Kaffeepott hin.

Ben nickte, sie tranken schweigend. Die Porzellanuhr machte klick-klack, bis sie zehn Uhr schlug. Dann viertel nach. Und zweimal für halb.

Aber die Schiffsglocke an der Haustür läutete nicht.

»Sie ist doch sonst immer pünktlich.« Markus stand auf und schaute aus dem Fenster zur Promenade. Ein paar Spaziergänger flanierten vorbei und wurden überholt von einem Radfahrer im Renndress.

»Ruf sie an.« Ben stierte in seinen Kaffee.

Markus versuchte es, die Mailbox sprang an. »Wir gehen ins Hotel. Vielleicht sitzt sie gemütlich mit Konstantin beim Frühstück und hat die Arbeit ganz vergessen.«

Ben lachte trocken. »Das glaubst du doch selber nicht.«

»Leider nein.«

Die Rezeptionistin schüttelte ihre Strähnchen. »Frau Johnfeld ist vor einer halben Stunde abgereist.«

Markus und Ben sahen sich entsetzt an.

»Aber ich habe hier einen Brief für Sie. Sie sind doch Ben und Markus, nehme ich an? Sie erwähnte, dass Sie vorbeikommen würden.«

»Nun mach schon auf«, sagte Ben, als sie draußen zwischen den Stiefmütterchen standen und Markus wie versteinert den Brief in der Hand hielt, bis Ben ihn ihm schließlich abnahm, den Umschlag aufriss und vorlas:

»Ben und Markus,

ich bin maßlos enttäuscht von Euch. Dass Ihr mich so hoch-nehmen würdet, hätte ich niemals für möglich gehalten. Deshalb verstehe ich Eure tolle Boje Nummer 7 jetzt mal als Aufforderung und mache das Manöver »Frau über Bord«: Ich bin raus, Jungs! Und Ihr könnt Euch schon mal auf meinen Artikel freuen.

Nicht vergessen: nächste Woche Komet kaufen!

Josefine«

Markus blickte Ben an. »Hartenberg rupft uns heute Abend im *Klabautermann*. Und Josefine verfrühstückt uns nächste Woche im *Komet*.«

Ben steckte den Brief in die Jeans. »Was schlägst du vor? Flucht nach Hawaii? Sprung vom Leuchtturm ins Nirwana?« Er deutete einen Köpper an.

»Wie kannst du jetzt noch Witze machen?«

»Wenigstens wird Oma davon nicht mehr viel mitbekommen. Wie wir aus dem Kapitänshaus fliegen, meine ich. Und lesen kann sie die Geschichte im *Komet* auch nicht mehr.«

»Ben!«

»Ich zisch ab.« Ben drehte sich um und lief gen Strand.

»Sei aber um neun am *Klabautermann*! Vielleicht können wir Hartenberg doch noch irgendwie rumkriegen.«

Ben zuckte nur mit den hängenden Schultern, wich ein paar Urlaubern aus und verschwand hinter dem Dünengras.

Markus setzte sich gegenüber der Kurmuschel auf eine weiße Bank neben ein Eis essendes Rentnerpaar. Wenn ihm doch nur eine Lösung einfiele. Er nahm sein Smartphone aus der Tasche. Hatte Josefine ihn vielleicht doch noch angerufen? Zum Abschied?

Nein.

Aber was war das? Im E-Mail-Fach gab es Post von ihr. Kein Text, aber mehrere PDFs als Anhang. Als er sie gelesen hatte, lehnte er sich auf der Bank zurück und lächelte.

27
Josefine

Sie fuhr an den Straßenrand und stoppte den Beetle neben dem Schilfgras, das dort wucherte.

Um neun Uhr heute Abend trafen sich die Brüder mit Hartenberg im *Klabautermann*. Diesen Termin würden sie nicht sausen lassen.

Und damit hätte sie freie Bahn. Wäre doch gelacht, wenn sie ihrer Geschichte nicht noch das i-Tüpfelchen aufsetzen könnte. Wenn schon, denn schon. Sie stieg aus dem Wagen, lief zum Kofferraum und klappte ihn auf.

Schwarz. Schwarze Trainingshose, schwarzes Polohemd. Turnschuhe. Sie zog alles aus ihrer Reisetasche. Sie würde aussehen wie eine Joggerin. Aber sie ging nicht joggen.

Sie warf den Kofferraum zu und schaute auf die Uhr. Noch zwei Stunden Zeit. Gut, dass sie Konstantin hatte überreden können, allein nach München vorzufahren. Ihn hätte sie jetzt gar nicht gebrauchen können.

Beim ersten Bruch ihres Lebens.

Sie stieg wieder in den Wagen und lenkte ihn nach Ahlbeck. Sie würde dort einen Happen essen, um sich zu stärken für die Nacht. Als sie in einer Seitenstraße parkte, schloss sie die Augen. Es wird schon alles gutgehen, beschwor sie sich und zog ihr iPhone hervor. Denn erst einmal musste sie jetzt endlich ihre Schwester zurückrufen. Leo hatte tatsächlich heute Morgen um zehn Uhr angeklingelt. Aber da hatte sie gerade zu tun gehabt, Konstantin abzuwimmeln und aus dem *Goldenen Anker* auszuchecken.

Sie wählte Leos Nummer. »Schwester, was gibt's?«

»Du bist wirklich immer da, wenn man dich braucht.« Leo klang gekränkt.

»Ich hatte zu tun. Also?« Sie schaute die Straße hinauf und hinunter, ob auch niemand kam. Dann schaltete sie Leo auf Freisprecher, zog ihr lilafarbenes Poloshirt aus und griff das schwarze vom Beifahrersitz.

Leo schien zu zögern. Schließlich sagte sie: »Er betrügt mich.«

»Max?« Niemals. Doch nicht Max. Josefine schüttelte den Kopf, während sie das neue Polo glattzog und sich abstützte, um aus den Jeans zu klettern. Das war doch Quatsch!

»Wer denn sonst? Bin ich sonst noch mit jemandem verheiratet?« Leo schluchzte. »Warte mal, muss in den Nebenraum gehen, die Kinder gucken einen Trickfilm.«

Josefine hörte, wie Leo eine Tür hinter sich schloss. »Was macht dich so sicher?« Die Jeans waren aus. Sie schaute die Straße entlang. Immer noch niemand zu sehen.

»Er hat seit ein paar Wochen jeden Freitagabend lange im Büro zu tun. Und wenn er dann spät heimkommt, riecht er nach Parfum. *Ma Vie* von Boss, ich hab's erkannt.«

Josefine schwieg und krempelte die Beine der schwarzen Jogginghose hoch, um hineinzusteigen.

»Was soll ich denn jetzt tun, Josie? Was soll ich nur tun?« Leo weinte.

»Ich glaub's nicht.« Josefine schüttelte den Kopf und hievte ihren Hintern vom Sitz, um die Hose hochzuziehen. Sie glaubte es wirklich nicht. Max, der ihre Schwester vergötterte und auf Händen trug. »Du musst dich irren.« Sie stieg in das zweite Hosenbein.

»Ich weiß, dass er nicht da ist, und ich weiß, wie er riecht, wenn er heimkommt.« Leo schluchzte. »Ich kann nicht mehr. Ich halt's nicht mehr lange aus.«

»Hast du ihn darauf angesprochen?« Josefine zog das Gummiband fest und machte eine Schleife.

»Er sagt, er hat viel zu tun im Büro.«

Hmm. »Beobachte es. Den nächsten Freitag noch. Gib ihm eine letzte Chance.« Sie prüfte ihr Make-up im Rückspiegel. Nichts verwischt durch die Aktion.

Leo schniefte. »Okay. Aber wenn es dann wieder so ist, dreh ich durch.«

Hast du schon. »Ruhig Blut, Leo. Dein Max wird schon keine Dummheiten machen. Aber jetzt muss ich auflegen.« Josefine schlüpfte neben dem Lenkrad in die Turnschuhe und schaute dabei auf die Armbanduhr.

»Immer im Dienst, die Frau Reporterin, was? Immer im Einsatz.«

»Allerdings. Immer im Einsatz.« Beziehungsweise heute mal im Ein*bruch*, dachte Josefine, als sie ausstieg und durch die menschenleere Seitenstraße Richtung Ahlbecker Promenade ging, um noch etwas zu essen, bis sie sich aufmachen würde.

Zum Kapitänshaus.

Zur ersten Straftat ihres Lebens.

28
Markus

Als sie den *Klabautermann* betraten, saß Hartenberg schon ganz hinten in der Raucherecke bei den Toiletten. Mühsam hob er seinen massigen Körper vom Stuhl und wartete breitbeinig, bis die Brüder den Raum durchquert hatten und bei seinem Tisch ankamen. »Die glorreichen Zwei. Wie schön.« Er hielt ihnen die Hand hin, aber sie ignorierten sie und setzten sich ihm gegenüber.

Hartenberg zündete sich eine Zigarette an und sortierte Papiere, die er vor sich auf dem Tisch liegen hatte. »Ich habe hier die endgültige Übereignungsurkunde vorbereitet und freue mich, dass ihr sie mir heute unterzeichnen werdet.« Er zog einen goldenen Kugelschreiber aus der Brusttasche, unterschrieb den Vertrag links, drehte ihn um und schob ihn Markus hinüber. »Bitte dort. Ich hab für euch extra Kreuzchen gemacht, damit es nicht so verwirrend ist für zwei Dorfjungs.«

Markus zog den Vertrag zu sich heran. Er nahm den goldenen Kugelschreiber aus Hartenbergs Hand und ließ ihn über dem Papier schweben.

»Na?«, machte Hartenberg. »Hast du vergessen, wie du heißt? Du kannst auch drei Kreuze machen.« Er grinste Markus an. »Klappt nicht?«, fragte er, als Markus nicht unterschrieb – und zog ein Exemplar des *Kapitänsprinzips* aus seiner Aktentasche. »Schaut mal, was ich im Buchshop am Frankfurter Flughafen entdeckt habe. Man hat ja immer viel zu viel Zeit zum Umsteigen, nicht wahr? Tolles Buch, hab schon mal hineingelesen. Klasse Tipps. Hat Ahnung, dieser Kapitän, hat Ahnung.« Er tippte auf den Vertrag.

Markus setzte den Stift an der Linie an, wo er unterschreiben sollte – und strich mit großer Geste alles quer über das Papier durch. Dann lehnte er sich auf seinem Stuhl zurück, Ben ebenfalls.

Hartenberg kniff die Augen zusammen. »Das nützt euch gar nichts, den Vertrag nicht zu unterschreiben. Immerhin habe ich das hier.« Er zog eine zerknüllte Papierserviette hervor, Ben vergrub sein Gesicht in den Händen. Das musste das Ding sein, das er in der Pokernacht unterschrieben hatte. »Der Vertrag zeichnet alles nur noch einmal ordentlich auf. Für den Notar. Und für die Aktenordner. Für meine Akten mit all meinen Objekten. Bundesweit. Europaweit. Ach, was sage ich: weltweit.« Er sah Markus böse an. »Unterschreibt!«

Markus beugte sich vor. Er sprach sehr leise. »Sagt Ihnen der Name *Alsteroase* etwas?«

Hartenberg zuckte zusammen. Sein Blick wechselte von bräsiger Arroganz zu wieselhafter Kalkulation. Markus konnte förmlich sehen, wie er im Kopf durchratterte, was nun kommen würde.

29
Josefine

Das Kapitänshaus stand dunkel und stumm da. Kein Fenster war erleuchtet. Wie auch. Die Jungs waren bei Hartenberg. Und Charlotte schlief bestimmt tief und fest, dachte Josefine. Sie schaute sich um. Kein Mensch war auf der Promenade oder auf den Nachbargrundstücken zu sehen.

Ja, sie würde das jetzt durchziehen. Sie würde sich nicht abbringen lassen. Auch nicht von der Verwirrung über das Telefonat mit Leopoldine. Mann, wer hätte das gedacht? Es tat ihr ein bisschen leid, dass sie ihrer Schwester nicht wirklich hatte helfen können. Aber – sie streckte sich – jetzt war nicht der Zeitpunkt, Leos Probleme zu lösen. Sie musste sich konzentrieren.

Auf das Kapitänshaus. Auf ihren Plan.

Sie öffnete das Gartentor und lief am Kirschbaum vorbei den Weg hinauf wie eine normale Besucherin. Dann bog sie ab und stieg auf die Veranda. Die rechte Dattelpalme. Da war sie. Hatte sie nicht, als sie kauernd die Hortensie eingepflanzt hatte, etwas Silbernes unter dem Topf hervorblitzen sehen? Nur eine winzige Ecke. Aber es konnte ein Notschlüssel sein, der dort nicht sehr sorgfältig versteckt worden war. Sie hob den Palmentopf an.

Tatsächlich.

Die Verandatür zur Küche ging ohne weiteres auf. Josefine

schloss sie leise hinter sich und blieb stehen. Nichts war zu hören außer dem Klacken der alten Porzellanuhr. Ihre Augen gewöhnten sich an die Dunkelheit. Wo sollte sie anfangen? Wo war es nur?

Das Vermächtnis vom alten Hermann.

Sie lief in die Diele zur Seemannskommode. Vielleicht gab es irgendwo einen doppelten Boden? Wie Charlotte gesagt hatte: Diamanten konnte man schließlich so gut wie überall verstecken. Sie zog eine Schublade nach der anderen heraus, warf Schuhputzzeug und Schals auf den Boden und tastete das alte Holz sorgfältig ab, Schublade für Schublade. Es fehlte nur noch die letzte ganz unten rechts – als sie plötzlich ein Geräusch aus der Küche hörte. Das Knarren der Verandatür?

Sie hielt inne und lauschte. Konnte das sein? Jetzt hörte sie, wie die Verandatür geschlossen wurde. Was zum ...? Ben? Markus?

Oder etwa ein Einbrecher?

Sie schlich ins Wohnzimmer zum Kamin und nahm leise die Löwenflinte von den Haken. Der Kapitän vom Foto sah ihr stumm zu. Mit dem Gewehr in der Hand lief sie gebückt zur Küche. Im Halbdunkel sah sie, dass die Tür zu der kleinen Speisekammer geöffnet war. Und sie sah den Rücken eines Mannes, der sich in der Kammer zu schaffen machte. Das war weder Ben noch Markus. Ein Einbrecher!

Was sollte sie tun? Versuchen, an ihm vorbei nach draußen zu entkommen? Was, wenn er eine Waffe hatte und ihr in den Rücken schoss? Ihr Herz raste. Sie musste es riskieren, sie musste hier raus. Schnell! Sie setzte sich in Bewegung, da glitt ihr die Flinte aus der Hand und polterte zu Boden. Der Mann fuhr herum, Josefine bückte sich nach der Waffe, der Mann lief auf sie zu, sie bekam das Gewehr zu fassen – und feuerte. Der Schuss ging daneben, er knallte in die Porzellanuhr über der Speisekammertür, der Mann kam bis auf zwei Meter an sie heran, sie schoss noch einmal.

Der Einbrecher schrie auf und sank zu Boden. Er hielt sich die linke Wade. Josefine wich zurück bis zur Verandatür und starrte zu ihm hinunter, wie er sich am Boden wand. Er hatte keine Waffe bei sich, das war klar, sonst hätte er sie längst gezogen.

Er stöhnte und blickte zu ihr hinauf. »Josefine? Die Reporterin?«, fragte er keuchend unter Schmerzen. »Sind Sie das?«

30

Markus

»Sagt Ihnen der Name *Alsteroase* nun was, oder nicht?«
Markus lehnte sich weit über den Tisch und den Vertrag.
Mit eisigem Blick schaute er Hartenberg an.

Der antwortete nicht.

»Schnieke Wohnanlage. 2002 in Hamburg-Harvestehu-
de erbaut, nur wenige Schritte von der Alster entfernt. Sehr
grün. Herrliche Außenflächen mit Parkcharakter«, sagte
Ben.

Markus nickte. »Leider von innen nicht ganz so schön
geworden. Stichwort: Baumängel. Decken sind da runter-
gekommen. Fast wurde ein Baby erschlagen.« Er zog einen
Hefter mit Papieren aus der Tasche und blätterte umständlich darin herum. »Risse in Fußböden, Fenster undicht,
Schimmel«, las er vor und sah Hartenberg ins Gesicht. »Un-
schön, finden Sie nicht?«

»Und von wem wurde die Anlage gleich noch erbaut?
Schau doch mal nach, Markus«, sagte Ben.

»Ach, hier steht's: von Ihrer Firma, Hartenberg. Na so was.
Damals hieß sie noch ein wenig anders, nicht wahr? *Stone-
Mountain*. Übrigens eine nicht sehr einfallsreiche Anleh-
nung an Hartenberg, finden wir.« Er verschränkte die Arme.

»Genauso wenig einfallsreich wie das Schweigegeld, das
Sie damals den Eigentümern gezahlt haben, damit sie nicht

an die Presse gehen. Dumm nur, dass wir hier nun einige Aussagen von Eigentümern schriftlich haben. Es sind nämlich wieder Mängel aufgetreten, und die Geduld der Leute ist am Ende.«

»Übrigens sind das nicht nur Berichte von Eigentümern der Anlage in Hamburg.« Markus zog einen zweiten Hefter aus der Tasche. »Es sind auch Beschwerden dabei von Bewohnern Ihrer Häuser in München, Karlsruhe, Stuttgart, Kiel und Köln. Sie scheinen wirklich viel zu bauen, Hartenberg.«

»Wäre das nicht ungünstig, wenn all diese Mängel in der Presse bekannt würden?« Ben schaute scheinbar besorgt. »Das würde sich vermutlich schnell herumsprechen, dass die Firma Hartenberg pfuscht. Und dass man besser nicht in Häuser einzieht, die Hartenberg baut.«

»Bundesweit, europaweit, ach, was rede ich – weltweit würde sich das herumsprechen«, sagte Markus. »Da müssten Sie die Firma noch einmal umbenennen. Unser Vorschlag wäre *Bröckelhügel*. Das heißt, wenn Sie dann überhaupt noch frei herumlaufen und nicht im Gefängnis sitzen wegen fahrlässiger Körperverletzung, vielleicht sogar mit Todesfolge.«

Asche fiel von Hartenbergs Zigarette auf den durchgestrichenen Vertrag. Er blickte Markus finster an. Dann schob er ihm wortlos die Papierserviette hinüber, Markus nahm sie sofort an sich. »Hefter her«, knurrte Hartenberg, und Markus gab ihm die Hefter.

Hartenberg stand auf und verließ ohne ein weiteres Wort den *Klabautermann*. Markus sah zu Ben, dem Tränen der Erleichterung über die Wangen rannen.

31
Josefine

Sie knipste das Licht an. Auf dem Fußboden vor ihr lag der Mann, den sie angeschossen hatte.

Es war Kurt.

Sie hatte Kurt angeschossen! Schweiß stand ihm auf der Stirn, er wiegte sich hin und her vor Schmerzen und hielt sich die Wade.

»O mein Gott!« Sie kniete sich neben ihn. »Kurt! Es tut mir so leid.« Sie starrte auf das Blut, das rotbraun durch seine Hose drang und auf die arabischen Kacheln tropfte. »Ich rufe einen Krankenwagen!« Sie zog ihr Handy hervor.

Kurt schüttelte den Kopf. »Lassen Sie das. Wollen Sie, dass man uns wegen Einbruchs festnimmt?« Er stöhnte laut.

»Aber Kurt, Sie brauchen Hilfe.« Sie sah verzweifelt zu, wie immer mehr Blut durch das Hosenbein quoll.

Kurt zog mühsam sein Portemonnaie aus der Tasche. »Da ist eine Karte drin von Dr. Deising. Ein alter Schulfreund von mir. Ruf den an, der kommt sofort.« Kurt legte sich lang ausgestreckt auf die Fliesen.

Sie klappte das Portemonnaie auf und fand die Karte. Die Stimme von Dr. Deising klang verschlafen, als er nach langem Klingeln endlich ans Telefon ging. Er fragte nichts, sondern versprach, sofort zu kommen.

Josefine riss ein Küchenhandtuch vom Haken, kniete

sich neben Kurt, zog das Hosenbein hoch und wickelte das Handtuch um die blutende Stelle.

»Und ich dachte, nach dem Krieg ist es vorbei mit den Schusswunden«, stöhnte Kurt.

»Freut mich, dass Sie noch Witze machen können in dem Zustand.« Josefine lief zum Wasserhahn, füllte ein Glas und reichte es ihm. Während er trank, rannte sie ins Wohnzimmer und griff von der Couch ein Kissen, das sie unter seinen Kopf legte.

Er schaffte es sogar, sie anzulächeln. »Schützenkönigin, was? Hat mir Ben erzählt. Jeder Schuss ein Treffer. Was machen Sie hier?«

»Und Sie?« Sie tupfte sein schweißnasses Gesicht mit einem Taschentuch ab.

»Ich wollte, dass ihr großer Wunsch doch noch in Erfüllung geht.«

Josefine blickte ihn fragend an.

»Das Vermächtnis vom Hermann. Ich wollte es endlich für sie finden. Sie hat immer von diesen Diamanten gesprochen. Und jetzt, wo sie ins Krankenhaus musste ...«

»Charlotte ist im Krankenhaus?« Josefine hielt im Tupfen inne.

»Seit heute früh.« Tränen stiegen ihm in die Augen.

Josefine schluckte.

»Sie sind wohl auch wegen dem alten Hermann hier?«

»Es wäre das i-Tüpfelchen für meine Geschichte gewesen, das Geheimnis von Sansibar zu lösen.« Sie nahm ihm das Wasserglas ab.

In diesem Augenblick fiel die Porzellanuhr von der Wand, die Josefine mit dem ersten Schuss getroffen hatte. Auf den arabischen Fliesen zersprang sie in etliche Teile, nur wenige Zentimeter von ihnen entfernt.

Aus dem zerbrochenen Korpus schaute etwas heraus: eine handtellergroße Silberdose mit orientalisch aussehender Gravur.

32
Markus

»Prost, Bruderherz! Dem haben wir es aber gegeben.« Ben gönnte sich einen großen Schluck aus der Bierflasche. Er zog die Papierserviette zu sich heran und hielt sie über die Tropfkerze. Die Pokerschuld ging in Flammen auf. Die brennenden Fetzen warf er auf den Teller, von dem Hartenberg vor ihrer Ankunft offenbar ein Sandwich gegessen hatte.

»Diesen Piraten sind wir los!« Markus lachte und lehnte sich gegen die blau-weiß gestreiften Kissen.

»Den haben wir über die Planke geschickt«, sagte Ben. »Jetzt ist alles gut.« Er strahlte.

Markus trank sein Bier und blickte durch das Bullauge hinaus auf die erleuchtete Seebrücke, auf der an diesem milden Abend Pärchen Arm in Arm schlenderten. Es stimmte. Alles war wieder gut. Sie hatten das Haus nicht verloren. Dank Josefine. Wie kam es aber, dass sich das nicht so gut anfühlte, wie er erhofft hatte?

Es lag wohl daran, gab er sich selbst die Antwort, dass sie etwas anderes verloren hatten. Für immer und ewig. Etwas oder vielmehr jemanden.

Josefine.

33
Josefine

Kurt und sie griffen gleichzeitig nach der Silberdose. Josefine war einen Tick schneller. Kurt sank auf die Fliesen zurück. »Was ist drin, Josefine? Machen Sie auf. Sind es Diamanten?«

Josefine schüttelte die Dose vorsichtig. Nichts klapperte. Aber vielleicht waren sie eingewickelt in Samt oder Papier? Sie versuchte, den Deckel mit dem Daumen aufzuschnippen, er klemmte jedoch.

»Wer weiß, wie alt das Ding ist. Vielleicht stammt es ja wirklich von Kapitän Hermann«, sagte Kurt.

Josefine schaute sich die Dose genauer an. Das Silber war an vielen Stellen angelaufen, aufwendige orientalische Ornamente waren eingraviert. Sie drückte erneut den winzigen Stift an der Seite, der die Dose öffnen sollte.

Aber sie blieb zu.

Es klopfte leise an der Verandatür. Schnell steckte Josefine die Dose in die Trainingsjackentasche. Der weißhaarige Dr. Deising trat mit seinem Arztkoffer ein, beachtete Josefine nicht, sondern kniete sich gleich neben Kurt. »Mensch, was stellst du denn für Sachen an? In unserem Alter!« Er wickelte das Küchenhandtuch ab und drehte Kurts Wade ins Licht, um die Wunde besser sehen zu können. Dann klappte er den Koffer auf und zog Watte und einen Tupfer hervor. »Bist du sicher, dass ich das hier machen soll? Willst du nicht lieber ins Krankenhaus?«

»Mach es. Krankenhaus kommt nicht in Frage.« Kurt legte den Arm über seine Augen und kniff den Mund zusammen.

Deising schaute Josefine an. »Ich frage nicht, wie das alles zusammenhängt. Ein Streifschuss, hier in Charlottes Haus. Nur weil es Kurt ist, der mich bittet, hole ich nicht die Polizei.« Er tupfte das Blut ab, so gut es ging. »Und weil so etwas in meinem Rentnerleben viel zu selten passiert.« Er goss aus einer kleinen Flasche eine Tinktur auf das Bein.

»Ahhh!«, schrie Kurt.

»Stell dich nicht so an, ist nur Desinfektionsmittel.« Deising schraubte die Flasche zu. Die Wunde blutete immer noch, aber nicht mehr so stark. Der alte Arzt zog eine Mullbinde hervor, legte Watte auf, wickelte die Mullbinde um Kurts Wade und verschloss sie mit einem Widerhakengummi. »Wenn das innerhalb der nächsten Minuten nicht aufhört zu bluten, müssen wir dich doch noch ins Krankenhaus schaffen, hörst du? Dann muss es genäht werden.« Er blickte besorgt auf die Mullbinde. »Wasser!«, rief er Josefine zu und wartete, bis sie das Glas frisch gefüllt hatte und es ihm reichte. Er holte eine Tablette aus der Arzttasche und steckte sie Kurt in den Mund. »Trinken!« Er gab ihm das Glas. »Ist gegen die Schmerzen.«

»Danke, Deising«, flüsterte Kurt, nachdem er die Tablette geschluckt hatte. »Bringst du mich nach Hause?«

»Natürlich.« Kurt legte den Arm um den Hals des alten Freundes, Josefine fasste ihn unter der Achsel. Gemeinsam schafften sie es, den alten Mann vom Boden hochzuhieven.

Mit angewinkeltem Bein hing Kurt über der Schulter des Doktors. Der blickte zu Josefine. »Und Sie, junges Fräulein, sollten aufwischen und dann schnell verschwinden. Ich bin sicher, ich habe morgen vergessen, wo ich war und dass hier eine junge Dame mit einem Gewehr um sich geschossen hat. Bei meiner Demenz.« Er nickte ihr noch einmal zu und stützte Kurt, der durch die Terrassentür ins Freie humpelte.

Dort drehte sich Kurt noch einmal um. »Geben Sie Charlotte, was in der Dose ist, ja? Und schreiben Sie alles auf.« Er verschwand in der Dunkelheit.

Wenige Minuten später hatte Josefine die Blutspuren weggewischt. Die Handtücher, die sie dazu verwendet hatte, packte sie in eine Plastiktüte. Sie würde sie nachher von der Seebrücke in die Ostsee schleudern. In der Diele stopfte sie die Schals und Mützen zurück in die Seemannskommode.

Die Scherben von der Porzellanuhr ließ sie liegen. So eine alte Uhr konnte schließlich mal von der Wand fallen. Die Silberdose jedoch trug sie in ihrer Trainingsjacke aus dem Haus.

Als sie gerade die Verandatür hinter sich verschlossen und den Schlüssel unter dem Palmenkübel versteckt hatte, hörte sie die Stimmen von Markus und Ben, laut und ausgelassen vor dem Haus.

Schnell verschwand sie in die Dunkelheit.

Auf Nimmerwiedersehen, ihr Brüder, dachte sie.

Das Einzige, was ihr von mir noch zu sehen bekommt, ist mein gepfefferter Artikel im *Komet*.

34
Markus

Die Scherben der Porzellanuhr auf dem Küchenboden ließen sie schlagartig nüchtern werden.

»Die Uhr hing dort, solange ich denken kann.« Markus
schaute auf die leere Stelle an der Wand über der Speisekammertür, während Ben mit dem Handfeger aufkehrte. »Vielleicht hat sich der Nagel gelöst, an dem sie gehangen hat?«

Ben hielt beim Kehren inne. »Nagel gelöst? Wohl kaum.
Schau mal, Markus!«

Markus kam näher. »Eine Patrone? Himmel, was hat das
zu bedeuten?«

»Das bedeutet, dass hier jemand Räuber und Gendarm
gespielt hat. Oder vielmehr nur Räuber.« Ben schüttete die
Scherben von der Schaufel in den Mülleimer.

»Wir müssen schauen, ob noch alles da ist.«

»Was wollen die denn bei uns klauen? Wir haben doch
nichts Wertvolles.«

»Sagst du.« Markus sah ihn nachdenklich an. »Und was,
wenn es Hermanns Diamanten tatsächlich gäbe, so wie Oma
immer behauptet? Und wenn der Einbrecher ihnen auf der
Spur war und sie vielleicht sogar gefunden hat?«

Ben zuckte mit den Schultern und legte das Kehrzeug
wieder an seinen Platz im Küchenschrank. »Dann werden
wir es nie erfahren«, sagte er, als das Telefon klingelte.

Ängstlich sahen sich die Brüder an. Markus ging hin.

Ben blickte ihm entgegen, als er in die Küche zurückkam. Tränen stiegen ihm in die Augen, noch bevor Markus etwas gesagt hatte.

Markus nickte und trat auf seinen Bruder zu. »Es war das Krankenhaus.« Er hielt ihn fest, und sie weinten gemeinsam.

35
Josefine

Eine Taube landete auf Präsident Lincolns Kopf. Josefine trat näher an den steinernen Riesen heran, der majestätisch die Washingtoner Mall überblickte. Es war der zweite Tag in der amerikanischen Hauptstadt, und heute stand ein kurzes Sightseeing-Programm auf dem Plan, bevor es in der Kanzlermaschine zurück nach Deutschland gehen würde. Die Sonne brannte bei dreiunddreißig Grad, kein Lüftchen regte sich. Das seidige Innenfutter ihres Businessetuikleides klebte schweißnass auf Josefines Haut. Sie drehte Lincoln den Rücken zu und schritt mit klackenden Absätzen die Stufen von seinem Tempel hinunter auf die Rasenfläche.

Keine Möwen hier, nur Tauben, dachte sie und sah zweien beim Aufpicken von Bagelbrocken zu, die ein vermeintlich tierlieber Tourist auf dem Grün verstreut hatte. Keine fliegenden Möwen, kein Salzgeruch, kein Meeresrauschen. Nur Dieselgestank und Verkehrslärm. Trotzdem – die wenigen freien Stunden hier in der amerikanischen Hauptstadt taten ihr richtig gut, stellte sie fest. Die überstürzte Abreise aus Heringsdorf, das Schreiben des Artikels in Windeseile vor dem Flug in die USA, die letzten Tage waren ganz schön hektisch gewesen. Zeit zum Nachdenken oder gar Erholen hatte sie nicht gehabt.

Sie lief an dem langgestreckten Wasserbecken entlang

Richtung Obelisken und wandte sich dann nach links zum Weißen Haus.

Ja, sie war drinnen gewesen. Hatte die Pressekonferenz der Kanzlerin und des Präsidenten live miterlebt. Ihr Herz hatte gebummert, sie hatte wie im Fieber mitgeschrieben, dem Präsidenten sogar eine Frage gestellt und ihre Notizen in die Redaktion nach München geschickt, gemeinsam mit den Beobachtungen aus der Kanzlermaschine. Und es gab tatsächlich eine Bar an Bord der Kanzlermaschine, an der sie lässig gelehnt hatte. Allerdings war bei ihrem Mineralwasser kein wie James Bond aussehender Personenschützer ihr Gesprächspartner gewesen, sondern nur der Kollege von der *taz*, dem die Nickelbrille auf der Nase hinuntergeglitten war und dessen grüne Stricksocken zwischen Anzughose und Schuhen mit Kreppsohle herausgeschaut hatten. Die anderen Kollegen hatten wie die Streber auf ihren Plätzen gehockt, Texte in ihre Laptops gehämmert oder waren der Kanzlerin auf den Pelz gerutscht, so weit, wie es ging.

Sie sah auf ihre Armbanduhr. Es war zwei Uhr mittags hier, also acht Uhr abends in Deutschland. Jetzt würden sie längst zum Kiosk gegangen sein und ihn gelesen haben, die Brüder. Und die halbe Nation.

Ihren Artikel.

Sie straffte sich, setzte sich in Bewegung und lief auf das Weiße Haus zu.

Es war richtig gewesen, ihn so zu schreiben. So und nicht anders. Schließlich war es die Wahrheit. Und – sie merkte, wie sie wieder wütend wurde – sie hatten sie so dermaßen an der Nase herumgeführt, diese beiden. Sie und die Leser des *Kapitänsprinzips*. Das konnte nicht ungestraft bleiben. Besonders Markus hatte es verdient. Er war schließlich der Kopf des Betruges, der Hintertriebene von beiden. Und Ben? Ben war einfach zu schön, um wahr zu sein. Gut, ihn schoss sie gleich mit ab. Denn auf der Titelseite prangte sein bestes Foto an Deck der Her.03 mit hochgekrempelten Hosenbeinen, strahlender Uniform und ebensolchen Zähnen.

Als sie den Artikel in der Redaktion zu Ende geschrieben hatte, waren die Kolleginnen reihenweise an ihrem Schreibtisch stehen geblieben, wo die Fotos zur Auswahl gelegen hatten. »Den willst du wirklich fertigmachen?«, hatten sie gefragt, und Tina aus dem Sekretariat hatte sogar eines der Fotos erbettelt – für ihren Kühlschrank. Josefine hatte es ihr gegeben, aber für den Artikel war sie bei ihrer Linie geblieben. Schließlich hatten die Brüder sich ganz allein in den Schlamassel geritten. Wer war denn sie, dass sie ihnen half, indem sie ihre Betrügereien verdeckte? Sie hatte schließlich einen Ruf zu verlieren.

Sie zog ihr iPhone hervor, als sie am Zaun des Weißen Hauses ankam. Ein Abschiedsvideo. Das würde sie jetzt drehen und beim nächsten Familientreffen zu Hause in Starnberg präsentieren. Sie hielt das Handy auf Armlänge von sich weg und lächelte in die Kameralinse.

36
Ben

»Zwei Euro siebzig, bitte.« Gottfried, der Kioskbesitzer, reichte Ben den *Komet* über die Ladentheke. »Mein lieber Mann, in eurer Haut will ich jetzt nicht stecken, in deiner und Markus'.« Er schmunzelte. »Wusste gar nicht, dass wir hier so kreativ verrückte Menschen haben, in Heringsdorf.« Er sortierte das Geld in die Kasse. »Ahoi, mein Junge!« Er wandte sich dem nächsten Kunden zu. Ben lief zur Tür, den *Komet* eingerollt unter dem Arm, ohne ihn genau angesehen zu haben.

»Ach, warte mal, mien Jung«, rief Gottfried.

Ben drehte sich um und blickte ihn fragend an.

»Kann ich ein Autogramm haben?« Gottfried nahm den nächsten *Komet* vom Stapel, reichte Ben einen Edding und hielt ihm das Cover hin.

Völlig perplex unterschrieb Ben auf seinem riesigen Foto, das er erst jetzt erschrocken zur Kenntnis nahm. Er an Deck der Her.03. Mit weichen Knien verließ er den Kiosk. Steif und mit dem Blick geradeaus – die anderen Einheimischen schienen ihn alle anzustarren – lief er zum Kapitänshaus.

Markus lag mit dem Gesicht zur Wand im Bett. »Hast du's? Sind wir wirklich vorn drauf?«

»Und wie!« Ben zog sich einen Stuhl heran und setzte

sich. Vorsichtig rollte er das Heft auf und blickte auf sein Foto und den Titel, der darüber prangte: »*Das Kapitänsprinzip oder Das Glück ist ein mieser Verräter.*« Er stöhnte.

»Lies vor!«, sagte Markus heiser. »Und dann hol Hermanns Löwengewehr vom Kamin, und erschieß mich.«

Ben blätterte das Heft auf und las:

»*Das Kapitänsprinzip oder Das Glück ist ein mieser Verräter!*
von Josefine Johnfeld

Sie segeln durch Ihr Leben ohne Hoffnung, ohne Ziel, ohne Richtung? Dann segeln Sie weiter! Denn es wird niemand kommen, um Ihr Boot zu lenken. Schon gar kein Kapitän. Zumindest nicht der vom neuen, gehypten Ratgeber ›Das Kapitänsprinzip – So steuern Sie Ihr Lebensschiff ins Glück‹. Falls Sie mit dem Gedanken spielen, sich das Buch zu kaufen – lassen Sie es. Warum? Ich sag es Ihnen.«

Markus stöhnte.

Ben las weiter. »*Es war ein klarer Auftrag. Teste den neuen Ratgeber ›Das Kapitänsprinzip!‹ Begib dich auf die Glücksreise mit dem weisen und schönen Kapitän Harm Harmsen – und finde für unsere Leser heraus, wie sie glücklich werden!*

An einem Dienstagmorgen schipperte ich los, aus der Redaktion in München nach Heringsdorf auf Usedom. Blauer Himmel, Sonnenschein, weißer Sandstrand, sanfte Wellen empfingen mich. Eine wunderschöne Insel, ein attraktiver Ferienort mit seiner Seebrücke und der Promenade, keine Frage. Ein Ort zum Glücklichsein – das sah ich gleich. Hier wohnte also der seefeste Glücksguru. Der Kapitän mit dem Glücksrezept, nautisch notiert in acht Schritten, Boje 1 bis Boje 8.

Von der blendend weißen Uniform des vermeintlichen Kapitäns blitzten mir die goldenen Knöpfe entgegen, er führte mich in sein uriges Kapitänshaus samt ausgestopftem Löwenkopf und Donnerkolben und lullte mich ein mit Geschichten vom geheimen Familienschatz – dem Schatz von Sansibar, den ein Urahn mitgebracht haben soll. Denn ja, tatsächlich – in der Familie gab es durchaus einmal Kapitäne.

Wenn auch ein paar Generationen vorher.

Ich staunte über das Haus, ich war eingenommen von der Schönheit des Kapitäns, ich nahm in Kauf, dass sein stoffeliger Bruder sich einmischte.«

Ben sah zu Markus. Als der sich nicht regte, las er weiter: »Mein Plan war, die Bojen des Kapitänsprinzips durchzuexerzieren. Ein Glückstest für Sie, unsere Leser.

Wir machten uns an die Arbeit, bestiegen die Schaluppe, schipperten los – und kenterten grandios bei Boje 7. Frau über Bord, hieß dort mein Manöver, aber mit beherztem Kopfsprung!

Warum? Wieso? Ganz einfach: Weil ich herausfand, dass der Verfasser des Kapitänsprinzips gar kein Kapitän ist. Sondern ein erfolgloser Schriftsteller mit Weltverbesserermission. Und nein, das auf den Fotos ist er auch nicht, sondern sein schicker Bruder. Immerhin. Der hat meine Seele erfreut. Oder zumindest mein Auge.«

Markus rollte sich auf den Bauch und vergrub das Gesicht im Kopfkissen. »Weiter!«, drang es dumpf daraus hervor.

»Was ich bei diesem Törn gelernt habe? Ich fasse es mal für Sie zusammen. Vielleicht in acht Bojen, wenn es recht ist?

Boje 1 (am allerwichtigsten): Lassen Sie sich nicht von Uniformen blenden! Meine Damen, merken Sie sich das! Es hat für

Leonardo DiCaprio in ›Catch Me If You Can‹ geklappt, es sollte aber nicht bei Ihnen im echten Leben funktionieren.

Boje 2: Fahren Sie nicht aufs offene Meer hinaus mit Leuten, die Sie nicht kennen. Passen Sie also auf, mit wem Sie sich einlassen.

Boje 3: Wiegen Sie sich nicht in der Hängematte der Sicherheit! Sie wissen nie, was wahr ist. Platon hatte recht: Wir meinen alles zu durchschauen, aber vermutlich sehen wir oft nur die Schatten.

Boje 4: Verlassen Sie sich nicht auf Bordgeräte, sondern nur auf Ihren Bauch. Werfen Sie Kompass und Karte über Bord. Hören Sie auf Ihre Eingeweide, die werden Sie vor allen Gefahren warnen.

Boje 5: Führen Sie stets einen Rettungsring mit sich. Das heißt: Ihre Familie und Freunde.

Boje 6: Behalten Sie bei allem, was Sie tun, den Anker in Greifweite – zur Not stoppen Sie den Tanker eben in voller Fahrt.

Boje 7: Sollte es dennoch zum Untergang kommen – haben Sie vorher einen Schwimmkurs absolviert!

Boje 8: Die bleibe ich Ihnen schuldig. Denn bis dorthin bin ich bei meinen Recherchen mit den betrügerischen Brüdern nicht gekommen. Im Kapitänsprinzip ist die Boje Nummer 8 die Einfahrt in den Glückshafen. Das kann ich Ihnen leider nicht bieten. Aber ich kann Ihnen eines geben – nämlich meinen guten Rat: Bleiben Sie mit Ihrer Jolle lieber im sicheren Hafenbecken, als dass Sie mit der Yacht auf die offene See hinaussteuern.

In diesem Sinne: Kaufen Sie sich das Kapitänsprinzip nicht! Es sei denn, Sie wollen ordentlich verschunkelt werden. Sparen Sie die 14,90 Euro, zum Beispiel für Anti-Seekrankheitstabletten.

Ahoi!

Ihr Leichtmatrose Josefine Johnfeld.«

Markus krümmte sich und drehte sich wieder zur Wand. Ben rollte den *Komet* zusammen und verließ das Zimmer seines Bruders mit weichen Knien.

37
Josefine

Sie lächelte in die Kameralinse ihres iPhones, drehte sich mit und filmte das Weiße Haus und den Obelisken, als das Telefon klingelte. Sie beendete den Videoclip und schaute aufs Display: die Redaktion, das sah sie an der Nummer. Hatten sie schon erste Leserreaktionen auf die Titelgeschichte? Lob, Kritik, Begeisterung? Beschimpfungen? Sie ging ran.

»Johnfeld! How is it bei den Amis?« Mittermanns Lachen dröhnte an ihr Ohr, als stünde er neben ihr. »Schon drei Kilo zugenommen bei dem Fraß dort?«

»Welcher Fraß, Herbert? Hier gibt's nur Veggie Burger, Kokoswasser und walkende Kongressabgeordnete.«

»Spaß beiseite, Josie. Dein Titel ist draußen, bin schon ganz gespannt, wie er sich verkauft. In meinem Kiosk an der Ecke, wo ich immer auf dem Weg zur Arbeit stoppe, haben die zwei Kundinnen vor mir das Heft sofort gegriffen.« Er lachte. »Kein Wunder bei dem Schmuckstück von Kapitän vorn drauf. Zu schade, dass du ihn so fertiggemacht hast, den armen Kerl. Und seinen Ghostwriter-Bruder.«

»Ist das der Grund deines Anrufs, Herbert?« Josefine sah auf die Uhr. »Mir zu sagen, dass wir mindestens zwei Leser haben?« In einer Stunde müsste sie wieder am Hotel sein, wo der Journalistentross sich sammeln und zum Flughafen fahren würde. Und sie hatte noch kurz in diesen Schuhladen neben dem Hotel springen wollen, um diese türkisfarbenen Sneakers zu kaufen.

»Nein, ich wollte dir nur zurufen, dass ich stolz auf dich bin, Josie. Du hast das wirklich professionell gelöst, diese Kapitänsstory.« Er machte eine Pause. »Obwohl es dir, glaube ich, nicht leichtgefallen ist.«

»Wie meinst du das? Mir fällt nichts schwer, was mit der Arbeit zusammenhängt.«

»Ich meine, dass unser Job manchmal nicht ganz einfach ist. Für keinen von uns. Dann nämlich, wenn Menschen, über die wir schreiben, uns ein klein wenig ans Herz gewachsen sind – und wir ihre Geschichte trotzdem wahrheitsgerecht aufschreiben müssen.«

Josefine schwieg.

»Jedenfalls, Josie, genieß den Rückflug in der Kanzlermaschine. Du hast es dir verdient.«

»Danke, Herbert, ich …«

»Entschuldige mal. Tina kommt gerade rein. Was? Ach, klar kann ich das selber machen. Tina reicht mir gerade einen Zettel, wo ich dich schon mal am Ohr habe. Hier ist nämlich eben eine Nachricht für dich eingegangen mit der Bitte um Rückruf. Offenbar sehr wichtig und persönlich, hat der Anrufer gesagt. Ein Kurt, steht hier.«

Josefine erstarrte.

»Brauchst du die Nummer, oder hast du die?«

»Sag sie mir bitte, Herbert.« Josefine schloss die Augen, um sie sich zu merken.

Als sie aufgelegt hatte, atmete sie tief durch. Kurt? Was wollte er bloß? Das konnte doch nichts Gutes bedeuten? Eine Nachricht von den Jungs? Oder von Charlotte?

Sie tippte die Nummer ein. Schon nach dem zweiten Klingeln ging Kurt ran.

»Hier ist Josefine, Kurt. Wie geht's Ihrem Bein?«

Er schwieg.

»Kurt, sind Sie noch da? Sind Sie sauer wegen des Artikels? Aber bitte verstehen Sie doch. Ich musste das so schreiben. Es ist meine journalistische …«

»Josefine«, stoppte er ihren Wortschwall. »Charlotte ist tot.«

Josefine sah sich um nach einem Platz zum Sitzen, fand keinen, ließ sich einfach auf den Boden gleiten und lehnte sich an den Gitterzaun des Weißen Hauses.

»Ich wollte dir das sagen, weil ich glaube, dass du es wissen solltest.« Seine Stimme zitterte. »Und ich wollte dir auch mitteilen, wann die Beerdigung ist.«

Josefine rannen die Tränen über die Wangen.

»Kommende Woche am Mittwoch um vierzehn Uhr auf dem Friedhof von Heringsdorf. Auf Wiedersehen, Josefine, auf Wiedersehen.« Die Leitung tutete.

Josefine nahm langsam das Telefon vom Ohr und blickte glasig auf den Obelisken.

»Um Himmels willen!« Eine Hand landete auf ihrer Schulter. Das Gesicht des Kollegen von der *taz* schob sich vor die Säule. »Ist Ihnen nicht gut? Die Hitze? Hier, trinken Sie.« Er hielt ihr eine Plastikflasche hin. »Kokoswasser.«

Sie schüttelte den Kopf.

»Können Sie aufstehen? Warten Sie, ich helfe Ihnen.« Er zog sie auf die Füße, sie ließ es geschehen und lief schweigend neben ihm her zurück zum Hotel, das Weiße Haus keines Blickes mehr würdigend.

38
Markus

Markus trat einen Schritt zurück und betrachtete die lange Tafel mit der weißen Tischdecke, den Hortensien in der Vase, den Spitzenservietten und Serviettenringen und dem blau-weißen Zwiebelmustergeschirr. Der leichte Wind ließ die alte Pappel rauschen, die Sonne schien – es war Gutelaunewetter. Wenn sie an diesem Tag nicht einen Gang vor sich hätten, der wohl einer der schwierigsten ihres Lebens werden würde, dachte er.

Er strich noch einmal über die weiße Tischdecke und rückte einen der Stühle zurecht, die sie um die Tafel gestellt hatten. Ja, so würde es Charlotte gefallen. So hätte sie bestimmt gewollt, dass man zum letzten Mal auf ihr Wohl anstößt und Kaffee trinkt. Er hatte sogar eine Schwarzwälder Kirschtorte gebacken, wie er es jedes Jahr zu ihrem Geburtstag getan hatte. Er schluckte und drehte sich von der Tafel ab zum Meer, bei dessen Anblick er tief durchatmete. Sie würden auch diesen Tag hinter sich bringen. Sie würden den Sarg bis zu der Grabstelle neben Opa Gustav begleiten, Erde darauf rieseln lassen und *Ave Maria* singen. Sie würden die Gäste in den Garten des Kapitänshauses bitten und Kaffee trinken, dabei lustige Geschichten aus Oma Charlottes Leben erzählen. Dies war ihr Tag, ihr letztes Fest. Sie hätte nicht gewollt, dass sie weinen.

Ben brachte die Milchkännchen, die sie ganz hinten aus dem Küchenbuffet herausgesucht hatten. Er blinzelte, als er die lange Tafel sah. »Sieht schön aus.« Er stellte die Kännchen ab. »Wann geht's los?«

»In einer Stunde müssen wir am Friedhof sein. Ich gehe jetzt duschen.« Markus ging über die Veranda in die Küche und hinauf in den ersten Stock. Wie leer das Haus war ohne Charlotte, dachte er, als er das warme Wasser auf der Haut spürte. Leer und fremd. Sie war die Seele des Kapitänshauses gewesen. Ob es ihm und Ben gelänge, das Haus mit Leben zu füllen? Er griff das Handtuch und trocknete sich ab. Denk an etwas anderes, befal er sich. Er knotete sich das Handtuch um die Hüften und ging in sein Arbeitszimmer unter dem Dach, um noch einmal den Ausblick zu genießen, der über fast alles hinwegtrösten konnte.

Er setzte sich an den Schreibtisch. Die Ostsee schimmerte und wogte wie immer. Menschen liefen über die Seebrücke wie immer. Urlauber saßen in den Strandkörben und ließen es sich gutgehen. Das Leben ging einfach weiter, es nahm nun einmal keine Notiz vom Einzelnen. Auch von Charlotte nicht.

Er klappte den Laptop auf und öffnete sein Mail-Postfach, um sich abzulenken. Da war eine Nachricht vom Verlag. Nanu? Der Anruf nach dem *Komet*-Artikel lag nun schon eine Woche zurück. Der Anruf, bei dem er den Verleger, einen ruhigen, sonst immer freundlichen Literaturliebhaber, zum ersten Mal hatte brüllen hören. Markus hatte nichts erwidert, das Telefon aber tapfer am Ohr gehalten, um nicht zu verpassen, falls wider Erwarten doch ein Fünkchen Hoffnung für sich und seinen Vertrag herauszuhören gewesen wäre. Aber da war nichts. Der Verleger hatte alle bestehenden Verträge mit sofortiger Wirkung für nichtig erklärt – auch den von Markus' neuem Roman – und schließlich geräuschvoll aufgelegt.

Nun also eine Mail. Soll ich sie überhaupt öffnen? Markus lehnte sich in seinem Stuhl zurück. Ach, sei's drum, dachte er. Heute ist Charlottes Beerdigung. Schlimmer kann der Tag sowieso nicht mehr werden. Er klickte die Mail auf, die keinen Betreff hatte. Der Absender war Martin Schmidt, sein Lektor.

Markus,

wie Du Dir denken kannst, haben sich die Rauchwolken hier noch nicht verzogen, der Verleger kocht weiter vor sich hin. Ich persönlich bin nach wie vor enttäuscht von Dir. Wie hast Du nach unserer langjährigen, zugegebenermaßen mäßig erfolgreichen Zusammenarbeit mein Vertrauen so missbrauchen können? Harm Harmsen. Ich wundere mich selber, dass ich darauf hereingefallen bin und den Stoff, nachdem Du mir glaubhaft versichert hast, diesen Kapitän aus Deiner Nachbarschaft zu kennen – dass ich ihn meiner armen Kollegin aus dem Sachbuch angepriesen habe. Was meinst Du, was bei der jetzt los ist? Es war wirklich unverantwortlich von Dir. Obwohl – von Dir, der Du kein Kapitän bist, hätten wir das Manuskript tatsächlich nicht angenommen. Das Manuskript für das Buch, das nun diesen riesigen Auftritt im Komet bekommen hat. Weißt Du, was hier abgeht? Wir haben Talkshow-Anfragen von Plasberg bis Tietjen und di Lorenzo. Und wir haben die Häme der ganzen Branche kübelweise im Mailpostfach. Allerdings ist das nicht das Einzige, was hier eingeht. Minütlich klingelt der Großhandel an und

bestellt nach. Der Verleger hat jetzt entschieden, die Drucker-
presse auf Hochtouren laufen zu lassen. Wenn wir mit Dir so
sehr reingefallen sind, dann wollen wir jetzt wenigstens Geld ver-
dienen. Denn die Leser scheinen Dir und Deinem Bruder im Üb-
rigen nichts übelzunehmen. Eine weitere Mailflut erreicht uns
nämlich von Leserinnen, die Autogramme Deines Bruders haben
wollen.

Also ein Vorschlag: Du kommst nach Berlin und entschuldigst
Dich bei mir, der Kollegin und beim Verleger. Dann bereist Du
mit Deinem Bruder die Talkshows dieses Landes. Ihr tragt die
Reisekosten, wir machen die Termine. Anschließend können wir
vielleicht noch mal über Deinen neuen Roman reden.

Gruß aus Berlin,

Martin

Markus sackte auf seinem Stuhl zusammen. Jetzt musste er
doch noch weinen an diesem Tag. Vor Freude.

39
Josefine

Sie fuhr über die blaue Brücke auf die Insel. Und atmete auf. Wie wunderbar diese Seeluft doch war. Wie einladend die Allee. Die grüne Weite. Herrlich, dachte sie und erschrak, als sie sich erinnerte, warum sie zurückgekommen war. Es war kein freudiger Anlass. Die Beerdigung von Charlotte.

Sie hatte lange mit sich gerungen, ob sie fahren sollte. Sie wollte Charlotte verabschieden und wusste, Charlotte hätte gewollt, dass sie da wäre. Aber – sie hatte auch Angst, die Brüder wiederzusehen. Sie merkte, wie sie beim Gedanken an deren Schmu gleich wieder wütend wurde. Nein. Sie würde sich von Charlotte verabschieden, wie es sich gehörte. Davon konnten sie diese beiden nicht abhalten. Sie würde ihnen die eiskalte Schulter zeigen, die Beerdigung besuchen, vielleicht noch einen Strandspaziergang machen, im Hotel ausschlafen, frühstücken und dann wieder abfahren.

Diesmal wirklich auf Nimmerwiedersehen. Je näher sie Heringsdorf kam, desto größer wurde ihr Groll auf die Brüder. Als sie in die Hauptstraße einbog, kochte sie innerlich. Was bildete sich dieser Markus eigentlich ein? Gut, dass sie so offen mit ihm abgerechnet hatte in ihrem Artikel. Und alle hatten es gelesen, sie hatten die *Komet*-Auflage erhöhen müssen, nachdrucken, etwas, das sonst nie vorkam.

Erstaunlich waren allerdings die Leserreaktionen gewesen. Sie hatten haufenweise Mails bekommen, hauptsächlich von Frauen. Und einige davon waren nicht eben zimperlich gewesen. Wüste Beschimpfungen hatte es gegeben – an Josefine adressiert. Wie habe sie diese armen Brüder nur so bloßstellen können? Dabei waren sie doch so charmant, lebensklug, Mut machend. Sie, Josefine, dagegen sei eine miese Unke voller negativer Energie. Wie sie ernsthaft raten könne, keine Sprünge im Leben zu unternehmen? Pessimistisch, zögerlich, langweilig sei das. Selbstverständlich werde man das *Kapitänsprinzip* kaufen und danach handeln.

Jetzt erst recht.

Und das war es auch, was sie vom Verlag zu hören bekommen hatten. Zunächst hatte sie der Verleger persönlich für ihren Artikel beschimpft – doch schon kurze Zeit später hatte er bei Herbert angerufen und berichtet, dass die Verkaufszahlen für das *Kapitänsprinzip* durch die Decke geschnellt waren. Nun wurde der Schinken durch ihre Mithilfe auch noch ein Bestseller. War denn das zu fassen? Diese miesen Brüder sollten sich besser bei ihr bedanken. Sie nickte, als sie vor dem *Goldenen Anker* parkte.

Das sollten sie.

Sie bekam das gleiche Zimmer wie beim letzten Mal, ließ ihre Tasche an der Tür fallen und stieß als Erstes das Fenster auf. Als sie die Ostsee unter den dahinziehenden Schäfchenwolken schimmern sah, wurde sie sofort ruhiger. Diese Aussicht war wirklich Balsam für die Seele, dachte sie. Das beste Mittel gegen Stress. Wenn sie das nur öfter haben könnte! Sie seufzte. Aber in München gab es nun mal keine Ostsee.

Sie sah auf ihre Armbanduhr. Noch eine halbe Stunde bis zur Beerdigung.

Sie musste sich umziehen, dann würde sie losgehen. Und Charlotte verabschieden. Sie hatte einen Strauß Hortensien bestellt, den sie noch im Blumenladen abholen musste. Und dann würde sie am Friedhof auftauchen und bis zum Grab mitgehen.

Ganz egal, wie die Brüder auf sie reagieren würden.

40
Markus

War denn das die Möglichkeit? Sie hatte doch tatsächlich die Chuzpe, hier aufzutauchen! Markus musste zweimal hinschauen, als Josefine auf dem Parkplatz vor dem Friedhof aus ihrem Beetle stieg. Er und Ben standen bereits mit dem Pfarrer am Tor und begrüßten die Trauergäste.

Ja, sie war es. Er starrte sie an. Ganz in Schwarz mit rosa Hortensien im Arm. Was dachte sie sich eigentlich dabei, hier zu erscheinen, nachdem sie ihn und Ben vor der ganzen Nation bloßgestellt hatte.

Er stieß Ben in die Rippe, der gerade dabei war, alte Freunde von Charlotte zu begrüßen. »Sieh mal, welch lieben Gast wir bekommen.«

Ben drehte sich um und erkannte Josefine. »Die hat Nerven. Was machen wir jetzt?« Doch für Beratungen blieb keine Zeit. Josefine trat schon auf sie zu.

Markus steckte die Hände in die Hosentaschen seines schwarzen Anzugs. »Josefine, guten Tag. Ich bin nicht gerade erfreut, Sie hier zu sehen.«

Sie zog die Augenbrauen hoch. »Ich bin hier, um mich von Ihrer reizenden Großmutter zu verabschieden, die mir sehr ans Herz gewachsen ist. Ganz im Gegensatz zum Rest der Familie. Ben, hallo.« Sie nickte ihm zu.

Er nickte ebenfalls, sagte jedoch nichts.

»Wollen wir?«, sagte der Pfarrer und schritt langsam voran durch das eiserne Tor auf das Friedhofsgelände. Der Zug der Trauergäste folgte auf dem Schotterweg zwischen den alten Eichen und Grabstellen. Markus ging neben Josefine. »Sie haben mich ruiniert, ist Ihnen das klar? Sie haben mit Ihrem Artikel meine literarische Karriere beendet.«

Sie lachte auf. »Das haben Sie sich ganz allein eingebrockt mit Ihren Lügen. Und überhaupt: Welche literarische Karriere? Haben Sie Ihre drei Stammleser verloren?« Sie führte ihren Strauß zum Gesicht und roch an den Hortensien.

»Sie sind wirklich die mieseste Person, die ich je in meinem Leben getroffen ...«

Sie ließ den Strauß sinken. »Ist es nicht vielmehr so, dass Sie jetzt endlich mal Erfolg haben mit einem Buch? Wie ich höre, schießt die Auflage Ihres Schamanenwerkes gerade in die Höhe. Wenn auch nicht dank Ihrer Schreibkünste, sondern wohl eher wegen Bens guten Aussehens. Und wegen meines Artikels, der die größte Werbung für Ihr Büchlein war, die man sich denken kann.«

Er blickte auf ein Familienmausoleum, das sie passierten. Eine Familie Sander lag hier begraben. »Ich kann Ihnen gar nicht sagen, wie ...«

»Wie dankbar Sie mir sind?«

»Wie sehr ich Menschen wie Sie verachte.« Er verließ ihre Seite, überholte einige Trauergäste und lief vor zum Pfarrer, der sich der offenen Grabstelle näherte. Die kleine Gesellschaft gruppierte sich um das Loch herum. Markus stand neben dem Pfarrer, auf der anderen Seite stand Ben. Josefine wurde von nachrückenden Gästen neben Markus gedrängt. Der Pfarrer blickte in die Runde und begann mit seiner Rede: »Liebe Trauergemeinde, wir sind heute hier zusammengekommen, um Abschied zu nehmen von unserer lieben Großmutter, Freundin und Vertrauten Charlotte. Ein Leben lang war Charlotte ein liebevolles Mitglied unserer Gemeinde und eine beliebte und bekannte Bewohnerin unseres Ortes. Es gibt wohl kaum einen Heringsdorfer, der nie bei Charlotte einen Tee getrunken und geklönt ...«

»Und? Wie ist nun Ihr Plan?«, zischte Markus Josefine zu und wandte seinen Blick ab von dem offenen Grab und dem Sarg. »Welche Leben zerstören Sie als Nächstes?«

»Es interessiert Sie also, was ich tue?« Sie fingerte an den Hortensien herum und schaute nach oben in die Baumwipfel.

»Will nur sichergehen, dass Sie das, was Sie vorhaben, weit weg von hier tun.« Bloß nicht auf den Sarg sehen, dachte er und folgte Josefines Blick in die Baumwipfel. Eine Amsel sang nicht weit entfernt, nahm er wahr.

»Keine Angst. Kann es gar nicht erwarten, mich aus dieser tristen Provinz zu verziehen, wenn ich mich ordentlich von Charlotte verabschiedet habe.«

»Triste Provinz«, er schnaubte, »vielleicht finden Sie ja in der Großstadt noch ein paar Leute, die Sie fertigmachen können. Vielleicht mal jemanden, der tatsächlich etwas angestellt hat.« Die Amsel flog zwitschernd davon.

»... ich erinnere mich an eine Begebenheit im Herbst vor einigen Jahren, als ...«, sagte der Pfarrer gerade.

»Betrügen ist für Sie wohl kein Delikt?«

»Jetzt machen Sie mal einen Punkt. Ich habe doch nur die Welt ein wenig schöner gemacht mit diesem hübschen Kapitän und seinen Glückstipps.« Er blickte zu Ben und sah ihn weinen. Schnell wandte er sich ab, um nicht selbst anzufangen. »Leserinnen in ganz Deutschland sind mir dankbar«, redete er weiter. »Sie nehmen ihr Leben in die Hand und steuern auf ihren Glückshafen zu.«

Die Trauergemeinde lachte. Offenbar war es dem Pfarrer gelungen, eine gute Anekdote zu erzählen.

»Oh, Herr Hochstapler bildet sich also auch noch etwas ein auf sein Pamphlet. Sie werden mir immer sympathischer.«

»Sie mir nicht.«

»Na, ein Glück.«

Er drehte ihr den Rücken zu und blickte zum Pfarrer. Konnte man diese Giftnatter nicht vom Friedhof entfernen? Zum Kaffeetrinken würde er sie aber nicht in den Garten lassen! Und wann war das hier eigentlich endlich vorbei? Lange konnte er sich nicht mehr kontrollieren. Ben schluchzte bereits hemmungslos, wie er sah.

»… wollen wir nun unsere Freundin Charlotte verabschieden.« Der Pfarrer nickte den Sargträgern zu. Sie hievten den Eichenkasten hoch und ließen ihn an Seilen in die Grube hinunter. Der Pfarrer sprach ein Gebet.

Markus ging hinter dem Rücken des Pfarrers vorbei zu seinem Bruder und legte ihm den Arm um die Schulter. Der Pfarrer deutete auf die Schale mit Erde. Ben warf als Erster eine Schaufel Erde auf den Sarg, dann Markus. Dann schritten sie langsam zum Tor.

Die Seele des Kapitänshauses hatten sie nun zu Grabe getragen, dachte Markus. Wie sollten er und Ben es nur schaffen, im Haus neu anzufangen?, überlegte er, während die Gäste kondolierten. Geld hatten sie jetzt, um das Anwesen zu unterhalten und sogar zu sanieren, wenn es nötig wurde – dank des Kapitänsprinzips. Dank Josefines Werbung, musste er zugeben. Aber was nutzte einem das schönste Zuhause, wenn darin etwas Entscheidendes fehlte, nämlich die Liebe und das Leben. Er schüttelte Hände und nickte dankend, ohne zu sehen, wer da gerade an ihm vorbeiflanierte. Ob Ben schon klargeworden war, wie leer das Haus sein würde ohne Charl…? Oh, die Nächste war Josefine. Sollte er ihr die Hand geben?

»Mein aufrichtiges Beileid«, sagte sie und fasste schon seine Hand, ihre Augen fixierten ihn ernst. »Wirklich. Unabhängig von allem anderen, tut es mir von ganzem Herzen leid.« Sie ließ seine Hand los und schritt weiter zu Ben: »Ich wünsche euch alles Gute, Ben«, hörte er sie zu seinem Bruder sagen. »Alles Gute. Und immer eine Handbreit Wasser unterm Kiel, gell?«

Dann verschwand sie mit schnellen Schritten Richtung Parkplatz. Markus sah, wie sie den Beetle aus der Parklücke bugsierte, auf die Hauptstraße einbog und beschleunigte.

»Wir laden euch jetzt herzlich zum Kaffeetrinken im Garten des Kapitänshauses ein«, hörte er Ben sagen und wandte sich wieder der Trauergemeinde zu, die freudig murmelte und sich in Bewegung setzte.

»Komm, Bruderherz.« Ben hakte ihn unter. Er hatte seine Tränen getrocknet. »Das Leben wird weitergehen, glaub mir.« Er drückte seinen Arm.

Markus nickte. »Auch ohne Charlotte.«

Ben flüsterte ihm ins Ohr: »Und ohne Josefine.«

41
Josefine

Schleierwolken hingen um die Berggipfel, der Schnee der Gletscher glitzerte. Das satte Grün der Hänge bezeugte, dass der Sommer noch nicht vorüber war. Josefine trank einen Schluck Kaffee aus ihrer pinkfarbenen Bürotasse. Mit der anderen Hand spielte sie an der Kette mit der Muschel, die sie am Strand gefunden hatte, als sie das erste Mal mit Ben unterwegs war. Sie lächelte. Mit dem schmucken Kapitän.

Sie drehte den Stuhl mit einem Ruck zum Schreibtisch zurück und blickte auf den Computerbildschirm. Die Überschrift für ihren neuen Artikel hatte sie schon getippt: *Finanzkrise schwächt spanische Wirtschaft*. Sie gähnte. Gestern Abend war es spät geworden beim Essen mit ihrer Schwester. Sie hatten sich beim Edelitaliener in der Maximilianstraße getroffen und Scampis à la Pescatore gegessen. Leopoldine hatte über Gott und die Welt geredet, aber bei den wirklich wichtigen Dingen war sie nicht mit der Sprache herausgerückt. Sie hatte gesagt, sie wolle sich an so einem schönen Abend nicht mit Problemen beschäftigen, und hatte sich lieber haarklein von Washington berichten lassen. Und von Charlottes Beerdigung. »Dieser Markus ist dir wieder schwer auf die Nerven gegangen, wie?«, hatte sie lächelnd gefragt. Es gäbe nichts zu grinsen, hatte Josefine sie zurechtgewiesen und das Thema gewechselt.

Es war das erste Mal seit bestimmt einem Jahr gewesen, dass die Schwestern in Ruhe beisammengesessen hatten. Dafür war der Abend eigentlich ganz gut gelaufen, dachte Josefine. Auch wenn Leo nicht wirklich erzählt hatte, wie sich die Dinge mit Max entwickelt hatten.

»Josie!« Plötzlich stand Mittermann vor ihrem Schreibtisch, sie war so in Gedanken gewesen, dass sie ihn nicht in den Raum hatte treten sehen. »Wir müssen reden. Komm bitte in mein Büro.«

Oha, dachte Josefine und erhob sich. In Herberts Büro? Das passierte selten. Und es bedeutete meist nichts Gutes.

»Setz dich, bitte«, sagte er, als er die Bürotür hinter ihnen geschlossen hatte, und wies auf den Stuhl seinem Schreibtisch gegenüber. Er selbst nahm in dem drehbaren Chesterfieldsessel Platz. »Ich habe dir etwas mitzuteilen, das dir wahrscheinlich nicht gefallen wird.«

Sie schlug die Beine übereinander. Was sollte das werden? Gehaltsverhandlungen hatte sie doch gar nicht führen wollen.

»Wie du weißt, haben wir mit deiner Story über den schmucken Kapitän einen Auflagenrekord erzielt und so viele Leserreaktionen bekommen wie noch nie.« Er lächelte, stand unvermittelt auf und lief zu der Dartscheibe hinüber, die an der Wand neben dem Fenster hing. »Deshalb, meine liebe Josefine, und ich weiß, dass dir das nicht gefallen wird, werden wir die Geschichte weiterstricken.« Er pflückte die Pfeile von der Scheibe ab, trat ein paar Schritte zurück und nahm Aufstellung.

»Aber ...«

Er wischte mit einem Pfeil durch die Luft, sie klappte

den Mund wieder zu. Er zielte, während er weitersprach: »Wir haben die Mails der Leserinnen und Leser genau analysiert. Und tatsächlich ist dir ein journalistischer Fauxpas passiert in deiner Geschichte.« Er warf, der Pfeil landete in der Scheibe und verfehlte die Mitte um einen ganzen Kreis.

»Mir? Ein journalistischer Lapsus?« Josefine lachte. »Das ist doch nicht dein Ernst, Herbert. Du weißt doch, wie ich arbeite. So etwas passiert mir sicher nicht.«

»Würde man meinen.« Er zielte mit dem nächsten Pfeil. »Und doch ist es so.« Er warf. Wieder der äußere Kreis. »Du hast eine Frage nicht beantwortet in deinem Text. Und die lässt den Lesern offensichtlich keine Ruhe.« Er zeigte mit dem nächsten Pfeil auf einen Stapel ausgedruckter Mails auf seinem Schreibtisch. »Dies sind die Zuschriften zu dem Thema.« Plopp, der Pfeil blieb etwas näher an der Mitte stecken.

»Welches Thema, Herbert? Was soll das Rumgeeier?« Josefine sprang von ihrem Stuhl auf. »Ich mache keine journalistischen Fehler. Ich habe alles aufdeckt und erklärt, und zwar wasserdicht.«

»Außer einer Sache.« Er zielte.

Josefines Hand schnellte vor und hielt seine mit dem Pfeil fest. »Herbert – was?«

Mittermann lächelte und wehrte sich nicht gegen ihren Griff. »Das Geheimnis, Josefine«, sagte er ruhig.

»Was für ein verdammtes Geheimnis?« Sie wurde laut.

Er machte sich frei, peilte und warf. »Das Geheimnis von Sansibar.« Der Pfeil blieb genau in der Mitte stecken.

Josefine sank in den Besucherstuhl und sah ihn schweigend an.

Er legte die restlichen Pfeile auf den Schreibtisch, umrundete ihn und setzte sich wieder in seinen Chesterfieldsessel: »Das Geheimnis des ollen Kapitäns Hermann, Josie. Die Leser wollen wissen, was das ist.« Er sah sie ernst an.

Siedend heiß fiel ihr das Silberdöschen aus der Porzellanuhr ein! Es steckte immer noch in der Reisetasche von ihrem ersten Besuch auf Usedom. Die schnelle Abreise aus Heringsdorf, das Schreiben des Artikels in aller Hektik, der sofortige Abflug nach Washington und dann Charlottes Beerdigung – sie hatte die Dose einfach vergessen! Verdammt. Sie musste sie so schnell wie möglich knacken. Sie wich Herberts Blick aus. Was hatte er vor? Nicht, dass er auf die Idee kam, sie noch einmal zu den Brüdern zu schicken? Das musste sie unbedingt verhindern. Also lieber gleich von vornherein die ganze Geheimnislüfterei für undurchführbar erklären, dachte sie. Wer weiß – nachher war gar nichts in der Silberdose, und sie hatte den Auftrag am Hals.

»Aber das weiß doch niemand. Noch nicht einmal Oma Charlotte wusste es«, sagte sie deshalb schnell.

»Eben.« Er haute mit der Faust auf den Tisch. »Darum wird es allerhöchste Eisenbahn, dass es jemand herausfindet.« Er blickte sie scharf an.

Nein, nein, nein. Das lief wohl tatsächlich darauf hinaus, dass er sie zurück nach Usedom schicken wollte. »Nein, Herbert! Ich fahre da nicht noch mal hin.«

Er lachte und verschränkte die Arme hinter dem Kopf.

»Nein!«, wiederholte sie, stand auf und griff die beiden letzten Dartpfeile von seiner Schreibtischplatte. »Um keinen Preis ...« Sie warf. Äußerer Rand. »... der Welt!« Treffer in die Mitte.

»Auch nicht bei einer sofortigen Beförderung zur stellvertretenden Chefredakteurin, wenn du das Geheimnis tatsächlich lüften solltest?«

Josefine sah ihn schweigend an. Hatte er Chefredakteurin gesagt? Stellvertretende CHEFREDAKTEURIN? Sie setzte sich wieder auf ihren Stuhl.

Mittermann beugte sich vor. »Ich sehe dich früher oder später sowieso in meiner Führungsriege. Warum also nicht etwas früher, wenn dir dieser Coup gelingt?«

Sie blickte auf ihren Pfeil in der Mitte der Dartscheibe. »Krieg ich dann ein eigenes Büro?« Ohne dauernd die Bechsel vor der Nase zu haben?

»Natürlich, Josie.« Herbert Mittermann rollte mit den Augen. »Aber die Anzahl der Fensterachsen besprechen wir später, wenn es recht ist. Jetzt fahr erst einmal hoch, und hol dir die Story. Daraus machen wir wieder einen Titel. Wird sich bombig verkaufen, das weiß ich genau. Also – Deal?«

Josefine blickte ihn stumm an. Stellvertretende Chefredakteurin Josefine Johnfeld. Vielleicht hatte sie Glück, und das Vermächtnis verbarg sich tatsächlich in dem Silberdöschen. Dann müsste sie ja gar nicht fahren. Aber was, wenn nicht? Noch einmal zu den Brüdern? Sie würden sie kaum mit offenen Armen empfangen, würden ihr wahrscheinlich den Zugang zum Kapitänshaus verwehren. Sie zupfte ein langes blondes Haar von ihrem Ärmel und ließ es auf den Teppich schweben. Wie sollte sie dann jemals die Geschichte reißen?

Mittermann legte ihr langes Schweigen wohl als Verhandlungstaktik aus. »Schon gut, Josie. Eine Gehaltserhöhung ist auch drin. Sagen wir, einen Tausi?«

»Tausend im Monat?« Sie riss die Augen auf.

»Ist das ein Angebot?« Er stand auf und hielt ihr über den Schreibtisch hinweg die Hand entgegen.

Tausend Euro mehr im Monat? Mann, damit konnte sie endlich eine neue Wohnung suchen. Ihr City-Loft ging ihr schon länger auf die Nerven. Der Gestank, der Lärm, die Hektik, der dicke Nachbar auf dem Balkon gegenüber, der stets in Feinripp und Jogginghose rauchte. Sie sehnte sich nach Grün vor dem Fenster und Vogelgezwitscher am Morgen. Mit tausend Euro mehr im Monat ließe sich das doch bewerkstelligen, selbst in München. »Ich muss mir das überlegen, Herbert.« Sie stand auf und ignorierte seine Hand. »Wie lange gibst du mir?« Wie viel Zeit habe ich, die Silberdose zu knacken, ihren hoffentlich ergiebigen Inhalt auszuwerten und so auszulegen, dass ich nicht mehr nach Heringsdorf zu fahren brauche?, dachte sie.

Mittermann seufzte. »Morgen früh um acht hier an meinem Schreibtisch, klar?« Er griff zu seinem Telefon. »Tina, bitte verbinden Sie mich mit der Staatskanzlei.«

Jetzt aber schnellstmöglich nach Hause, dachte Josefine, als sie das Chefbüro verließ.

Was das Silberdöschen wohl barg?

42
Markus

Eine Kiepe Knupperkirschen vor sich auf dem Plankentisch und ein Messer in der Hand, blickte Markus Ben entgegen, als der am späten Vormittag in die Küche kam und direkt die Kaffeemaschine ansteuerte. »Gut geschlafen?« Er schnitt eine Kirsche auf und drückte den Kern heraus.

Ben brummte nur und goss sich ein.

»Gehst du heute in die Surfschule?« Markus legte die entkernte Kirsche in eine Schale und nahm die nächste.

»Neuer Anfängerkurs.« Ben setzte sich an den Platz, den Markus für ihn gedeckt hatte, und griff nach der Butter.

Markus lächelte und nahm die nächste Kirsche aus der Kiepe. »Mit hübschen Anfängerinnen. Wie immer.«

»Wie immer.« Ben schmierte Honig aufs Brot. »Jetzt musst du also die Marmelade kochen.« Seine Stimme klang gepresst.

»Die Knupper sollen schließlich nicht vergammeln am Baum.« Markus sah von den Kirschen auf – und erschrak, denn Tränen tropften auf Bens Honigbrot. Er ging zu ihm hinüber und legte ihm den Arm um die Schulter. »Komm schon. Es geht weiter, hast du doch gesagt. Auch ohne Charlotte.«

Ben wischte sich über die Augen und setzte sich gerader hin. »Du hast recht. Es ist nur so eigenartig, aufzustehen, an ihrem Zimmer vorbeizugehen und zu wissen, dass sie nicht mehr da ist. Sie liegt nicht in ihrem Bett unter dem Hochseedampfer. Und sie wird nie mehr mit mir Ceylon-Tee trinken und von Gustavs Reisen erzählen.«

Markus klopfte ihm auf die Schulter. »Aber in unserer Erinnerung wird sie das immer tun, nicht wahr?«

Ben nickte und zog die Nase hoch. »Also, Surfschule heute. Mal gucken, ob eine fesche Berlinerin dabei ist, mit der ich ein bisschen anbandeln kann.«

Markus kniff ihm in die Wange. »So gefällst du mir.« Er setzte sich wieder zu den Kirschen.

»Und du? Was machst du heute?«

Markus zeigte auf die Kirschen. »Der ganze verdammte Baum ist voll.« Er nahm die nächste. »Und unsere Talkshowauftritte muss ich vorbereiten. Morgen geht's los, denkst du daran? Hamburg, München, Berlin. Hast du deine Kapitänsuniform schon aus der Reinigung geholt?«

Ben stopfte den Rest Honigbrot in den Mund und war nur schwer zu verstehen. »Kannst du das in die Hand nehmen? Ich würde heute gern mal einen Tag ausspannen. Nur surfen.« Er stand auf.

Markus aß eine Kirsche. Sie war süß und saftig. »Aber vergiss nicht, heute Nachmittag haben wir den Termin bei Notar König. Um fünf Uhr. Sei pünktlich in der Kanzlei.«

Ben verstaute seinen Teller in der Spülmaschine. »Was will der uns denn verkünden? Außer dem Kapitänshaus hatte Charlotte doch nichts weiter zu vererben.«

Markus pflückte den Stiel von der nächsten Kirsche. »Wir müssen sicher nur Papierkram unterschreiben, damit mit der Hausübertragung alles klargeht. Also, pünktlich bitte.

Selbst wenn dir eine fesche Berlinerin in die Quere kommen sollte.«

Ben schloss den Geschirrspüler, lehnte sich dagegen und schaute ihn an. »Und unsere fesche Münchnerin ist wohl für immer weg, was?«

»Erinner mich bloß nicht an die! Die soll bleiben, wo der Pfeffer wächst.« Markus warf den Kern, den er gerade herausgepult hatte, mit Schwung in die Mülltüte.

Ben lachte. »Auf Hermanns Sansibar zum Beispiel?«

»Wieso Hermanns Sansibar?« Markus aß die nächste Kirsche und spuckte den Kern aus.

»Na, da wächst er doch, oder nicht?« Ben trat durch die Tür zum Wohnzimmer.

»Was faselst du da eigentlich?« Markus blickte auf die Kiepe. Mann, das waren noch erschreckend viele Kirschen. Jetzt wusste er, warum Charlotte zum Einkochen immer mehrere Tage gebraucht hatte.

»Der Pfeffer, Mann«, rief Ben zurück.

Manchmal musste er sich wirklich fragen, ob sein kleiner Bruder noch ganz klar im Kopf war. »Geh surfen, Ben. Lüfte die Birne. Ist dringend nötig, glaube ich«, rief er ihm hinterher, worauf er nur Bens Lachen hörte.

Wuchs denn tatsächlich Pfeffer auf Sansibar? Er musste das mal nachschauen, beschloss Markus, während er weiterpulte.

Als er endlich den ersten Topf aufgesetzt hatte und der süße Duft von Kirschen, Gelierzucker und Zimt von der Küche durch das Kapitänshaus zog, stieg er in sein Zimmer hinauf und nahm am Schreibtisch vor dem Computer Platz. Sansibar. Da war es: *Tropische Insel vor der Ostküste Afrikas, gehört zu Tansania, berühmtester gebürtiger Sansibare: Freddy Mercury.* Ach tatsächlich? Und Ben schien recht gehabt zu haben mit seinem Pfeffer. Auf Sansibar gab es offenbar immer noch riesige Gewürzplantagen: Pfeffer, Nelken, Vanille, Chili, Zimt, Muskatnüsse. Markus meinte den Duft schon durch den Computerbildschirm wahrzunehmen. Wie musste das erst zu Kapitän Hermanns Zeiten gerochen haben, als der Gewürzhandel noch viel ausgeprägter war? Zu Hermanns Zeiten. Wann war das gewesen?, überlegte er. Hatte Charlotte nicht mal das Jahr 1896 erwähnt? Er nickte und vertiefte sich ins Onlinelexikon: 1884 war die Deutsche Ostafrika-Gesellschaft gegründet worden als Grundstein für die spätere Kolonie, die einmal ein wichtiger Handels- und Umschlagplatz werden sollte.

Und die Seefahrt? Ach hier: 1890 entstand die Deutsche Ost-Afrika-Linie mit regelmäßigen Verbindungen nach Hamburg. Für diese Linie war Hermann doch auch gefahren, erinnerte er sich. Genau. Die Schifffahrtsgesellschaft gab es immer noch, heute unter dem Namen Deutsche Afrika-Linien, stellt er fest. Eine moderne Homepage empfing ihn, schnell fand er den Link zur Firmenhistorie.

Viele Zeichnungen und Fotos von Schiffen unter Dampf waren zu sehen, und sogar die uralte, vergilbte Seite eines Logbuchs war eingescannt. Er rückte näher an den Computer. Wenn er doch nur die verschnörkelte Schrift besser lesen könnte, dachte er. Immerhin konnte er entziffern, dass der Name des Schiffes *Emir* war und dass es die Route Hamburg–Stonetown/Sansibar–Hamburg befahren hatte, beladen mit Pfeffer, Zimt, Nelken. Spannend. Ob Hermann auch einmal auf der *Emir* Kommandos gegeben hatte?

In den Duft von Zimt und Kirschen mischte sich auf einmal der von Angebranntem. Markus sprang auf, um in der Küche schnell den Marmeladentopf von der Herdplatte zu ziehen.

43
Josefine

Ganz so schnell, wie sie gehofft hatte, war sie doch nicht aus der Redaktion weggekommen. Sie hatte erst den Artikel über die spanische Finanzbranche fertig schreiben müssen, und natürlich war ein wichtiger Experte in Madrid den halben Nachmittag nicht erreichbar gewesen. Aber jetzt trat sie endlich ins Loft, warf die Tür hinter sich zu und den Schlüssel aufs Sideboard und schob noch in Jacke und Schuhen den Einbauschrank im Flur auf. Eilig zerrte sie die kleine Reisetasche heraus, die sie bei ihrem ersten Besuch in Heringsdorf dabeigehabt hatte. Mit zitternden Händen zog sie nacheinander die Reißverschlüsse der Außenfächer auf. Wo war sie nur? Da!

Die Silberdose aus der Porzellanuhr. Sie drückte die Nut an der Seite. Wie schon im Kapitänshaus weigerte sich die Dose immer noch aufzuschnippen. Josefine lief in die Küche, holte ein Messer aus der Schublade und versuchte, sie aufzuhebeln. Vergeblich. Sie legte das Döschen auf die Küchentheke und betrachtete es von allen Seiten. Was es wohl verbarg? Hatte sie womöglich Hermanns Vermächtnis vor sich? Hoffentlich, hoffentlich, dachte sie. Dann hätte sie Mittermanns Auftrag erfüllt, ohne jemals wieder mit den Brüdern Kontakt aufnehmen zu müssen. Außer vielleicht, um ihnen ihren Fund zurückzuschicken, schließlich stammte er aus dem Kapitänshaus. Sie schüttelte das Döschen noch einmal. Doch kein Geräusch verriet den Inhalt.

Sie musste es aufbrechen. Es half nichts.

Sie holte ihren Brieföffner vom Schreibtisch, setzte ihn an – und hebelte die Dose auf. Vorsichtig hob sie den Deckel. Ein violettes Samttüchlein füllte die Dose aus.

Langsam faltete Josefine es auseinander.

44
Markus

Dort schlurfte Ben um die Ecke, die Hände in den Baggy-jeans versenkt, im Gesicht ein Lächeln. Offenbar hatte sich in seinem neuen Kurs eine interessante Surfschülerin gefunden.

»Alles klar?«, begrüßte Ben seinen Bruder und wies auf den Eingang der Seebadvilla mit dem verschnörkelten Wintergarten, in dem der Notar seine Kanzlei hatte. »Wollen wir?«

Markus nickte und ging voran, und kurz darauf saßen sie im Besprechungszimmer am runden Mahagonitisch, Notar König im dunkelblauen Dreiteiler sortierte seine Papiere. »Vielen Dank, dass Sie gekommen sind, meine Herren. Mein Beileid zum Tod Ihrer Großmutter. Wie Sie wissen, war sie mit meiner Mutter befreundet, und ich kannte sie seit meinen Kindertagen.« Er nickte ihnen zu. »Aber wir müssen nun regeln, was zu regeln bleibt, nicht wahr. Folgendes.« Er kramte in den Papieren und nahm von ganz unten einen geöffneten Briefumschlag hervor. »Einen Tag vor ihrem Tod erreichte meine Kanzlei jener Brief von Ihrer Großmutter. Er ist an Sie beide gerichtet, zur Kenntnisnahme nach ihrem Tod, ich sollte ihn aber ausdrücklich vorher lesen. Und durchsetzen, was in ihm steht.« Er sah sie streng an und zog zwei handschriftlich eng beschriebene Briefbo-

gen aus dem Umschlag. Markus erkannte Charlottes schnör-
kelige Schrift.

»Ich darf verlesen.« Notar König rückte seine Brille zurecht. »Sind Sie bereit?«

Markus schaute zu Ben. Sie nickten.

Notar König begann:

»*Lieber Ben, lieber Markus, der Schwächeanfall, den ich vor
kurzem erlitten habe, zeigt mir, dass es Zeit wird, ein paar Dinge zu klären für den Fall, dass ich bald nicht mehr da sein sollte. Notar König wird Euch diesen letzten Brief von mir vorlesen,
und er soll ein Auge darauf haben, dass Ihr meiner Bitte nach-
kommt. Ich habe einen großen Wunsch. Der wichtig für die Familie ist. Gerade auch für Dich, Markus. Du wirst das vielleicht
nicht gleich einsehen. Aber früher oder später wirst Du mir dankbar sein, glaube mir.*«

Markus runzelte die Stirn und wechselte einen Blick mit
Ben. Der zuckte die Schultern.

»*Und Ben, mien Seuten, wundere Dich nicht, dass ich Markus
mit dieser Bitte betraue. Er ist der Richtige für dieses Projekt,
glaube mir. Geh Du surfen, mein Liebling. Surf, spür den Wind
und die Freiheit. Das ist Dein Revier. Du willst spielen, Junge. Du
bist kein Typ für Verbindlichkeiten. Warst Du nie und wirst Du
nie sein. Männer wie Du sind so. Das weiß ich genau, glaub mir.
Und ich liebe Dich dafür. Auch dafür.*«

Ben lächelte traurig.

»*Es gäbe etwas, das ich in diesem letzten Brief erklären könnte. Etwas Persönliches, das Euch genauso angeht, wie es mich
seit meiner Jugend betroffen hat. Ich könnte es offenlegen – aber
ich will nicht. Ich nehme mein Geheimnis mit ins Grab. Solltet
Ihr trotzdem jemals darauf stoßen – vergebt mir, meine Jungs.*

Ich habe immer mein Bestes getan, um Euch eine gute Ersatzmutter zu sein. Und ich finde, wir haben das alles herrlich zusammen gemeistert, nicht wahr? Wir drei vom Kapitänshaus. Plus Opa Gustav natürlich, wenn er nicht auf See war.«

Die Brüder schauten sich an. Ben zog fragend eine Augenbraue hoch.

Notar König las weiter: *»Nein. Mein eigenes Geheimnis gebe ich nicht preis. Aber ich möchte Euch, besonders Dich, Markus, um die Lüftung eines anderen Geheimnisses bitten: des Geheimnisses von Sansibar, das der alte Hermann uns hinterlassen hat. Über ein ganzes Jahrhundert ist niemand dahintergekommen, was der Käpt'n von der Insel mitgebracht hat. Aber wie Ihr wisst, bin ich mir ganz sicher, dass es sehr wertvoll ist – und dass es im Kapitänshaus versteckt ist.«*

»Ach, Charlotte!«, entfuhr es Markus. »Das kann doch nicht dein Ernst sein.«

»Ich bitte Sie, mich nicht beim Verlesen zu unterbrechen.« Notar König sah ihn streng an. »Hören Sie sich alles bis zum Ende an. Dann können Sie Ihren Kommentar abgeben. Einverstanden?«

Markus nickte.

Notar König fuhr fort: *»Meine letzte Bitte lautet also – und ich denke, Ihr solltet sie ernst nehmen: Lüftet Kapitän Hermanns Geheimnis! Findet endlich heraus, was es mit seinem Vermächtnis auf sich hat.*

Ich möchte Dich damit beauftragen, Markus, weil ich weiß, dass Du akribisch arbeiten kannst und sehr analytisch vorgehst. Es ist ein Forschungsprojekt, echte Archivarbeit wird vonnöten sein. Genau richtig für einen Schriftsteller. Lieber Markus, ich habe Dir wohl nie gesagt, wie stolz ich auf Dich bin. Wirklich.

Ich finde es ganz großartig, einen so kreativen Menschen in der Familie zu haben. Ich habe Deine Romane sehr gern gelesen. Und auch das Kapitänsprinzip. Ja, das auch. Ihr dachtet wohl, ich bekomme nicht mehr alles mit, aber ich habe sehr gute Ohren. Und bis zu Markus' Bücherregal zu schleichen, das habe ich noch geschafft. Toller Ratgeber, unterhaltsam und wirklich hilfreich. Nicht mehr für eine alte Fregatte wie mich, denn ich bin schon vor Jahren in meinen Glückshafen gesegelt. Als ich nämlich Opa Gustav geheiratet habe. Den besten und verständnisvollsten Mann, den die Welt je gesehen hat.«

»Sie hat es gelesen?« Markus sah Ben entsetzt an.

»Und sie fand es gut.« Ben grinste.

»Ruhe bitte«, sagte Notar König und blickte sie streng an. Sie schwiegen.

Er las weiter: *»Aber das ist ein anderes Thema. Meine Bitte an Dich, lieber Markus, lautet wie folgt: Geh auf den Dachboden des Kapitänshauses. Räum die schwere Holzkiste frei, die in der Nähe des Schornsteins steht. Darin findest Du Kapitän Hermanns gesammelte Logbücher. Er hatte den Spleen, die Bücher nach gelungener Landung zu entwenden und mit nach Hause zu bringen. Finde das Logbuch, das seine Reise nach Sansibar im Jahr 1896 betrifft. Und arbeite es durch. Ich habe vor Jahrzehnten selbst einmal den Versuch unternommen. Aber ich bin steckengeblieben. Selbst für jemanden aus meiner Generation war es zu schwierig, sich durch die deutsche Schrift zu mühen. Und der alte Hermann hatte eine echte Sauklaue, wenn ich das so sagen darf. Such Dir Unterstützung, von jemandem, der des Sütterlin mächtig ist. Und hol Dir noch mehr Unterstützung – und jetzt höre gut zu, mein Junge, dies ist mein Ernst – hol Dir Unterstützung von Josefine Johnfeld.«*

Markus sprang auf, sein Stuhl kippte nach hinten. Ben fasste ihn am Arm. »Beruhige dich. Charlotte wollte dich doch nicht ärgern.« Er bückte sich und stellte den Stuhl wieder auf.

»Tut sie aber!« Markus ging im Raum auf und ab.

»Setzen Sie sich!« Notar König sah mit den Briefbogen in der Hand zu ihm hinüber. »Ihre Großmutter ist noch nicht fertig.«

Markus tat, wie ihm geheißen.

Notar König fuhr fort. »*Ich habe mitbekommen, dass Ihr Euch nicht ausstehen könnt, Du und Josefine. Aber ich bestehe darauf, dass Du Dich gemeinsam mit ihr auf die Suche nach der Lösung des Rätsels begibst. Sie ist eine erfolgreiche Journalistin, geübt im Recherchieren, und sie hat Zugang zu Archiven und Informationsquellen, an die Du sonst nie herankämst. Und außerdem, mein lieber Markus, und bitte verlass jetzt nicht den Raum (ich habe noch mehr zu verkünden): Sie tut Dir gut! Punkt. Es ist Zeit, über Eva hinwegzukommen, mein Junge. Dein halbes Leben ist um. Wie lange willst Du noch trauern?*«

Markus starrte Herrn König an. Ben klappte den Mund wieder zu.

Der Notar las weiter: »*Harte Worte, mein Junge, ich weiß. Aber ich kann mir das erlauben, ich bin tot, wenn Ihr das von unserem lieben Herrn König vorgelesen bekommt.*« Herr König musste lächeln. Dann fuhr er fort: »*Falls ich Dich noch nicht von der Dringlichkeit des Projektes überzeugt haben sollte, Markus, kommt hier mein letztes Argument: Wenn Du Deinen Auftrag nicht annimmst, wird Ben der alleinige Erbe des Kapitänshauses. Ich ziehe in dem Fall die Übertragung der Hälfte des Hauses auf Dich zurück. Haben Sie das zur Kenntnis genommen,*

Herr König? Deine Entscheidung, Markus. Aber da ich weiß, wie
sehr Du am Kapitänshaus hängst, denke ich, dass Du Dich an
einem der kommenden Tage auf den Dachboden begeben und
die Holzkiste hervorzerren wirst. Und Du wirst Josefine einladen,
an diesem Projekt mitzuarbeiten. Ich hoffe es für Dich.

So, meine lieben Enkel. Das ist alles, was mir am Herzen liegt.
Macht was daraus!

Ich umarme Euch,

Charlotte«

Notar König ließ den Brief sinken und konnte sich ein
Schmunzeln nicht verkneifen. Er stand auf, ging zu einem
Schränkchen in der Einbauwand und klappte es auf. In der
verspiegelten und beleuchteten Hausbar standen Flaschen
dicht an dicht. »Cognac?« Er holte drei Gläser heraus und
schenkte ihnen aus einer bauchigen Flasche ein.

Markus stürzte seinen Cognac hinunter und schüttelte
sich.

45
Josefine

Ein kleiner goldener Schlüssel! Josefine nahm ihn vorsichtig von dem violetten Samttuch. Zuletzt hatte ihn der alte Kapitän Hermann berührt, vor mehr als hundert Jahren. Sie betrachtete seine Rundungen, er war nicht flach wie die heutigen Schlüssel.

Vielleicht passte er zu einer Kommode? Zu einem der Schränke im Kapitänshaus? Eine Seriennummer hatte er natürlich nicht, das gab es damals wahrscheinlich noch gar nicht, überlegte sie. Was verbarg sich wohl hinter der Tür oder in der Schublade, die er öffnete?

Sie nahm das Samttüchlein aus der Dose, schüttelte es aus, drehte es hin und her, schaute auch die Silberdose von allen Seiten genau an und tastete sie innen und außen ab. Nichts. Kein Hinweis, kein Zettel, wofür der Schlüssel bestimmt war.

Verdammt. Nun musste sie doch hinfahren. Und das Schlüsselloch finden. Nur dann würde sie mit Sicherheit Kapitän Hermanns Geheimnis lüften.

Bockmist.

Also musste sie die Brüder anrufen, musste zu Kreuze kriechen und sich bei ihnen entschuldigen, damit sie sie noch einmal empfingen.

Sollte sie offen sagen, dass sie vom *Komet* den Auftrag

hatte, das Geheimnis von Sansibar zu lüften? Würden sie nicht sofort das Telefonat beenden, wenn sie nur ihre Stimme hörten? Sie musste sich eingestehen, dass sie es tun würde, wenn sie an ihrer Stelle wäre.

Das Handy klingelte. Josefine legte den Schlüssel vorsichtig wieder auf das Samttuch, schlug ihn ein und schloss die Dose. *Unbekannt* stand auf ihrem Display. Sie ging ran. »Ja?«

»Hallo, hier ist Ben.«

Ein paar Minuten später drückte Josefine lächelnd die rote Taste. Liebe, gute alte Charlotte! Sie warf eine Kusshand gen Himmel.

46
Markus

»Muss sie wirklich hier wohnen?« Markus stand mit verschränkten Armen im Türrahmen und sah zu, wie Ben das Bett in Charlottes Zimmer frisch bezog.

»Ja, muss sie. Das wäre viel zu umständlich, wenn sie im *Goldenen Anker* wohnt und immer extra herüberkommen muss. Und zu teuer wäre es auch.«

»Ist mir doch piepe, wie teuer das für die wird. Zahlt doch eh ihr Schmierblatt.« Markus sah, wie Ben das Laken glattstrich. Dann blickte er auf die Wand. »Aber das Foto von Opa Gustav nehme ich ab.« Er ging zu dem Bild und nahm es vom Nagel. Ein deutlicher Rand blieb auf der Wand zurück. »Können wir das Ganze nicht noch absagen?«

»Tu es für Charlotte.« Ben sah seinen Bruder eindringlich an. »Und denk an deinen Verlag.«

Markus brummte. Natürlich hatte Josefine, nachdem sie den Auftrag angenommen hatte, postwendend dort angerufen und verkündet, dass sie nun gemeinsam mit Markus und Ben das Geheimnis vom alten Kapitän Hermann lüften würde. Und der Verlag hatte umgehend bei Markus angerufen und ihn unter Druck gesetzt, das auch ja in den Talkshows kundzutun. Auf dass sie live gleich noch ein zweites Mal eingeladen würden. Heute Abend stand nun der erste Auftritt beim NDR auf dem Plan. Wie Ben hier in aller Ruhe das Bett beziehen konnte, war Markus ein Rätsel. »Take it easy«, hatte Ben beim Frühstück nur lachend gesagt. »Wir werden die paar Sendeminuten schon unterhaltsam füllen.« Markus brach bereits jetzt der Schweiß aus, wenn er daran dachte, in einem dieser Clubsessel zu sitzen, Scheinwerfer und Kameras auf sein Gesicht gerichtet, und Frage um Frage beantworten zu müssen.

Immerhin hatten die Brüder einen Plan entwickelt, was sie sagen wollten und wie. Markus hatte sich vorgenommen, Ben reden zu lassen. Er schaute auf die Uhr. »Wir müssen in einer halben Stunde los.«

»Showtime, Bruderherz!« Ben zog mit einem Ruck den Bettbezug auf links. »Ich fühl mich schon wieder richtig wie ein Kapitän. Bin in Plauderlaune heute.«

»Schön für dich.« Markus betrachtete das Foto von Opa Gustav. Gut, dass der von diesem Schlamassel nichts mehr mitbekam. »Falls du irgendwann merken solltest, dass ich nicht mehr an deiner Seite bin, sieh unter dem Tischchen in der Mitte nach.«

»Gebongt, Schissbüchs. Aber vergiss nicht, wer uns das alles eingebrockt hat.« Er fummelte nach den Ecken der Decke.

»Darüber ließe sich streiten.« Jetzt musste Markus doch lächeln, gerade als Bens Handy in seiner Hosentasche klingelte.

»Das wird sie sein. Wollte durchsagen, wann sie morgen ankommt. Gehst du ran?« Beide Hände im Bezug, streckte Ben ihm den Hintern hin.

Markus hob die Arme. »Gott bewahre. Du hast doch so schön mit ihr verhandelt. Ich spreche erst mit ihr, wenn es sich nicht mehr vermeiden lässt.« Er wischte Staub von Gustavs Bilderrahmen.

Das Handy klingelte und klingelte.

»Stell dich nicht so an. Ich will hier noch zu Ende beziehen. Oder möchtest du das vielleicht für sie übernehmen?«

»Gib schon her!« Markus zog das Handy aus Bens Hosentasche. Ohne eine Begrüßung redete er gleich los: »Mein Bruder würde gern wissen, wie schnell Ihr Besen fliegt und wann Sie morgen hier sein werden.«

»Ich denke, gegen acht Uhr abends. Und übrigens freue ich mich schon, Sie heute Abend schwitzen zu sehen. Unter den Scheinwerfern auf dem Fragen-Grill meiner werten Fernsehkollegen. Hab die Erdnussflips schon bereitgestellt.«

»Freuen Sie sich nicht zu früh. Wir werden ordentlich über Sie lästern. Bereiten Sie sich schon mal auf den Shit-Storm vor, der auf Ihrem Facebook-Account eingehen wird.«

»Ich bin nicht bei Facebook.«

»Wie extravagant.«

»Sie etwa?«

»Nein. Und jetzt muss ich leider auflegen. Sonst bekomme ich Verätzungen am Ohr. Ade.« Er drückte sie weg.

Ben rollte die Augen und zog den Bezug über die Bettdecke. »Mann, ein bisschen zivilisierter müsst ihr schon noch miteinander umgehen. Nicht, dass wir in unserem alten Kapitänshaus noch den ersten Mordfall erleben.«

Markus schob ihm das Handy wieder in die Hosentasche. »Mit dem Kissen ersticken. Das wäre das Beste. Hilfst du mir, die Leiche zu beseitigen?«

Ben lachte, als er die Bettdecke glattstrich und sein Werk

zufrieden betrachtete. »Jetzt fahren wir erst einmal nach Hamburg und holen unsere Leiche aus dem Keller.«

»Das hat Josefine schon für uns getan.«

»Aber wir rücken alles ins rechte Licht. Und morgen, wenn Josefine hier eintrudelt, benimmst du dich bitte wie ein normaler Mensch.«

»Das kann ich nicht versprechen«, sagte Markus und verließ das Zimmer, Kapitän Gustavs Foto unterm Arm.

47
Josefine

Da war es. Das Kapitänshaus. Josefine stellte den Motor ab und zog den Schlüssel aus der Zündung. Seltsam, gleich ihre Taschen aus dem Kofferraum zu holen und zu wissen, dass sie hier nun eine Weile wohnen würde, dachte sie. Musste sie doch tatsächlich mit diesem ungehobelten Markus unter einem Dach leben. Und mit ihm zusammenarbeiten. Sie lächelte, als sie an die Fernsehbilder dachte. Ben, in der strahlend weißen Uniform entspannt in den Clubsessel zurückgelehnt, lächelnd, zwischendurch Wasser trinkend und nach einem Rum fragend, den er auch tatsächlich serviert bekommen hatte. Und daneben Markus, die Hände im Schoss, knallrot im Gesicht und so leise sprechend, dass man ihn kaum verstand. Aber Ben hatte die Situation immer gerettet, indem er einen donnernden Spruch losgelassen hatte, der die Studiogäste zum Lachen brachte. Die Moderatoren hatten sich dankbar an ihn gehalten, und so war es ein sehr unterhaltsamer und erfolgreicher Auftritt geworden.

Sie zog ihr Sonnenbrillenetui aus dem Handschuhfach. Ihre Sonnenbrille befand sich nicht darin, die trug sie im Haar. Etwas anderes hatte sie in ihm versteckt: die kleine Silberdose mit dem Schlüssel. Hier würde sie niemand finden. Allerdings würde sie wohl kaum jemand suchen, denn es wusste ja niemand davon. Außer dem alten Kurt natürlich. Und den Brüdern würde sie vorerst nichts von dem Schlüssel sagen. Nein, sie würde schön selber auf die Suche gehen. Das war auch der wahre Grund, warum sie zugestimmt hatte, im Kapitänshaus zu wohnen statt im *Goldenen Anker* – damit sie die Gelegenheit hatte, unauffällig das Loch für den Schlüssel zu suchen. Sie würde es finden, so viel stand fest, und damit das Geheimnis vom alten Hermann lüften. Ganz ohne diesen unsäglichen Markus. Sollte der schön die vergilbten, muffigen Logbücher entziffern, wie Charlotte es ihm aufgetragen hatte. Klar, sie würde mitmachen und so tun, als ob es sie brennend interessierte. Immerhin konnte es tatsächlich sein, dass sich darin ein Hinweis auf das Vermächtnis fand. Aber den wahren Schlüssel zum Glück, und zwar wortwörtlich, hielt sie allein in der Hand. Und den würde sie auch nicht herg… »Hey!«, rief sie, knipste ihr Lächeln an und machte sich ans Aussteigen, als sie sah, dass Ben ans Auto getreten war. Galant reichte er ihr die Hand.

»Danke vielmals.« Sie lächelte ihn an und gab ihm ein Küsschen links, eins rechts, das Brillenetui sicher verstaut in ihrer übergroßen Lederhandtasche. »Cooler Auftritt. Du bist ein Fernsehnaturtalent.«

Er grinste. »Frage mich, warum ich das nicht schon viel früher gemacht habe.«

»Weil du nichts zu erzählen hattest vielleicht?«

Er knuffte sie. »Willst du etwa sagen, dass mein Leben langweilig war?«

Sie nickte lächelnd. »Bis ich gekommen bin, um es ein wenig aufzumischen.« Sie schaute zum Haus. »Ist er da?«

Ben nickte. »Ist schon auf den Dachboden gestiegen, um die Kiste freizuräumen, in der Kapitän Hermanns Logbücher lagern.«

»Das sollten wir zusammen machen!« Nicht, dass er in der alten Kiste ganz obenauf womöglich etwas entdeckte, was ihn ohne sie zur Lösung des Rätsels führte. Sie brauchte die Story schließlich. Sie warf Ben den Autoschlüssel zu. »Trägst du mein Zeug rein? Danke. Ich renne schon mal hoch.« War denn das zu fassen? Markus dachte doch wohl nicht, dass er hier einen Schritt ohne sie tun konnte. Sosehr sie den Gedanken hasste: Sie würden zusammenarbeiten müssen. Sie polterte die Stufen zum Dachboden hoch.

»Kommt da die Kavallerie? Oder sind nur Sie es, Karla Kolumna?«

»Sie fangen ja wohl nicht ohne mich …«

»Hätte gedacht, dass eine Frau wie Sie in der Kindheit Ballett gemacht und dadurch für immer einen leichten Gang hätte. Aber Sie sind ja nicht zu überhören.«

»Charmante Begrüßung.« Sie kniete sich neben ihn auf den staubigen Dielenboden vor die große alte Holzkiste, die er gerade mit einem Staubtuch abwischte. »Das ist sie?«

Er nickte. »Das ist unser Schätzchen.«

»Das Schätzchen, in dem vielleicht das Geheimnis steckt. Na, machen Sie schon auf.« Sie fingerte an dem Klappscharnier an der Front.

Er haute ihr sanft auf die Finger. »Ich mache das. Sie sind hier nur der Kriegsberichterstatter.«

»Los jetzt!« Sie schaute gebannt auf das Scharnier, als Markus den Klappverschluss aufklicken ließ und den Deckel langsam anhob.

48
Josefine

»Und?« Ben sah ihr von der Kaffeemaschine neugierig entgegen, als sie am nächsten Morgen in die Küche trat. »Was war in der Truhe?« Er goss sich eine Tasse ein und schlürfte genussvoll den ersten Schluck. »Geheimnis geknackt?«

Sie nahm ihm die Kanne aus der Hand. »Es waren Tonnen staubiger alter Bücher darin. Das kann Jahre dauern, die zu entziffern.«

»Wie Charlotte gesagt hat.«

Josefine nickte.

»Aber es gibt bisher keine Toten?«

»Wie meinst du das?«

»Markus lebt noch? Oder hast du ihn zu den Büchern in die Kiste gesteckt?«

»Wenn, dann hätte ich sie hineingesteckt. Guten Morgen.« Markus betrat die Küche durch die Verandatür. Er trug einen Jogginganzug, hatte rote Wangen und eine Tüte Brötchen in der Hand, die er auf den Tisch legte. »Ich gehe duschen.«

Er ging also tatsächlich morgens joggen, dachte Josefine und ertappte sich, wie sie auf seinen Hintern schaute, als er durch die Tür verschwand. Schnell griff sie nach der Brötchentüte und öffnete sie knisternd. »Kein Vollkorn – war ja klar. Und Croissants.« Sie stöhnte.

»Ist das nicht genehm?« Ben nahm ihr die Tüte aus der Hand, griff hinein und biss in ein Croissant.

»Weißt du, wie schlecht dieses weiße Mehl ist, wie viel raffinierten Zucker das ...«

»Und ihr wollt heute mit dem ersten Logbuch anfangen?« Ben kaute, wobei die Croissant-Krümel auf dem Dielenboden landeten. Er schlürfte Kaffee hinterher. »Ich fahre jetzt rüber in die Surfschule. Willst du dir die nicht mal ansehen?«

Josefine nahm sich ein Brötchen und durchsuchte den Kühlschrank. »Hab mal im Urlaub auf Gran Canaria einen Kurs gemacht. Hat mir gereicht.« Sie fand Butter und Kirschmarmelade und setzte sich an den Plankentisch.

Ben stieß sich vom Küchenbuffet ab, entkrümelte sein T-Shirt und ging zur Tür. »Wenn du es dir anders überlegst, komm einfach. Meine rechte Hand, Sonja, ist im Café, falls ich gerade auf dem Wasser bin.« Er winkte ihr zum Abschied zu und verschwand mit schnellen Schritten über die Veranda.

Und damit war sie allein in der Küche. Sie biss in das Brötchen. Zu dumm, jetzt hatte sie den Schlüssel oben in ihrem Zimmer. In Charlottes Zimmer. Sie schluckte. Als sie gestern Abend dort hineingegangen war und sich im Nachthemd ins Bett gelegt hatte, da war ihr schon ein wenig mulmig gewesen. Sie hatte sich zusammenreißen müssen, um nicht loszuweinen. Die liebe Charlotte. Wie viele Jahre hatte sie dort gewohnt? Ihr Blick fiel auf die Stelle über der Speisekammertür, wo die alte Porzellanuhr gehangen hatte. Sie musste dringend zu Kurt, um mit ihm zu reden. Er hatte sie angerufen in Washington, ja. Aber war er noch auf ihrer

Seite? Oder würde er auf die Gefahr hin, sich als Einbrecher zu outen, den Jungs verraten, dass sie die Uhr heruntergeschossen hatte und dass darin das Silberdöschen gewesen war? Wenigstens wusste Kurt nicht, was sich in dem Döschen befunden hatte.

»Weißes Mehl. Wie unvernünftig von Ihnen.« Markus betrat die Küche in Jeans und T-Shirt, seine nackten Füße steckten in blau-weiß gestreiften Espadrilles. Er brachte eine Duschduftwolke mit, die Haare waren noch nass.

»Sie lassen mir ja keine Wahl. Aber wahrscheinlich hat Ihr Provinzbäcker sowieso nichts anderes.« Sie biss knuspernd zu.

»Es handelt sich zufällig um einen Ökobäcker, der nur regionale Zutaten verwendet und nachhaltig produziert.« Markus schmierte sich Butter auf seine Brötchenhälfte und legte eine Scheibe Salami darauf.

»Wie schön für ihn. Aber offensichtlich weigert er sich, Ihnen ein paar von seinen Vollkornbrötchen zu verkaufen.«

»Sie können sich ja morgen selbst welche holen, wenn es Ihnen nicht passt, wie Sie hier verpflegt werden.« Er schnappte sich eine Cocktailtomate.

»Da ich morgen meine tägliche Joggingrunde über die Seebrücke wiederaufnehmen werde, werde ich das tun.«

»Wie schön.« Er kaute.

Sie verschanzte sich hinter ihrer Kaffeetasse, vor der offenen Verandatür hörte man die Spaziergänger auf der Promenade reden und lachen. »Also heute ist das erste Logbuch dran?«

Er schmierte die zweite Hälfte. »Jau.«

»Können Sie Sütterlin?«

»Nö.«

Das konnte ja heiter werden. Wie gern hätte sie ihm seine elende Brötchenhälfte einfach ins Maul gestopft.

Er schluckte. »Aber ich hab Kurt angerufen. Er kommt jede Minute her, um uns zu helfen.« Er ließ noch eine Cocktailtomate hinter seinen Zähnen verschwinden.

Sie sah ihn erschrocken an. Kurt kam her? Hoffentlich hielt er dicht.

Schon hörte sie Schritte auf den Dielen der Veranda – und mit einem freundlichen »Moin!« schob Kurt die Tür auf und trat ein. »Lasst es euch schmecken.«

Markus sprang auf und rückte ihm einen Stuhl zurecht. »Auch ein Brötchen?«

Der alte Mann nickte, und nun saßen sie zu dritt um den Plankentisch und frühstückten. »Da hat Charlotte euch ja ein feines Ei gelegt, was?« Kurt grinste. »Na, wollen mal sehen, was wir entziffern können. Wäre doch gelacht, wenn wir das Geheimnis vom alten Hermann nicht noch lüften würden.« Er zwinkerte Josefine zu.

Wenig später beugten sie sich über das Logbuch. Das Papier roch tatsächlich leicht muffig. In der Mitte zwischen Markus und Josefine saß Kurt und ließ seinen Finger über die vergilbte, von Feuchtigkeit gewölbte und an den Rändern von Schimmel angefressene Seite gleiten:

»*Logbuch der Emir, 9. März 1896, 11 Uhr morgens, 10 Seemeilen vor Sansibar. Windstärke 4, Sonne, leichte Trübung am Horizont, Temperatur 28 Grad Celsius.*

Die Emir gleitet ruhig durch die See. Erste Möwen tauchen auf und begleiten uns – die Küste ist nah. Die Mannschaft freut sich auf die Ankunft in Stonetown in weniger als zwei Stunden. Erste Reise der Emir nach Sansibar. Schiff wohlbehalten. Die tropisch-feuchte Luft riecht bereits süßlich, wie von Kollegen beschrieben. Nelken. Die größten Nelkenplantagen der Welt. Die Insel der Gewürze. Pfeffer, Zimt, Muskatnuss, Vanille, Chili.

Anfahrt auf Stonetown beginnt, es ist 11 Uhr 32.«

Kurt blickte auf. »Die richtige Stelle haben wir schon mal.«

»Scheint so.« Markus nickte und blätterte eine Seite weiter. »Aber schaut mal. Der nächste Eintrag ist wirklich extrem vergilbt. Meinst du, den kannst du lesen, Kurt?«

»Zeig her.« Der alte Mann beugte sich über die Seite und rückte seine Brille zurecht. Mit dem Finger fuhr er Zeile für Zeile ab.

»Logbuch der Emir, Hafen von Stonetown, 1 Uhr mittags. Anfahrt auf Stadthafen grandioses Schauspiel: Dhauschiffe mit ihren dreieckigen Segeln nähern sich, im Kokosnusspalmenwaldstreifen erscheint Silhouette der Stadt mit maurisch anmutenden Türmchen auf meist zweistöckigen Häusern, Rundbögen, über den Fenstern gestreifte Markisen gegen die Sonne, die ständig brennt. Meer bis kurz vor Hafeneinfahrt türkisblau, Sicht bis auf den Grund. Korallenriffe, Kugelfische, Zackenbarsche, Rochen. Im Hafen schaukeln Fischerboote, Eselskarren bis zum Anschlag beladen mit Obst, Fässern, Säcken bahnen sich den Weg durch die Menschenmassen im Kai. Stimmengewirr in fremd klingender Melodie; Nelkenduft vermischt sich mit Fischgeruch, Curry, Abwasser. Unsere Ladung ist schnell gelöscht. Warten jetzt auf Lieferung. Wenn da: zwei Tage Ruhepause für die Mannschaft, Landgänge. Habe Zeit, mir die Insel anzuschauen. Altstadt Stonetown und Basar, vielleicht Plantagen. Kapitän Sundermann

hat mir Empfehlung für den Sultanspalast mitgegeben. Span-
nende Tage warten auf mich. Aber jetzt: Karren mit Gewürzsä-
cken kommen. Muss unsere Lieferung sein: Pfeffer, Muskatnüs-
se, Nelken ...«

Dong, machte die Schiffsglocke an der Haustür. Sie
schreckten hoch. Markus stand auf und ging hin.

Josefine hörte ihn sprechen, sie hörte eine weibliche
Stimme und Kindergeplapper, dann Füßetrappeln in Richtung Küche – und plötzlich rannte ein blondes Mädchen auf
sie zu und warf sich ihr weinend in den Arm. »Tante Josefine! Endlich sind wir da. Das war eine lange Autofahrt, und
Mama ist völlig durch den Wind.« Sie schmiegte sich an sie.
»Halt mich fest, Josefine. Und sag Mama, dass meine Bibi-
Blocksberg-CD nicht doof ist, sondern schön. Machst du
das?«

Josefine schloss wie ferngesteuert ihre Nichte Amélie in
die Arme. Auf der Türschwelle erschien Leopoldine mit un-
ordentlich zusammengeknoteten Haaren, verwischtem Ka-
jal und bleich, den schlafenden Luca auf dem Arm und seine
Zwillingsschwester Marie an der Hand.

»Mama hat uns einfach aus den Betten gezogen mitten in der Nacht, und dann mussten wir ins Auto und sind durchs Dunkle gefahren, und da waren nur ganz wenige Autos, und die Scheinwerfer haben geblendet, und Mama hat geweint und hat meine CD fast nicht ins Radio gekriegt, so doll haben ihre Hände gezittert, und dann sind Luca und Marie endlich eingeschlafen, und ich aber nicht.« Amélie schaute Josefine mit großen Augen an, um die dunkle Schatten lagen, und schmiegte sich auf ihren Schoss. »Aber jetzt bin ich auch müde. Wo kann ich schlafen, Tante Josefine? Darf ich bei dir im Bett schlafen?«

Josefine streichelte ihrer Nichte über den Kopf. »Natürlich, mein Schatz. Komm, ich zeig's dir, wir legen dich gleich hin. Ich habe ein gemütliches altes Bett mit toller Steppdecke. Das wird dir gefallen. Und Marie und Luca legen wir gleich dazu. Da dürft ihr heute mal quer im Bett schlafen. Das wird toll! Komm.« Im Vorbeigehen sah sie Leopoldine in die Augen, die voll Kummer waren. Sie streichelte der Schwester kurz über den Arm. »Ich nehme die Kinder mit hoch. Markus gibt dir einen Kaffee, stimmt's?« Er machte sich an der Kaffeemaschine zu schaffen.

»Und ich muss nach Hause. Mittagessen kochen.« Kurt stand vom Tisch auf und schob seinen Stuhl so hin, dass Leopoldine sich gleich hinsetzen konnte. »Ruft mich an, wenn wir weitermachen wollen, Markus, ja?« Er nickte Leopoldine zu. »Moin.«

»Moin«, sagte sie automatisch und ließ sich auf den Stuhl fallen.

»Wir gehen jetzt schlafen, Mama. In Josefines Himmelbett. Ist das nicht toll?« Amélie zupfte Josefine am Ärmel. »Und weißt du, was Mama gesagt hat? Dass wir hier ganz tolle Sommerferien machen werden. Dass es einen großen Strand mit ganz viel Sand gibt und salzigem Wasser, und Eis kriegen wir auch – jeden Tag. Ich mag am liebsten Vanilleeis, aber in der Waffel, nicht im Becher, und du? Baust du dann auch eine Burg mit mir? Mit Wassergraben?«

»Schlaft schön, meine Lieblinge«, sagte Leopoldine matt, als die Kinder die Küche verließen. »Nachher gehen wir an den Strand, versprochen.«

»Bin gleich bei dir.« Josefine nickte Leo zu und stieg mit den Kindern die Treppe hoch in Charlottes Zimmer.

Wenig später liefen die Schwestern über die Bohlen des Strandaufgangs und traten in den Zuckersand. Bis hierhin hatte Leopoldine kein Wort gesagt. Sie streifte die Ballerinas ab; schweigend ging sie bis ans Wasser vor und blickte in die Ferne. Josefine trat neben sie. Die Wellen rauschten gleichmäßig heran.

Leopoldine sprach zum Wasser. »Es lief schon seit einiger Zeit nicht mehr gut. Mit Maximilian und mir. Die Praxis, die Kinder, mein Sport, ich war einfach ständig eingespannt – und angespannt. Wir haben kaum noch ein Wort gewechselt, das nichts mit den Kindern oder der Haushaltsorganisation zu tun hatte.« Sie drehte sich zu Josefine und sah sie mit traurigen Augen an. »Und am Wochenende hat uns der Garten auf Trab gehalten. Ist ja schön mit so einem großen Haus. Aber man hat irre viel zu tun. Und ständig kommen Gäste und wollen im Gartenhaus wohnen. Dafür ist es natürlich auch da, aber ab und zu mal ein bisschen Ruhe, das wäre nicht verkehrt gewesen.« Die Tränen stiegen ihr in die Augen.

Josefine nahm sie in den Arm und blickte über ihre Schulter hinweg bis zur Seebrücke. So zerbrechlich hatte sie Leo noch nie erlebt. Dass sie mit ihrem Kummer ausgerechnet zu ihr gekommen war. Und nicht zu Mutter. Aber ... Nein, es war kein Wunder, dass sie nicht zu Mutter gegangen war. Was die gesagt hätte, konnte Josefine sich denken: Reiß dich zusammen! Du jammerst auf hohem Niveau. Andere Leute würden sich darum reißen, dein Leben zu führen.

»Und jetzt hat Max diese Freundin!« Leopoldine brach in Tränen aus. Josefines Schulter wurde nass.

»Bist du denn inzwischen sicher? Hast du Beweise?« Sie spürte, wie der Körper ihrer Schwester bebte.

»Gesehen habe ich sie nicht. Aber auch gestern Abend ist er wieder so spät gekommen und hat nach diesem Frauenparfum gerochen und gesagt, dass er viel zu tun habe im Büro.« Josefine fühlte warme Tränen ihren Rücken hinunterlaufen. »Aber ich hab auf seiner Nummer im Büro angerufen. Er ist nicht rangegangen.«

»Aber er kann doch das Telefon ausgestellt haben, um in Ruhe zu ...«

Leopoldine schaute sie mit verheultem Gesicht an. »Um in Ruhe zu vögeln! Wolltest du das sagen? Hätte ich mir ja denken können, dass ich von dir keine Hilfe erwarten kann.«

»Zu arbeiten, wollte ich sagen.« Josefine griff Leos Hände und hielt sie fest. »Zu arbeiten.«

Leopoldine schüttelte den Kopf. Der Wind blies ihr eine Strähne ihrer blonden Haare vor die Augen. »Seit fünf Wochen geht das so. Jeden Freitagabend. Und immer dieses Parfum.« Tränen rollten über ihre Wangen.

Josefine nahm sie wieder in den Arm und beobachtete eine Wolke am Himmel, die die Form einer Schleife hatte und sich langsam auseinanderzog, bis sie als Band davonschwebte.

»Gestern kam er um halb zwölf nach Hause. Ich hab ihn zur Rede gestellt. Er hat alles abgestritten. Dann hat er gesagt, das sei ihm zu blöd, und ist ins Auto gestiegen und weggefahren.« Sie wischte sich mit dem Handrücken die Nase ab. »Ich hab ein paar Klamotten in Taschen geworfen, die Kinder geweckt und ins Auto getragen. Dann sind wir losgebraust.«

»Du bist verrückt, Leo.«

»Zum Glück hattest du mir die Adresse hier hinterlassen. Sonst hätte ich nicht gewusst, wohin.« Sie weinte bitterlich in Josefines Arm.

Die streichelte ihren Kopf und blickte auf die ruhige See. Ein Mann mit Bierbauch watete neben ihnen ins Meer und ließ sich nach ein paar Schritten prustend ins Wasser fallen. Nein. Das konnte sie sich einfach nicht vorstellen – Max und eine Freundin? Er vergötterte Leo doch. Schon immer. Und immer wenn er sie ansah, wurde sein Blick weich. Auch nach … »Wie viele Jahre seid ihr jetzt verheiratet?«

»Fünfzehn!« Leo heulte. »In vier Tagen ist unser fünf-
zehnter Hochzeitstag.« Ein Weinkrampf schüttelte sie.
»Und er wirft das einfach weg!« Sie sackte zusammen und
ließ sich in den Sand fallen. Der dicke Mann kam triefend
aus dem Wasser und sah irritiert zu ihnen herüber. Josefine
zog Leo auf die Beine und zu einem Strandkorb, bei dem
der Strandkorbwärter gerade das Gitter entfernte. »Den
nehmen wir gleich. Danke.« Sie drückte ihm Geld in die
Hand und schob ihre Schwester auf das gelb-weiß gestreifte Polster. »Hier bleibst du jetzt sitzen, genießt das Meer,
schläfst ein bisschen. Ich gehe ins Haus und mache den Kindern Kakao, wenn sie nachher aufwachen. Dann kommen
wir an den Strand und holen dich ab. Aber jetzt ruh dich erst
einmal aus und atme durch.«

Leopoldine schaute an ihr vorbei aufs Meer, nickte und
schien gar nicht mitzubekommen, dass Josefine sich langsam entfernte und zum Kapitänshaus zurückging.

Dass Maximilian fremdging, konnte sie sich beim besten
Willen nicht vorstellen. Obwohl – sie glaubte schon, dass
das Zusammenleben mit Leo anstrengend war. Mit der per-
fekten Leo, bei der sogar die Blumen mit den Farben der
Bilder an der Wand abgestimmt waren. Bei der kein Klei-
dungsstück zweimal angezogen werden durfte und alles immer frisch gewaschen duftete. Biomüsli da, Fair-Trade-Sei-
fe dort. Die modernen Keramiken, die sie sammelte, waren
millimetergenau arrangiert. Alles war korrekt bei Leo. Und
die Kragen von Max' Polohemden standen stets gebügelt in
die Höhe. Ganz schön anstrengend so ein Leben. Oder auch
nicht, denn Max liebte dieses Leben, wie er ihr bei Leos letzter Geburtstagsfeier anvertraut hatte. Er stammte aus einer

Familie, in der es keine steifen Hemdkragen, geschweige denn liebevoll ausgesuchte Blumen oder Kunst gegeben hatte – und schon gar keine Liebe. Er liebte Leo, das wusste sie. Auch und gerade für ihre Macken. Nein, er hatte mit Sicherheit keine Freundin. Es musste etwas anderes dahinterstecken.

Aber was? Sie würde es herausfinden, nahm sie sich vor. Für ihre Schwester.

Josefine betrat das Haus über die Veranda und fand Markus am Küchentisch, Marie und Luca auf dem Schoss, Amélie im Schneidersitz auf dem Mosaikboden vor sich. Mit ruhiger Stimme las er aus einer abgeschabten Ausgabe von Pippi Langstrumpf vor und lächelte Josefine über den Schopf von Luca hinweg zu, als sie die Verandatür leise hinter sich schloss, unbeachtet von den Kindern.

50
Markus

»Neiiiiin! Ich hatte ihn zuerst! Geh weg!«

Markus seufzte und schaltete den Computer aus. Seit einer Stunde versuchte er, an seinem neuen Roman zu arbeiten. Frühmorgens, noch vor dem Joggen und bevor sie am Vormittag mit Kurt an den Logbüchern weitermachen würden, hatte er gedacht, dass er vielleicht ein wenig vorankommen könnte mit seiner Arbeit. Aber – natürlich – Kinder waren Frühaufsteher.

Und unüberhörbar.

»Jetzt gib Luca den Ball«, hörte Markus Leopoldines Stimme aus dem Garten. »Und danach kriegst du ihn wieder. Er ist für alle da, und ihr könnt im ganzen Garten damit spielen.«

»Und wann gehen wir endlich an den Strand? Du hast gesagt, wir gehen immer an den Strand.« Amélies Stimme war laut und piepsig.

»Wir gehen nach dem Frühstück an den Strand. Jetzt spielt ihr erst einmal hier, ich decke den Tisch. Und wenn die Langschläfer wach sind, essen wir.«

»Ich hab aber jetzt Hunger!«

»Himmelherrgott. Ich hab noch ein Snickers in der Handtasche. Hol dir das.«

»Ich will auch eins!«

»Ich auch!«

Markus schüttelte den Kopf und schlüpfte in die Jogging-schuhe. Lieber schnell eine Runde drehen. So süß sie auch waren und sosehr er sich eigene Kinder wünschte – fremde Kinder konnten doch etwas anstrengend sein. Er schlich die Treppe hinunter und aus der Eingangstür heraus, um nicht auf Leo und die Kids zu treffen – und stieß vor der Tür mit Jo-sefine zusammen, die ihre Joggingschuhe in der Hand hielt, die sie gerade anziehen wollte. »Auch das noch!«, entfuhr es ihr.

Markus verkniff sich ein Grinsen, er hatte dasselbe ge-dacht. »Ihnen auch einen wunderschönen guten Morgen.«

»Wunderschön für den Arsch bei dem Krach!«

»Aber bitte, Frau Reporterin, was pflegen Sie denn für eine Sprache? Wo lang führt Ihre Joggingtour?«

»Seebrücke und Bäcker.«

»Also ein Spaziergängchen. Na, dann viel Spaß!« Er lief Richtung Ahlbeck los. Bloß schnell weg. Nicht, dass sie noch mitwollte.

»Spaziergängchen?« Schon tauchte sie neben ihm auf. »Das werden wir mal sehen.« Sie zog das Tempo an und rannte voran.

So ging's ja nicht, dachte er und sprintete los, um sie zu überholen.

Eine Dreiviertelstunde später dehnten sie sich schnaufend auf dem Rasen vor der Terrasse, eine Tüte normale Brötchen und eine Tüte Vollkornbrötchen neben sich.

»Iiihhhh! Tante Josefine, du bist ja ganz durchgeschwitzt! Und knallrot!« Amélie baute sich mit dem Ball in der Hand vor ihnen auf. »Und du auch, Onkel Markus. Puh! Und ihr stinkt!« Sie drehte sich zu Leopoldine um, die auf der Veranda den Frühstückstisch deckte. »Mama, die stinken.«

»Komm mal her und hilf mir, die Teller auf den Tisch zu stellen«, rief Leopoldine. »Und im Übrigen finde ich durchgeschwitzte, sportliche Männer sehr attraktiv, Amélie.« Sie lächelte Markus zu. »Für Frauen ziemt sich das allerdings nicht so, was, Schwesterchen? Dusche und dann endlich Frühstück. Du warst ja noch nie der frühe Vogel. Aber wir wollen doch noch vor dem Mittagessen an den Strand, oder nicht?«

Markus sah, wie Josefines Stirn sich kräuselte, als sie aufstand und, irgendetwas leise zischend, an ihrer Schwester vorbei ins Haus lief.

Wenig später saßen sie im Schatten auf der Veranda um den Frühstückstisch. Die Vögel zwitscherten, ein leichter Wind ließ Josefines frisch gewaschene Haare wehen, wie Markus bemerkte, als er in sein helles Brötchen mit Kirschmarmelade biss. Die Kinder tobten auf dem Rasen, spielten Fußball und rollten sich lang ausgestreckt hin und her – genau vor Kurts Füße, der gerade den Gartenweg entlangkam. Er stieg mühsam die Stufen zur Veranda herauf, setzte sich dazu und trank einen Kaffee mit ihnen. Markus hörte die Kinderstimmen, Leopoldines und Josefines Lachen, dazwischen Kurts Bass, das Messergeklapper. Und plötzlich wusste er, dass er sich nach genau so etwas immer gesehnt hatte. Nach Leben in der Bude. Die Seele des Hauses – Charlotte – war nicht mehr da. Aber man konnte diesem alten Haus neues Leben einhauchen. Er nickte. Nun wusste er es.

»Wo ist Ben eigentlich?«, fragte Josefine ihn plötzlich. Offenbar hatten sie sich über seinen Bruder unterhalten.

»Hat in der Surfschule übernachtet, weil heute Regatta ist, da gibt's gleich morgens viel vorzubereiten.« Und weil wahrscheinlich eine Surfschülerin mitübernachtet hat, dachte er.

»Kann ich auch mal surfen?«, fragte Leopoldine.

Josefine zog die Stirn kraus. »Du?«

»Als wir vor zwei Jahren im Robinson Club auf den Seychellen waren, hab ich beim Clubsurfen den ersten Platz gemacht.« Leopoldine richtete sich gerade auf.

»Was sonst.« Josefine seufzte.

»Klar, könnt ihr rüberfahren. Ben gibt dir bestimmt gern eine Privatstunde.« Markus schmunzelte.

Kurt stand auf. »Lasst uns anfangen mit unserer Arbeit. Ein alter Mann hat wichtige Termine. Zum Beispiel pünktlich Mittag essen.«

»Und wir gehen jetzt an den Strand«, rief Leopoldine. Die Kinder jubelten.

Josefine und Markus folgten Kurt in die Küche, wo auf dem Plankentisch das Logbuch lag.

»Also, Kurt, was kannst du entziffern?«, fragte Markus, als sie saßen. Kurt rückte seine Lesebrille zurecht und fuhr wieder mit dem Finger die Zeilen entlang:

»*Logbuch der Emir, Hafen von Stonetown, Sansibar, 10. März 1896*

Neue Ladung jetzt vollständig an Bord: Pfeffer, Muskatnuss, Vanille, Nelken, Zimt. Schiffsbauch riecht wie Weihnachten. Heute Landgang gemacht. Stonetown. Ein Ort zum Schwärmen. Enge Gassen zwischen zweistöckigen Steinhäusern mit Gale-

rien und Fensterläden. Aufwendig geschnitzte Eingangstüren mit Goldbeschlägen in arabischen oder indischen Mustern, denn viele Kaufleute stammen aus Indien oder Persien. Besuche den Basar, ist ein Fest der Sinne ...«

Josefine lehnte sich auf ihrem Stuhl zurück, lauschte Kurts Stimme und sah die prall gefüllten Marktstände vor sich: Kokosnüsse, Auberginen, Papayas, Sternfrüchte, Ananas. Und natürlich die Gewürze in offenen Säcken und leuchtend in warmen Farben. Curry, Chili, Zimt, Pfeffer, Muskatnuss, Nelken. Überall dieser schwere Geruch und dazwischen die Stände mit bunten Seidenstoffen, die im Wind wehten. Gold- und Silbergeschmeide, das in der Sonne glänzte, Suppenstände, von denen ein herber, scharfer Duft ausging. Eilende Menschen, Stimmen mit fremden Sprachmelodien, beladene Karren, die die Schätze nach Hause transportierten, vorbei an gackernden Hühnern und Schlangen in Körben.

Sie merkte, dass sie Kurts Stimme nicht mehr wahrnahm, und hörte ihm wieder zu:

»... Suche Ruhe im Sultanspalast. Trete ein in den mit Dattelpalmen bewachsenen Innenhof mit umlaufendem Säulengang und maurisch gefassten Rundbögen und Wandmosaiken. Fontäne im achteckigen Brunnen im Zentrum des Hofes sprudelt sanft und erfrischt meine Hände, kühlt den Puls. Leise Schritte auf dem Kies, ich blicke auf – und direkt hinein in schönstes Augenpaar, das ich je gesehen habe. Braun mit goldenen Sprengseln, so golden wie die in ihren pink- und türkisfarbenen Sari eingewirkten Fäden. Ihr Mund verzieht sich zu einem Lächeln. Scheu senkt sie die Augen auf das Wasser im Brunnen, lässt ihren goldbereiften Arm durch das kühle Nass gleiten.«

»Unser Hermann auf Freiersfüßen?« Markus sah erstaunt auf das Logbuch.

»Hört sich ganz so an. Lies weiter, Kurt«, sagte Josefine.

»Ich schaue mich um. Ist sie ganz allein? Ich wage es, sie anzusprechen mit den drei Brocken Swahili, die ich beherrsche, und erfahre ihren Namen: Sawade. Sie lebt im Palast und arbeitet für die Hauptfrau des Sultans in der Küche. Wie alt ist sie? Vielleicht neunzehn, zwanzig? Sie bespritzt mich übermütig mit Wasser, kichert – und verschwindet so schnell, wie sie gekommen ist, in den Gängen des Palastes. Ich bleibe zurück am Brunnen und starre ihr hinterher. War sie echt? Oder eine Fata Morgana, die mir erschien nach dem Sinnesrausch auf dem Basar? Ich weiß es nicht, aber ich werde es herausbekommen. Ich komme wieder – zu dem Brunnen im kühlen Innenhof des Sultanspalasts. Gleich heute Nachmittag.«

Kurt seufzte und hörte auf zu lesen. »Den hat es erwischt. Was würde ich darum geben, noch einmal neunzehn zu sein und so verliebt.«

»Im Ernst, Kurt?« Markus sah ihn erstaunt an. »Neunzehn? Ist nicht das Alter in den Dreißigern viel besser? Da weiß man schon, was man will und was nicht. Und kann auf einige Erfahrungen zurückblicken, auf schöne und schlechte.«

»Erfahrungen, hört, hört.« Josefine lächelte.

»Mein Junge, die Dreißiger und Vierziger schön und gut. Familienleben wunderbar. Aber diese erste große Liebe, dieses Kribbeln, diese Wucht der Gefühle – das gibt es eben nur einmal.«

»Nur einmal?« Josefine blickte ihn erstaunt an.

Der alte Mann nickte. »Nur einmal. Und die großen Fehler, die man begeht, die gibt es auch nur einmal.« Seine Augen waren ins Leere gerichtet. Dann blickte er auf und sah Josefine an. »Aber das ist lange her.« Er schob das Logbuch von sich fort. »Genug für heute. Ich will nicht mehr. Bin ein alter, bockiger Mann mit Gewohnheiten und will jetzt Kartoffeln mit Soße und Schnitzel drüben im *Klabautermann*.« Er stand auf. »Bis morgen, Kinder.«

»Aber, Kurt, wir müssen doch vorankommen. Wir beide«, Markus zeigte auf sich und Josefine, »können doch nicht ewig an diesem Projekt …«

Kurt zwinkerte ihm zu. »Doch. Ewig und für immer.«

»Kurt, ich habe meinen Chefredakteur im Nacken, der will, dass ich bald den Artikel liefere. Der will …«

»Mir doch schnurz, was der will. Ich will jetzt mein Schnitzel, guten Tag!« Er ging zur Tür, dort drehte er sich noch einmal um. »Im Übrigen könntest du dich ja erst einmal mit solchen Dingen wie zum Beispiel kleinen Silberdosen beschäftigen, nicht wahr, Josefine? Vielleicht bergen die auch Geheimnisse, die lüftenswert sind.«

Markus sah erstaunt von Kurt zu Josefine. »Was für silberne Döschen?«

Aber Kurt war schon aus der Tür, und Josefine, die auf einmal rot wurde, zuckte die Schultern. »Was weiß ich, was er meint. Auch nicht mehr ganz fit im Kopf, der Kurt, habe ich den Eindruck.« Ihr Handy surrte in der Hosentasche. »Oh, Entschuldigung.« Sie zog es hervor und verließ die Küche. »Ja?«

»Maximilian hier.«

51
Josefine

»Da schau an, der Max.« Sie machte eine Pause, um zu hören, wie er das Gespräch beginnen würde. Die Stufen knarrten unter ihren Schritten, als sie in Charlottes Zimmer hinauflief.

Er kam sofort zur Sache. »Ist Leo mit den Kindern bei dir?«

»Wo sonst, mein lieber Schwager. Sag mal, was hast du denn angestellt?« Sie betrat das Zimmer. Die Dielen knarrten unter ihren Füßen, als sie ans Fenster trat. Dort hinten am Strand konnte sie Amélie erkennen, die mit ausgebreiteten Armen über den Sand rannte und offenbar Flugzeug spielte.

»Angestellt? Du bist lustig. Angestrengt, trifft es viel besser. Angestrengt habe ich mich für meine liebe Frau. Die auf einmal durchdreht und durchbrennt. Die Verrückte.«

»Verrückt, allerdings. Sie macht uns hier alle verrückt. Sag mal, wie hältst du es bloß aus mit ihr?« Josefine ging zurück zur Tür und lauschte nach Schritten von Markus, ob er ihr hinterherkam, um nach dem silbernen Döschen zu fragen. Aber alles blieb ruhig.

Maximilian lachte. »Ich kann jetzt hier nicht weg, hab eine dringende Sache zu erledigen. Aber sobald es möglich ist, komme ich und befreie dich von ihr.«

»Ja, bitte. Komm, und hol sie ab. Aber schnell.«

»Pass auf sie auf, auf meine wunderbare Leo.«

»Mach ich. Ciao.«

»Ciao.«

Sie legte auf und warf das Handy aufs Bett. War ja klargewesen, dass Max keinen Blödsinn machte. Aber was es mit diesen heimlichen Freitagabenden auf sich hatte, hatte sie in ihrer Erleichterung vergessen zu fragen. Na, das würde sich klären, wenn er herkam. Was hoffentlich bald der Fall war.

Sie lauschte noch einmal nach draußen vor die Zimmertür. Alles ruhig. Markus ließ das Rätsel um das silberne Döschen also offenbar vorerst auf sich beruhen. Dass Kurt sich hatte verplappern müssen! Aber er hatte natürlich recht. Sie musste sich mit dem Silberdöschen und dem Schlüssel beschäftigen. Sie holte ihr Brillenetui aus der Handtasche und klappte es auf.

Wie filigran die Gravur gearbeitet war in dem alten Silber. Wie filigran und liebevoll. Sie betrachtete es näher. Waren da vielleicht Buchstaben eingraviert? Initialen, die ihr Aufschluss geben konnten, was es mit der Dose und dem Schlüssel auf sich hatte? Sie suchte Millimeter für Millimeter mit den Augen ab. Aber nichts. Nichts, was an einen Buchstaben erinnerte. Nein, die Dose selber verriet nichts von dem Geheimnis, das sie barg.

Josefine nahm den Schlüssel heraus und drehte ihn in der Hand. »Wo passt du?«, flüsterte sie und blickte sich im Zimmer um. Das Bett, der Nachtschrank. Ob die Möbel wohl so alt waren, dass sie schon Kapitän Hermann besessen hatte? Sie kniete sich vor den Nachtschrank und zog seine Schublade heraus. Kein doppelter Boden, nichts. Ebenso im Unterschränkchen. Josefine drehte den Nachtschrank um, es quietschte auf den Dielen. Nein, hinten war auch nichts, was auf eine doppelte Rückwand schließen ließ, ebenso wenig am Unterboden, wie sie feststellte, als sie das Schränkchen auf die Seite legte. Sie lauschte. Das waren doch Markus' Schritte auf der Treppe? War er stutzig geworden, weil sie hier oben polterte? Schnell schob sie das Silberdöschen unter die Bettdecke und setzte sich darauf, gerade als er klopfte und die Zimmertür öffnete. »Räumen Sie um, oder haben wir jetzt einen Poltergeist?«

»Ein bisschen *Schöner Wohnen* kann nie schaden.«

Er schnaubte.

»Was gibt's?« Sie blickte ihn mit hochgezogenen Augenbrauen an. »Wenn nichts weiter anliegt, würde ich gern ein wenig ruhen.«

»Ruhen. Sie!« Er lachte. »Ich gehe jetzt oben in meinem Zimmer arbeiten, wollte ich Ihnen nur mitteilen, falls Sie mich suchen.«

»Sicher nicht.«

Er ignorierte ihre Bemerkung. »Und ich wollte Sie um einen Gefallen bitten.«

Sie sah ihn fragend an.

»Ob Sie sich vielleicht an Charlottes Schrank wagen würden«, er deutete auf das Nussholzungetüm, das fast die gesamte Längsseite des Raumes einnahm. »Und mit Ihrem Frauenblick entscheiden würden, was in die Altkleidersammlung kann und was wir wegschmeißen sollten. Ben und ich haben davon keine Ahnung.« Seine Stimme wurde leiser. »Außerdem möchten wir uns nicht durch Charlottes Sachen wühlen, die uns so sehr an sie erinnern.«

Josefine starrte auf den riesigen Schrank. Das würde sie Stunden kosten! Stunden, die von ihrer Schlüsselloch-Suchzeit abgingen.

»Wenn Ihnen etwas gefällt, können Sie es selbstverständlich behalten. Ich glaube, Charlotte hatte ihr Leben lang eine schlanke Figur, so wie Sie. Wenn Sie ein tolles Original aus den Sixties finden oder so, nehmen Sie es ruhig. Charlotte würde sich sicher freuen, wenn Sie ihre Sachen weitertragen.«

Das klang schon einladender. Außerdem, fiel ihr ein, war das die Erlaubnis zum ganz offiziellen Stöbern in dem riesigen uralten Schrank. Vielleicht barg er ja das gesuchte Schlüsselloch für den kleinen Schlüssel aus der Dose? »Okay, ich mach's.«

»Prima.« Er reichte ihr eine Handvoll Plastiksäcke. »Danke!« Er schloss die Tür, und sie hörte seine Schritte auf der Treppe nach oben zu seinem Arbeitszimmer.

Fünf Meter Schrank. Hoffentlich hatte Charlotte nicht mit Mottenpulver gespart über die Jahrzehnte. Sie öffnete die Flügeltüren der linken Seite. Fein säuberlich aufgereiht hingen dort Kleider, eng an eng. Darüber ein Ablagefach mit Hüten. War Charlotte eine Hut-Frau gewesen? Sie nahm einen herunter, eine geschwungene Kappe aus dunkelblauem Filz mit einer angedeuteten Rosette an der Seite. Josefine kannte diese Art von Hüten von Fotos aus den zwanziger Jahren. Sie drehte ihn in der Hand, setzte ihn auf und betrachtete sich im Spiegel, der an der Innenseite der Schranktür befestigt war. Sie konnte sich gut vorstellen, wie Charlotte damit als junge Frau die Blicke auf sich gezogen hatte. Sie lächelte. Die liebe Charlotte.

Zwei Stunden später hatte sie diese Seite des Schranks ausgeräumt. Fast alles konnten die Brüder noch weitergeben. Aber Josefine beschloss ihnen vorzuschlagen, die Sachen nicht einfach in die Altkleidersammlung zu werfen. Sie würde sie mit nach München nehmen und dort bei diesem edlen Secondhandladen in Schwabing anbieten. Bestimmt würde die Besitzerin begeistert sein ob der schönen, guterhaltenen Kleider. Dies war eine Sammlung mit Stücken aus fast allen Jahrzehnten des letzten Jahrhunderts. Eine kleine Kulturgeschichte der Mode, etwas ganz Besonderes. In der DDR hatte man eben alles aufgehoben, pfleglich behandelt und zur Not ausgebessert. Ja, Josefine nickte, sie würde die Sachen zu dem Laden bringen. Die Brüder würden noch gutes Geld dafür bekommen. Da war sie sicher. Sie klappte die linke Seite zu und öffnete die rechten Flügeltüren.

In die untere Hälfte des Schrankes waren Schubladen eingebaut, darüber hingen Hemden, Hosen und Röcke. Sie nahm sie einzeln von den Bügeln, faltete sie fein säuberlich und sortierte sie in die Säcke.

Dann machte sie sich an die Schubfächer.

Eins nach dem anderen zog sie auf. Socken. Handschuhe. Strumpfhosen. Unterwäsche. Sie beschloss, bis auf die Handschuhe – Spitzenexemplare waren dabei, die bis zum Ellenbogen reichten – alles wegzuwerfen. Das würde ihr die Frau im Secondhandladen nicht abnehmen. Eine Schublade mit Gürteln. Sie reservierte sich drei – einen mit Silberornamenten und Türkisen besetzten, vielleicht aus der Türkei, überlegte sie; einen aus Krokodilleder und einen mit Elfenbein verzierten. Man merkte sehr wohl, dass Charlotte die Frau eines Seefahrers gewesen war, dachte Josefine lä chelnd, als sie die letzte Schublade ganz unten rechts aufzog.

Halstücher. Aus Seide, mit Spitze, lang, quadratisch, bunt gemustert, schlicht. Sie nahm sie einzeln heraus und legte für sich ein Seidentuch zur Seite, das ein zartes Rosenmuster hatte. Gerade zog sie das letzte Tuch heraus, da entdeckte sie darunter ein Buch. Ein ledergebundenes Notizbuch.

Sollte das Charlottes Tagebuch sein?

Vorsichtig nahm Josefine es in die Hand, setzte sich im Schneidersitz vor den Schrank und klappte es auf.

52
Markus

Markus blickte vom Schreibtisch aus auf die Seebrücke. Urlauber flanierten um die Pyramide. Gleich würde der Seebäderdampfer anlegen; dort hinten von Bansin kam er schon. Aus dem Augenwinkel sah er den Cursor auf seinem Bildschirm ungeduldig blinken. Weit war er noch nicht gekommen mit seinem neuen Roman, dachte er. Wie auch, mit den ganzen Leuten im Haus. Doch eigentlich, wenn er ehrlich zu sich war, genoss er es, dass er Stimmen und Lachen aus dem Garten hörte von den Kindern, die offensichtlich mit Leopoldine vom Strand zurückkamen. Er genoss es, morgens so viele Menschen um den Frühstückstisch versammelt zu haben. Wofür war so ein Haus schließlich da, wenn nicht für viele Leute, die in ihm lebten, lachten, gemeinsam aßen?

Charlotte hätte das wunderbar gefunden, da war er sicher. Sie hatte sich immer für ihre Enkel gewünscht, dass sie Familien gründeten. Wenn es damals mit Eva anders gelaufen wäre, dann hätte er längst drei Kinder, dachte er und schluckte. Aber sie war von ihm gegangen, noch bevor sie ihre Liebe richtig leben konnten. Noch bevor sie überhaupt dazu gekommen waren, über Familiengründung nachzudenken. Er biss die Zähne zusammen. Doch das war Geschichte, lange her. Und hatte er sich nicht gut eingerichtet in seinem Leben? Er war zufrieden gewesen, wie es war. Er hatte die Kuchennachmittage mit Charlotte im Garten genossen nach einem mehr oder minder erfolgreichen Schreibtag. Er hatte das Meer genossen, seine Joggingrunden, die manchmal langen, lustigen Abende mit Ben, an denen sein kleiner Bruder Anekdoten aus seiner Surferzeit auf Hawaii und in Australien zum Besten gegeben hatte. Sein kleiner Bruder, der sicher nie den Wunsch nach einer Familie gehegt hatte. Oder doch?

Es klopfte, Ben trat ein.

»Wie ist die Regatta gelaufen?«, fragte Markus und schloss sein Schreibprogramm. Das würde heute nichts mehr werden.

Ben nickte müde und setzte sich im Schneidersitz auf den Indianerteppich. »Alle waren happy. Sollen wir nächstes Jahr wieder machen. Dieser Surfblogger war auch da und macht 'ne große Story.« Er gähnte, ließ sich lang nach hinten fallen und schloss die Augen. »Und draußen auf dem Rasen tobt der Taifun?«

Markus lächelte. »Drei süße kleine Taifune.«

»Na, geht so. Ich finde eher den Mama-Taifun interessant«, murmelte Ben. »Aber der scheint ja an dir mehr Gefallen zu finden als an mir.« Er zwinkerte ihm zu.

Markus sah ihn erstaunt an. »Wie kommst du denn darauf?«

Ben verschränkte die Arme unter dem Kopf. »Hast du die Blicke nicht gesehen, die dir Leo zugeworfen hat? Ein heißer Feger für eine Mutter um die vierzig.«

Markus lachte. »Wie redest du denn? Als ob das steinalt wäre. Du bist im Übrigen auch nicht viel jünger.« Er grinste.

»Musst dich langsam mal auf diese Altersklasse konzentrieren. Nicht immer nur auf die jungen Dinger Anfang zwanzig.«

Ben rollte auf die Seite und stützte den Kopf in die Hand. »Und du solltest dich überhaupt mal wieder konzentrieren. Auf Frauen, meine ich. Und auf eine ganz besonders.« Er sah ihn ernst an.

»Wie?«

»Vergiss es.« Ben setzte sich gerade hin und umfasste seine Knie. »Ich hab noch etwas Ernstes zu besprechen. Deswegen bin ich zu dir raufgekommen.«

Markus sah ihn fragend an.

»Australien. Ich habe Sehnsucht.«

Markus runzelte die Stirn.

»Ich will weg. Ich muss. Ich krieg hier keine Luft. Die Surfschule schnürt mir den Hals ab. Diese Verantwortung, dieser immergleiche Trott. Ich will nicht mehr. Sie läuft jetzt wunderbar von allein, und Sonja ist gut eingearbeitet. Ich werde ihr die Schule verpachten.«

»Was?« Markus verstand immer noch nicht.

»Ich hab mein Ticket schon gebucht. In drei Wochen fliege ich.«

Markus blickte ihn stumm an.

»Jetzt, wo Charlotte nicht mehr da ist, hält mich hier nichts mehr.« Ben schluckte. »Ich will wieder Sonne, Wellen, Weite.« Er breitete die Arme aus.

»Hast du mal rausgeguckt?«

Ben stand auf. »Das ist nicht das Gleiche. Das ist nicht Bondi Beach.«

»Nein, es ist Heringsdorf Beach. Aber viele Leute würden

töten, um in so einem Haus direkt am Ostseestrand zu wohnen.«

»Und dann ist da noch Amy«, kam es leise von Ben. »Ich muss nach ihr schauen, will wissen, wie es ihr geht.«

»Amy?« Markus sah seinen Bruder erstaunt an. »Von ihr hast du nie erzählt.«

Ben schüttelte den Kopf. »Aber sie ist in meinem Herzen, die ganze Zeit. Ich muss wissen, ob sie inzwischen verheiratet ist oder nicht. Wenn nicht, dann ...«

»Du kannst nicht einfach abhauen!« Markus stand ebenfalls auf. »Und mich hier allein lassen.«

Ben lächelte. »Schau dich um. Du bist nicht mehr allein.«

»Bin ich doch. Bald sind die weg.«

Ben zog die Augenbrauen hoch und grinste.

Markus schlug nach ihm. »Bald sind die weg. Und dann?«

»Wenn das so kommt, dann bist du Mister Einsiedel. Es sei denn, du machst mal deine Augen auf, nimmst deinen Glückshafen ins Visier und steuerst darauf zu, du Experte. Lies mal dein Buch, Mann!« Ben drehte sich zur Tür. »Ich jedenfalls kratz die Kurve. In drei Wochen. Hello, Australia. Hello, Amy.« Er lachte. »Ich bin jetzt gerade noch jung genug, um dort ein, zwei Jahre zu surfen, bevor ich zum ganz alten Eisen zähle. Das Leben ist kurz, Bruderherz. Man sollte nur das machen, was man wirklich möchte. Der Rest ist Zeitverschwendung.« Er nickte Markus noch einmal zu und verließ das Zimmer.

Markus sank zurück auf seinen Schreibtischstuhl. Die Kinder kreischten im Garten. »Essen ist fertig«, hörte er Leopoldine rufen, dann schlug der Gong. Wie ferngesteuert stand er auf, um hinunterzugehen. Bald würde hier kein

Gong mehr klingen, keine Kinder würden mehr toben. Bald würde er allein vor seinem Fertiggericht aus der Mikrowelle sitzen. Und per Skype mit einem braungebrannten Ben am Bondi Beach sprechen.

Hmm.

53
Josefine

Sie hörte den Gong und Leos Rufen. Nicht jetzt, dachte Josefine und schlug das Tagebuch auf. *Charlottes Tagebuch* stand in verschnörkelter Mädchenschrift im Einband, und auf der ersten Seite: *Sommer 1940.*

»Der erste Kriegssommer«, überlegte Josefine laut. Sie blätterte um zum ersten Eintrag: *1. Juli 1940.* Sollte sie das wirklich lesen? Charlottes Tagebuch aus Jugendtagen, das Tagebuch, das sie so viele Jahrzehnte aufbewahrt hatte. Sie schaute noch einmal in die Schublade. Nein, weitere Bände waren da nicht. Nur dieser eine. Offenbar war er Charlotte besonders wichtig gewesen.

Durfte sie, Josefine, es einfach lesen? In Charlottes Geheimnisse eindringen? 1940. Wie alt war sie da gewesen? Neunzehn, rechnete sie nach. Neunzehn.

Sollte sie? Oder sollte sie nicht?

Die Neugierde siegte. Nicht umsonst bin ich schließlich Reporterin, dachte Josefine und blätterte zum ersten Eintrag. *1. Juli 1940*, las sie noch einmal das Datum. *Kurt ist wieder fort.*

Ach, es ging um Kurt? Na, das war ja noch interessanter als gedacht. *Er ist abgereist, ohne sich von mir zu verabschieden. Ohne ein Wort! Wie kann das sein? Wo wir uns doch vor vier Tagen noch geliebt haben?* Josefine fuhr erschrocken zurück. Das war also der Heimaturlaub gewesen, den Kurt im *Klabautermann* erwähnt hatte?

Sie hörte Schritte auf der Treppe. Die Tür öffnete sich, Leopoldine steckte den Kopf herein. »Ich habe zum Mittagessen Pasta mit Lachs gekocht. Alle sitzen schon am Tisch. Kommst du?«

Josefine hatte das Tagebuch schnell unter einem Wäschesack verschwinden lassen. »Fangt schon mal an. Ich bin hier gleich fertig mit dem Schrank, dann komme ich, okay?«

Leopoldine verschränkte die Arme. »Ich hab mir wirklich Mühe gegeben mit der Pasta. Kalt schmeckt sie nicht.«

»Ich werd's verkraften«, sagte Josefine und wedelte ihre Schwester aus dem Zimmer.

Die knallte wütend die Tür und trampelte nach unten.

Josefine beugte sich wieder über das Tagebuch.

2. Juli 1940. Hoffentlich erreicht mein Brief ihn. Er muss ihn bekommen. Er muss mir antworten. Das ist meine letzte Hoffnung. Er muss mir sagen, was los ist. Ob alles vorbei ist oder ob er mich liebt. Ich muss es wissen. Was ist nur los mit ihm?

Josefine blätterte um. *10. Juli 1940. Keine Nachricht von Kurt. Musste mich übergeben heute Morgen. Genau wie gestern Morgen. Bitte Kurt, schreib mir endlich!*

Der nächste Eintrag war vom 20. Juli 1940. Nur zwei Worte: *Kein Blut.*

Josefine ließ das Tagebuch sinken. Und nahm es gleich wieder auf: *22. Juli 1940. Immer noch kein Blut. Immer noch schlecht morgens. Kein Brief. Kapitän Bartok von nebenan kam heute mit einem Strauß Sonnenblumen rüber. Sieht wohl, dass es mir nicht gutgeht, kennt mich ja von klein auf. Kaffee im Garten zusammen getrunken. Sagt, ich soll nicht verzweifeln. Lieber*

Kerl. Wie alt ist er wohl? Anfang dreißig bestimmt. Kommt, glaube ich, nicht über den Tod seiner Gitta hinweg. Auch wenn der Badeunfall nun schon zwei Jahre zurückliegt.

Der nächste Eintrag: 27. Juli 1940. Kein Brief. Langsam glaube ich wirklich, Kurt will nichts mehr von mir wissen. Kapitän Bartok sagt, das könne er sich nicht vorstellen. Niemand gäbe schließlich eine so schöne Frau auf. Das hat er wirklich gesagt: schön. Wieder Kaffee getrunken im Garten. Er hat gesagt, wie froh er ist, dass er nicht mehr in den Krieg muss. Dass er das Bein nicht mehr beugen kann, ist gar nicht so schlimm, sagt er. Lieber humpelt er ein Leben lang, als wieder in diesen hirnrissigen Krieg zu ziehen. Wird vielleicht auf Versorgungsschiffen eingesetzt, aber sicher nicht in Kampfgebieten. Hofft, dass der Irrsinn bald ein Ende hat. Kann sich nicht vorstellen, dass das so weitergeht. Hat mir ein Buch geschenkt. ›Das Bildnis des Dorian Gray‹ von einem englischen Schriftsteller. Kein Blut.

Luft. Sie brauchte Luft. Josefine stand auf, lief zum Fenster, öffnete es einen Spalt und hörte Besteck klappern, Leos Singsang und Bens lautes Lachen von der Veranda. Sie schaute hinunter in den Garten. Amélie balancierte mit ausgestreckten Armen wie eine Tänzerin auf einem imaginären Seil über den Rasen, Luca und Marie steckten im Gebüsch am Zaun und hatten einen Haufen Stöcke vor sich aufgetürmt.

Josefine setzte sich wieder auf die Dielen und las weiter. 1. September 1940. Kapitän Bartok hat mir saure Gurken mitgebracht. Keine Ahnung, wie er darauf gekommen ist. Ich habe so getan, als ob ich nicht wüsste, was er damit meint. Er hat gesagt, es gäbe manchmal Situationen im Leben, da sei man auf die Hilfe anderer Leute angewiesen. Anderer Leute, die man viel-

leicht gar nicht so gut kennt. Aber die ein Herz für einen haben und die selbst die Höhen und Tiefen des Lebens gut genug kennengelernt hätten, um zu wissen, dass manche Dinge pragmatischer angegangen werden müssten als in den Märchenbüchern. Dann haben wir über Dorian Gray geredet. Habe es schon ausgelesen. Unheimlich, bitterböse, aber so inspirierend. Kapitän Bartok weiß viel über Literatur, hat auf seinen Reisen viel gelesen. Interessantes Gespräch. Dann ist er gegangen. Jetzt sitze ich auf der Gartenbank und weiß immer noch nicht recht, wie er das mit den pragmatischen Ansätzen meinte. Keine Silbe von Kurt.

Josefine schluckte. Und blätterte weiter. Unten im Garten hörte sie Amélie laut zählen. Offenbar spielten die Kinder jetzt Verstecken.

7. September 1940. Kapitän Bartok hat irgendwo Bienenstich aufgetrieben. Hat von Gitta erzählt und von dem Schwimmunfall. Sie muss einen Krampf bekommen haben. Es war im Mai vor zwei Jahren. Sie ist bei jedem Wetter schwimmen gegangen, jeden Tag. An diesem Tag kam sie nicht zurück. Fischer hatten sie drei Tage später im Netz. Armer Bartok! Sie war schwanger, hat er mir gesagt. Zweiter Monat. Er hat sich so sehr Kinder gewünscht.

Josefine musste mit den Tränen kämpfen. »Ich komme!«, hörte sie Amélie rufen.

18. September 1940. Keine Nachricht von Kurt. Es wird keine mehr kommen. Er will nichts mehr von mir wissen. Wenn er tot wäre, dann wüssten wir das längst. Wenn er nur ahnte, dass er … Habe alle sauren Gurken aufgegessen, und Bartok hat mir neue gebracht. Ganz unten im Glas habe ich einen goldenen Ring entdeckt.

Josefine klappte das Tagebuch zu und wischte sich mit dem Zipfel ihres Hemdes eine Träne aus dem Augenwinkel.

Kapitän Bartok, der Mann vom Kaminsimsfoto. Der Mann mit dem traurigen Lächeln. Der Mann, der Charlotte geheiratet hatte und mit dem sie eine glückliche Ehe geführt hatte, wie sie gesagt hatte. Eine glückliche Ehe mit einem Geheimnis. Einem gemeinsamen Geheimnis dieser beiden Eheleute.

Aber warum hatte Kurt nicht geschrieben? Oder waren seine Briefe nicht durchgekommen? War er verletzt gewesen? Oder hatte er tatsächlich nichts mehr wissen wollen von Charlotte?

»Eis! Eis! Eis!«, hörte sie die Kinder dreistimmig rufen.

Der Vater von Markus und Ben war also nicht der gemeinsame Sohn von Charlotte und Kapitän Gustav Bartok gewesen. Somit war Markus' und Bens leiblicher Opa nicht der Mann vom Kamin.

Sondern – Kurt.

»Kommst du wenigstens zum Nachtisch? Es gibt Vanilleeis mit heißen Kirschen.« Leopoldine stand plötzlich in der Tür, Josefine hatte sie nicht kommen hören.

»Was?« Sie sah zu ihr hoch.

»Vanilleeis mit heißen Kirschen. Sag mal, hast du getrunken? Du guckst so glasig.«

Josefine stand schnell auf. »Ich komme mit.«

Mit weichen Knien folgte sie ihrer Schwester die Treppe hinunter zum Tisch, von dem aus ihnen die Kinder und die Brüder schon entgegenblickten.

»Kriege ich jetzt endlich mein Eis?«, fragte Amélie.

Und während Leopoldine allen auffüllte, überlegte Josefine, was sie jetzt tun sollte. Sollte sie den Brüdern sagen, dass ihr Leben ein anderes war, als sie immer angenommen hatten? Und was sollte sie Kurt sagen, wenn er morgen zur Arbeit am Logbuch kam?

»Guten Appetit!«, rief Leopoldine. »Ich hab ein wenig Zimt rangemacht an die Kirschen. Hoffe, euch schmeckt es.«

»Vielen Dank, dass du uns so lieb umsorgst«, sagte Ben.

»Ist doch das Mindeste, wenn ich hier schon mit den Kindern Ferien machen darf auf diesem herrlichen Fleckchen Erde, das ihr euer Eigen nennt. Übrigens sind mir da beim Kochen ein paar gute Ideen gekommen, wie man das alte Kapitänshaus noch ein klitzekleines bisschen hübscher gestalten könnte, wenn es euch recht wäre.«

»Leo!« Josefine schüttelte den Kopf. »Du brauchst wohl immer ein Projekt. Selbst im Urlaub, was?«

Markus lachte. »Nur zu. Wenn dir das Freude macht.«

»Das tut es!« Leopoldine strahlte. »Und es lenkt mich ein wenig ab von meinem Gedankenkarussell.«

»Karussell, Mama? Gehen wir auf den Rummel?«, fragte Luca mit leuchtenden Augen.

»Au ja!«, rief Amélie. »Rummel, Rummel!«

Leopoldine hielt sich lachend die Ohren zu. »Aber Kinder, wir haben doch den Strand vor der Tür, was wollen wir da auf dem Rummel?«

»Strand! Strand!«, riefen alle drei. »Gehen wir jetzt wieder hin? Ja, Mama? Baust du uns eine Sandfestung? Mit Zugbrücke? Bitte! Du hast es versprochen.«

»Klar, ihr Süßen. Alles, was ihr wollt.«

Josefine kratzte das letzte bisschen Eis aus der Schale und schaute über den Schalenrand erst zu Markus, dann zu Ben. Wie sollte sie es ihnen nur sagen?

»Hilfst du mir, die Sandburg für die Kinder zu bauen?«
Leopoldine griff Markus' Arm, der ihr half, den Tisch abzuräumen.

»Au ja, Onkel Markus! Kommst du mit an den Strand?«
Amélie hängte sich an seinen anderen Arm. »Spielst du nachher Federball mit mir? Mama hat ein Federballset gekauft.«

Josefine sah gespannt zu Markus. Wie würde er sich aus der Nummer wohl wieder herauswinden?

54
Markus

Eine halbe Stunde später kniete Markus in Bermudashorts und mit Sonnenhut in der Matschepampe, eine rote Plastikschaufel in der Hand, und buddelte den Wassergraben, den die Sandfestung haben musste. Luca und Marie brachten Muscheln zum Verschönern, Amélie schrieb mit einem Stock *Schloss Amélie* in den nassen Sand und *Mama*.

Leopoldine saß im Strandkorb daneben. »Eine wunderschöne Sandburg wird das, ihr Lieben. Du hast Talent, Markus.« Sie lächelte. »Übrigens habe ich gleich vorhin mal bei meiner Innenarchitektin angerufen und ihr ein paar Ideen durchgesagt für das Kapitänshaus. Sie ist sehr ambitioniert und ganz begeistert von dem Projekt. Sie macht sich sofort an die Arbeit.«

Markus richtete sich auf und schaute Leopoldine erstaunt an. »Innenarchitektin?«

Leopoldine winkte ab. »Nur ein paar klitzekleine Verbesserungen für die Wohnraumgestaltung hab ich mir ausgedacht. Schnell gemacht, toller Effekt.«

»Wenn du meinst.« Markus grub weiter.

»Igitt, schau mal, Onkel Markus! Da ist noch was drin in der Muschel. Bäh!« Amélie schleuderte die Muschel ins Meer zurück.

»Braucht ihr eigentlich diese ganzen Bücher?«, fragte

Leopoldine. »Wenn du willst, schaue ich mir die Bücherwand mal an, lade dir alles auf einen Reader, dann könnte man nämlich die Wand herausreißen und hätte sehr viel mehr Licht und …«

Markus fuhr hoch. »Wie bitte? Hände weg von meinen Büchern! Wir reißen keine Wände raus. Auf gar keinen Fall!«

»Nicht?« Leopoldine guckte betrübt. »Aber …«

»Nein!« Markus kletterte aus dem Buddelloch und klopfte sich den Sand von den Knien.

»Die Zugbrücke fehlt noch! Die Zugbrücke!« Amélie zog an Markus' Bermudas. Er legte die Plastikschaufel als Zugbrücke über den Graben und ließ sich neben Leopoldine in den Strandkorb fallen.

»Aber ein bisschen streichen dürfen wir?«

»Wir?« Markus blickte zu Amélie, die jetzt eine Strandgras-Fahne in den Burgturm steckte.

»Ich, die Innenarchitektin und ihr Team.«

»Team.« Markus wandte den Kopf zu Leopoldine und sah sie erstaunt an.

Leopoldine nickte begeistert. »Sie sind morgen hier. Hat sich extra freigespielt, meine Innenarchitektin. Kennt mich schon lange.« Sie zwinkerte ihm zu. »Und weiß, dass ich gut und prompt zahle.«

Markus runzelte die Stirn und zog seinen Strohhut tiefer ins Gesicht.

»Nun schau nicht so verbissen. Das wird toll. Du wirst sehen. Wir machen auch keinen Krach, versprochen. Du kannst ganz in Ruhe arbeiten. An deinem Roman. Oder mit meiner Schwester.« Sie knuffte ihn in die Seite. »Für mich ist das Therapie und Spaß in einem. Und am Ende sieht's toll aus.«

Markus schnippte seinen Hut in den Nacken. »Aber zahlen tue ich, klar? Schick mir die Rechnung von der Architektin.«

»Es könnte doch aber mein kleines Dankeschön sein. Dafür, dass ich bei euch Ferien machen darf.«

»Nein.« Markus schaute sie ernst an. »Rechnung zu mir.«

»Schon gut.«

Sie schwieg, und sie sahen den Kindern zu, die nun Boote aus Eispapier auf dem Festungsgraben schwimmen ließen. Plötzlich spürte Markus Leopoldines Finger an seinem kleinen Finger. »Kann ich mich denn irgendwie anders bedanken für deine Gastfreundschaft?«, fragte sie leise und blickte ihn mit Prinzessin-Diana-Blick an.

Schnell zog er die Hand weg. »Es ist mir eine Freude, einer Mutter in Not zu helfen, die durch die temporäre Trennung von ihrem Ehemann ein wenig verwirrt zu sein scheint. Da braucht es kein besonderes Dankeschön.«

Sie lächelte. »Schon verstanden. Ich hab mitgekriegt, wie du Josefine anschaust.«

»Was?« Er stand auf.

Sie nickte. »Ich habe es gleich gesehen. Und weißt du was? Ich fänd's schön. Vor allem für Josefine, wenn sie endlich mal den Richtigen finden würde.«

Er trat vom Strandkorb weg. »Was redest du da?«

»Zartes Taubenblau für die Diele und Zitronengelb für die Küche also – einverstanden?«

Markus wandte sich zum Gehen und schüttelte den Kopf. War denn diese ganze Familie durchgeknallt? Er winkte den

Kindern zu, die vertieft in ihr Spiel waren und es nicht bemerkten, und schritt über den Strandaufgang zurück zum Kapitänshaus – vor dem gerade ein BMW-Geländewagen mit Münchner Nummer parkte.

Die Fahrertür ging auf. Konstantin sprang heraus und streckte sich von der langen Autofahrt. »Hey, Herr Schriftsteller! Grüß Gott!«, rief er, als er Markus kommen sah. »Schicker Sonnenhut. Wo steckt denn meine Josefine?« Er lachte. »Die wird vielleicht staunen, dass ich da bin. Und die Überraschung, die ich für sie habe, wird sie umhauen!« Er kicherte in sich hinein. »Ich habe Ihr Buch gelesen, mein Freund. Und hab's mir zu Herzen genommen. Mein Glückshafen liegt jetzt ganz klar vor mir. Ich steuere drauf zu. Kein Pirat und kein Sturm kann mich noch aufhalten.« Er zwinkerte und flüsterte: »Achtzehn Karat Rotgold, Halbkaräter. Aber pssst! Nicht verraten.« Er legte den Finger an die Lippen. »Es ist doch befreiend, wenn man sich endlich zu den richtigen Entscheidungen durchringt im Leben. Finden Sie nicht, alter Junge?«

Zum zweiten Mal am heutigen Tag dieser verdammte Glückshafen, dachte Markus. Was hatte er nur angerichtet mit dem *Kapitänsprinzip*? Das ging ja alles in die falsche Himmelsrichtung, schien ihm – und sein eigener Glückshafen lag noch immer völlig im Nebel.

55
Josefine

Gerade hatte sie sich daranmachen wollen, die Kleidersäcke hinunterzuschleppen, da hatte Konstantin in der Tür gestanden, ein zufriedenes und glückliches Grinsen im Gesicht. Er hatte sie in seine Arme genommen, sie geküsst und versucht, sie auf das Bett zu drängen. Sie hatte ihn abgewehrt. Was wollte er hier? Warum hatte er nicht angerufen und Bescheid gesagt, dass er kam? Musste er gar nicht arbeiten? Er hatte nur gelacht und gesagt, manchmal sei Arbeit eben nicht das Wichtigste im Leben.

Sie hatten einen Strandspaziergang gemacht und anschließend mit allen gemeinsam auf der Veranda Abendbrot gegessen, bevor Konstantin in den *Goldenen Anker* hinübergefahren war. Nicht, ohne sie für heute Abend ungewöhnlich feierlich und ernst ins *Seepalais* zum Dinner einzuladen. Den heutigen Tag würde er am Strand genießen, sagte er, während Josefine mit Kurt und Markus an den Logbüchern arbeitete. Zum Glück hatte er das verstanden. Dass sie zum Arbeiten hier war. Und nicht zum Vergnügen.

Sie merkte, wie aufgeregt sie war, als sie die Stufen in die Küche hinunterlief. Kurt war bereits da und saß neben Markus. Beide beugten sich über das alte Logbuch. Opa und Enkel. Wie sollte sie es ihnen bloß sagen? Charlottes Tagebuch steckte sicher verstaut in ihrer Reisetasche oben im Zimmer.

Aber sie würde es herausrücken müssen. Bei der richtigen Gelegenheit.

Wenn die jemals kam.

»Moin«, grüßte Kurt und schob ihr den Stuhl zurück. »Es geht weiter mit dem alten Hermann. Wir haben schon was entziffert. Hör mal: *Logbuch der Emir, 12. März 1896. Acht Seemeilen nördlich von Sansibar. Haben den Hafen Stonetown um zwölf Uhr verlassen. Und haben mein Glück zurückgelassen. Silhouette der Insel wird immer schmaler. Habe mich in Kajüte zurückgezogen. Befehl zur Umkehr kann ich nicht geben. Und sollte es doch.*«

Kurt blickte auf und lächelte. »Der alte Hermann war wirklich schwer verliebt, würde ich sagen.«

»Und wie«, sagte Markus.

»Meint ihr, dass er seine Sawade tatsächlich noch einmal getroffen hat? Und dass da was gelaufen ist?« Josefine blickte verwundert auf das alte Buch. »In diesen Zeiten damals?«

Kurt lachte. »Die Zeiten mögen prüde gewesen sein, aber die Gefühle der Menschen waren doch nicht anders als heute. Wo Feuer ist, ist Feuer.« Seine Augen leuchteten.

Josefine dachte an Charlottes Tagebuch und schwieg.

»Weiter«, sagte Markus und schob das Logbuch zu Kurt.

Der deutete auf eine dunkle Unebenheit im Papier. »Eine Tränenspur? Hermann hat wohl geweint, als er das hier geschrieben hat. Da steht: *Die letzten zwei Tage waren die schönsten meines Lebens. Sie entführte mich ins Reich von tausendundeiner Nacht, meine Geliebte. Ich kann sie spüren: ihre Küsse auf meiner Schulter, ihre Fingerspitzen, die über meinen Rücken tanzen zur Melodie ihrer klingenden Goldreifen. Ihre Schenkel, die meine Mitte umschließen, ihre Stimme, die ...*«

»Ich werde gleich rot«, sagte Josefine.

»Schscht«, machte Markus.

»... *die meinen Namen haucht. Ich eile. Eile zurück in die Heimat. Ich werde alles vorbereiten. Werde alles regeln. Und sie nachholen, meine Prinzessin aus tausendundeiner Nacht. Sie wird meine Frau werden. Warte, Schöne, warte! Bald bin ich wieder bei Dir*«

»Er wollte sie heiraten?« Josefine schaute gerührt auf die verschnörkelte Schrift.

»Aber das hat er ja offensichtlich nicht getan«, sagte Markus.

Josefine stieß Kurt in die Rippen. »Lies weiter!«

Kurt setzte seine Brille zurecht: »*Bei meiner nächsten Fahrt nach Sansibar in zwölf Wochen werde ich sie abholen. Und wir werden uns ein Leben lang ...*«

Mit lautem Gebimmel unterbrach ihn die alte Schiffsglocke an der Tür.

»Himmelherrgott!« Markus sprang auf. »Man hat ja keine ruhige Minute mehr in diesem Haus!«

»... *lieben*«, las Kurt zu Ende und klappte das Logbuch zu.

»Hallo zusammen.« Leopoldine betrat lächelnd den Raum, hinter sich eine spindeldürre Frau Ende zwanzig in einem schwarzen Jumpsuit und Highheels, mit hohem Dutt und knallrotem Lippenstift. »Darf ich vorstellen, das ist Frau von Böhlen, meine Innenarchitektin. Markus, hast du Zeit, mit uns einen Rundgang zu machen?«

Markus verließ hinter den beiden kopfschüttelnd die Küche.

Kurt lachte. »Der kriegt hier ganz schön Feuer unter den Hintern von euch Weibsbildern.«

»Ach, Josefine?«, hörten sie Leo aus dem Wohnzimmer rufen. »Könntest du wohl bitte nach den Kindern gucken? Sie sind im Garten, aber ich habe ihnen versprochen, dass es jetzt zum Eisessen ins Café geht. Viel Spaß!«

Josefine rollte mit den Augen. Das war wieder typisch Leo. Verplante jeden um sich herum und machte ordentlich Wind.

Aber manchmal war ein kleiner Windstoß sicher nicht verkehrt im Leben. Wenn er aus der richtigen Richtung kam, natürlich. Sie dachte an die Abendeinladung von Konstantin ins *Seepalais*. Das hatte alles sehr geheimnisvoll und ernst geklungen. Er würde doch nicht etwa ...? Er hatte doch nicht vor ...?

Falls doch – sie wusste wirklich nicht, ob sie es als Sturmtief oder sanfte Brise empfände.

»Kriege ich Vanille und Erdbeere und ganz viele Streusel obendrauf?« Amélie stand plötzlich neben ihrem Stuhl. »Gehen wir endlich los?«

56
Markus

Es gelang Markus nicht, ihren Worten zu folgen. Er bemerkte, wie der Dutt der Innenarchitektin schaukelte, wenn sie nickte, was sie oft tat, während Leopoldine mit ausgestreckten Armen durch die Räume ging und auf Wände, Fenster und Möbel zeigte.

»… Taubenblau … Altrosa … Raumteiler … Naturmaterialien …«, hörte er. Und dachte an den alten Hermann und seine Sawade, an ihre große Liebe. Eine Liebe auf den ersten Blick. Warum nur war es ihm nicht gelungen, seine Geliebte nach Deutschland zu holen und zu heiraten? Hatte er am Ende doch einen Rückzieher gemacht, sich nicht getraut?

»Das sind alles hervorragende Ideen«, hörte er Frau von Böhlen sagen. Sie hatte sich eifrig Notizen gemacht auf ihrem Klemmbrett und viel fotografiert mit ihrem iPhone. »Ich habe bereits einige Materialien mitgebracht.« Sie wühlte in ihrer geräumigen Handtasche und zog ein Heft mit Stoffproben heraus, das sie Markus in die Hand drückte. »Wir können sofort loslegen, wenn Sie wollen.« Sie lächelte Markus an. »Außerdem habe ich eine gute Nachricht zu überbringen.«

»Nachricht?« Markus ließ die Stoffproben wie ein Daumenkino durch die Finger gleiten.

»Es klappt also?« Leopoldine klatschte in die Hände und blickte Frau von Böhlen gespannt an.

Die nickte. »Zu fünfundneunzig Prozent haben wir eine Zusage.«

Leopoldine umarmte sie. »Frau von Böhlen, Sie sind die Beste. Mit den besten Kontakten.« Frau von Böhlens Dutt verrutschte leicht, sie befreite sich und richtete ihn.

»Was klappt?« Markus besah sich einen klassischen Ginghamstoff in Dunkelblau.

»Sie kommen!« Leo nickte eifrig.

Er fühlte den Stoff. Hochwertig, dick. »Leo, wer kommt? Wovon sprichst du?« Vielleicht wäre das ja tatsächlich etwas für eine Wandverkleidung im Treppenaufgang?

»Na, *Homes & Gardens*. Fünf Seiten Fotostrecke plus Homestory. Wahnsinn, oder?«

Markus schaute sie nur stumm an.

»Das ist wirklich etwas ganz Besonderes, glauben Sie mir«, wandte sich Frau von Böhlen an ihn. »Das schaffen nicht viele. Es ist auch für mich das erste Mal. Und es funktioniert nur, weil Sie dieses ungewöhnlich tolle alte Kapitänshaus zur Verfügung stellen.«

Markus klappte das Stoffprobenheft zu. »Sie wollen eine Fotostrecke vom Kapitänshaus in der *Homes & Gardens* bringen?«

Leopoldine nickte. »Allerdings. Ist das nicht genial von Frau von Böhlen?«

»Das ist genial *für* Frau von Böhlen. Eine bessere Werbung können Sie ja gar nicht kriegen als Innenarchitektin, was?« Er reichte ihr das Stoffheft.

»Sie aber auch nicht. Als Schriftsteller«, schnippte sie zurück und verstaute die Stoffproben wieder in ihrer Tasche. »Übrigens«, sie zog das *Kapitänsprinzip* heraus. »Tolles

Buch! Hab's verschlungen. Und gleich zu meinem Freund gesagt: Ich will in die *Homes & Gardens* mit einem tollen Projekt! Das ist mein Glückshafen. Und sehen Sie – bumms –, es klappt. Ich bin Ihnen so dankbar. Würden Sie mir ein Autogramm geben?« Sie hielt ihm das aufgeschlagene Buch hin und einen Füllfederhalter.

»Ich muss an den Strand. Brauche Luft.« Markus wandte ihnen den Rücken zu und verließ den Raum.

»Aber wir dürfen losarbeiten?«, hörte er Frau von Böhlen rufen.

»Tut, was ihr nicht lassen könnt«, rief er und lief durch den Garten.

Durchatmen.

Und nachdenken.

Wie kam es, dass hier offenbar jeder einen verdammten Glückshafen ins Visier genommen hatte.

Jeder. Außer ihm selbst.

57
Josefine

Mit klopfendem Herzen betrat sie um Punkt acht Uhr abends das Restaurant des *Seepalais*. Sie hatte ein Kleid gewählt, das sie in Charlottes Schrank gefunden hatte, eine schlichte weiße A-Linie aus den Sechzigern. Die blonden Haare trug sie offen. Ein aufwendiger, nach oben geschwungener Lidstrich ließ sie ein wenig wie Brigitte Bardot aussehen, fand sie. Auch Konstantin schien das zu finden. Mit leuchtenden Augen und roten Wangen blickte er ihr von einem weiß eingedeckten Tisch, auf dem ein großer Rosenstrauß stand, entgegen. Er stand auf und lief auf sie zu.

»Meine Liebste, du bist schön wie nie«, sagte er und küsste sie sanft. Er rückte ihr den Stuhl zurecht, als sie sich setzte. »Ich habe uns einen Champagner als Aperitif bestellt. Hier kommt er schon.«

Ein Kellner brachte eine Flasche Taittinger und goss mit der Hand auf dem Rücken ein. »Auf unser Glück!«, sagte Konstantin, blickte Josefine fest in die Augen – und kippte den Champagner mit einem Schluck hinunter. Musste er sich Mut antrinken?

Josefine nippte vorsichtig.

»Ein Gruß aus der Küche.« Der Kellner stellte eine winzige Schale auf einem riesigen Teller vor sie hin. »Hummerpaté an Rieslingschaum mit einem Hauch von Kerbel. Bon appétit.« Josefine stopfte sich die ganze Hummerpaté auf einmal in den Mund, Konstantin ebenso. Kauend saßen sie sich gegenüber.

»Es geht doch nichts über einen guten Schluck Champagner«, sagte Konstantin, nahm die Flasche aus dem Sektkühler und goss sich nach. »Du auch, Liebste?« Er wartete ihre Antwort nicht ab, sondern goss ihr Glas bis oben voll.

Schweigen und trinken.

»Wie war dein Tag am Strand?«, fragte Josefine und merkte, dass Charlottes Kleid an der linken Schulter juckte. Aber sie würde jetzt nicht hinlangen, um zu kratzen. Jetzt nicht. Sie nahm noch einen Schluck Champagner.

»Wunderbar. Ein wunderbarer Ort ist das hier. Zu schade, dass wir früher immer nach Sylt gefahren sind, findest du nicht?« Sein Glas war schon wieder leer, er schenkte nach.

»Sylt ist auch schön.« Josefine trank. »Aber du hast recht, das hier ist schöner. Die Dünen, die Weite, die …«

»Schluss jetzt!«, rief er auf einmal, sprang von seinem Stuhl, der nach hinten kippte, fummelte in seiner Hosentasche und zog eine Schatulle hervor. Mit ihr in der Hand kniete er vor Josefines Stuhl. »Josefine Johnfeld, willst du mich heiraten?«

Josefine starrte auf den Solitärring aus Rotgold mit dem funkelnden Stein.

58
Markus

Markus wälzte sich in seinem Bett hin und her. Er konnte einfach nicht einschlafen. Er hatte gesehen, wie Josefine vorhin das Haus verlassen hatte. In diesem weißen Kleid von Charlotte. Schön und stolz wie eine Königin hatte sie ausgesehen. Und ein bisschen wie Brigitte Bardot, fand er, mit ihrer blonden Mähne.

Ob sie noch aßen im *Seepalais*?

Ob Konstantin schon gefragt hatte?

Würde sie ja sagen?

Hatte sie schon?

Markus wälzte sich auf die andere Seite. Warum sollte sie nicht? Konstantin war ein erfolgreicher Anwalt. Und er sah – das musste Markus leider eingestehen – ziemlich gut aus. Er war aus Bayern, wie sie. Sie hatten die letzten Jahre zusammen verbracht, hatten einen gemeinsamen Freundeskreis, nahm er an.

Sie passten einfach gut zusammen.

Er sprang aus dem Bett. Verdammt!

So schnell es ging, streifte er die Pyjamahose ab und stieg in die Jeans. Für Schuhe war keine Zeit, barfuß rannte er aus dem Haus, die Promenade hinunter, vorbei an der erleuchteten Seebrücke, und stoppte erst vor dem *Seepalais*. Schwer atmend schaute er in den erleuchteten Speiseraum mit den weiß gedeckten Tischen. Familien und Paare saßen beim Essen, lachten, gestikulierten.

Wo waren die beiden?

Er stürmte durch die Lobby ins Restaurant und blickte sich um.

»Kann ich Ihnen helfen?« Ein Kellner hielt ihn am Arm fest.

Markus machte sich los. »Nicht nötig.« Alle Körperspannung fiel von ihm ab. »Nicht nötig.« Er drehte sich um und verließ den Saal. Denn sie waren nicht mehr da. Sie waren schon weg.

Schon verlobt.

Und er war zu spät.

Er steckte die Hände in die Jeanstaschen und schlich, den Kopf zwischen den Schultern, den Blick auf seine nackten Füße gerichtet, über die Promenade zum Kapitänshaus zurück.

Das Leben war ungerecht. Endlich hatte er erkannt, was er wollte, hatte seinen Glückshafen identifiziert – und dann das. Sie war vergeben. Sie hatte zu einem anderen ja gesagt.

Seine Josefine!

Durch die Verandatür betrat Markus die dunkle Küche und wollte gerade Licht machen, da hörte er aus dem Wohnzimmer ein Geräusch – das Knarren der Dielen nahe der Bücherwand beim Kamin.

Ein Einbrecher?

Er schlich zur Türschwelle, schaute in den Raum – und glaubte, ein Gespenst zu sehen. Das das weiße Sixties-Kleid von Charlotte trug. Das Gespenst fummelte mit einem kleinen Schlüssel an der indischen Holzkiste im Bücherregal herum. Und es schien ein wenig betrunken zu sein, zumindest schwankte es leicht. Markus' Herz machte einen Sprung. »Josefine, bist du das?« Er konnte ihr Gesicht im Dunkeln nicht sehen. »Was tust du da?«

59
Josefine

»Wonach sieht es denn aus?«, gab sie zurück und hielt sich am Bücherregal fest. Sie war vor zwanzig Minuten nach Hause gekommen, direkt in ihr Zimmer hinaufgeschlichen und hatte die Silberdose mit dem Schlüssel geholt.

Und hatte seitdem so leise wie möglich das Schlüsselloch gesucht. In der Seemannskommode in der Diele. Im alten Küchenbuffet. In der Speisekammer. Im marokkanischen Zierschränkchen im Wohnzimmer. Irgendwo musste das Ding doch passen, endlich das Geheimnis des alten Kapitäns preisgeben – und ihr die Freiheit schenken, dieses Heringsdorf, in dem es nur Probleme zu geben schien, hinter sich zu lassen. Um zurückzufahren in ihr Münchner Leben.

Sie stutzte.

Ihr Münchner Leben? Was hieß denn das eigentlich? Da war die Redaktion mit der Bechsel vor der Nase und Mittermanns nächstem blöden Auftrag. Oder demnächst – wenn es ihr tatsächlich noch gelingen sollte, das Vermächtnis vom alten Hermann zu entdecken – mit langen, einsamen Tagen in ihrem Einzelbüro als stellvertretende Chefredakteurin. Von wo aus sie das Heft planen, Reporter losschicken und Geschichten redigieren würde – ohne jemals selbst wieder hinauszukommen ins Leben.

Hm. War es das, was sie wollte?

Immerhin – ihr leeres Loft konnte sie mit dem Geld von der Beförderung vielleicht bald in eine Wohnung mit viel Platz im Grünen eintauschen. Mit viel Platz – aber wofür und für wen? Für sich allein. Für Konstantin nicht mehr. Dem hatte sie vor einer guten Stunde den Laufpass gegeben. Ein für alle Mal. Als sie ihn vor sich knien gesehen hatte, war Panik in ihr aufgestiegen. Der Ring war ihr plötzlich vorgekommen wie eine Handschelle, die er ihr umlegen wollte. Sie hatte den funkelnden Stein bestimmt zwei Minuten stumm angestarrt. Dann war sie aufgesprungen, hatte sich bei Konstantin entschuldigt und war nach draußen gelaufen. Auf die Strandpromenade zur Seebrücke – direkt hinein in den *Klabautermann*. Einen Gin Tonic später war ihr etwas wohler gewesen, und sie hatte gewusst, dass sie nun endlich das Schlüsselloch finden musste. Noch in dieser Nacht. Damit sie abreisen konnte. Sie würde es keinen Tag länger hier aushalten. Mit dem Gedanken an den traurigen Konstantin. Mit ihrer nervenden Schwester und den Kindern im Haus. Und mit Ben und Markus.

Sie hatte noch einen Gin Tonic bestellt und einen Wodka dazu. Nun war sie betrunken. Aber wen juckte das?, dachte sie. Niemanden. Was sie jetzt wollte, war, so schnell wie möglich Hermanns Geheimnis zu lüften, damit sie fortkam aus diesem Kaff und von diesen Leuten, die sie nur durcheinanderbrachten. Wohin – das würde sie später klären.

Als Markus auftauchte, hatte sie sich mit dem Schlüssel soeben die Kisten und Kästchen vornehmen wollen, die in der Bücherwand standen.

»Was tust du hier?«, fragte Markus noch einmal – und strahlte dabei über das ganze Gesicht.

»Erdbeeren pflücken. Siehst du doch.« Sie schob ihn zur Seite.

»Wo ist Konstantin?« Er lachte fröhlich.

»Im *Goldenen Anker*.« Sie fingerte an der indischen Schmuckschatulle mit Perlmuttbesatz herum.

»Und du?«

Sie spürte seinen Blick unentwegt auf sich gerichtet. »Ich nicht. Oder meinst du, mich gibt's zweimal?« Der Schlüssel passte nicht. Verdammt!

»Nein!« Markus jubelte fast und umarmte sie. »Dich gibt's nur einmal. Nur einmal. Nur …«

Sie stieß ihn weg. »Was tust du da?« Versuchte er etwa, sie zu küssen? »Sind denn heute alle verrückt? Was glaubt ihr Männer eigentlich, wer ihr seid? Meint ihr, mit mir machen zu können, was ihr wollt?« Sie fuchtelte mit dem Zeigefinger vor seiner Nase herum. »Und gerade du! Du, der du mich von Anfang an belogen hast. Belogen und benutzt! Dachtest wohl, die Schickimickitussi aus München wird schon keinen Durchblick haben, wie?« Sie pikte ihm mit dem Finger vor die Brust. »Hat sie aber doch, du Möchtegern-Schriftsteller! Du Provinzei! Du Fischkopp, du elender! Glücksexperte – ha! Ausgerechnet du. Du einsamster Matrose an Deck des Lebensdampfers, der mir je untergekommen ist. Du Eremit am Schreibtisch. Und du willst den Leuten erklären, wie sie glücklich werden und Liebe und Zufriedenheit finden?« Sie lachte verächtlich. »Ausgerechnet du?«

Sein Lächeln verschwand. »Jetzt ist aber gut.« Eine strenge Falte erschien auf seiner Stirn. »Deine Jetsetyacht kreuzt ja wohl auch ziemlich allein übers Meer, jetzt, wo du Konstantin über die Planke geschickt hast. Und enorme Schlagseite hat sie. Viel zu viel Ehrgeiz an Bord, würde ich sagen. Und Hartherzigkeit.«

»Wüsste nicht, was dich mein Herz angeht.« Sie schob ihn zur Seite. »Und jetzt aus dem Weg! Ich bin auf Schatzsuche, nicht auf Männersuche.« Sie machte sich mit dem Schlüssel an einer arabisch aussehenden Kiste mit Goldbeschlägen zu schaffen.

»Was ist das überhaupt für ein Schlüssel? Hast du den hier aus dem Haus? Dann gehört er mir!« Markus griff nach ihrer Hand und umschloss sie. »Her damit!«

Josefine ließ nicht los, sondern verteidigte den Schlüssel mit aller Kraft, so dass sie zu Boden gingen, wo sie auf dem abgewetzten Orientteppich rangen. »Das ist doch albern«, rief Markus. »Gib mir den verdammten Schlüssel, und gut ist's!«

»Nichts ist gut!« Sie biss ihm in die Hand.

»Ah!«, schrie er auf und zog die Hand zurück. »Bist du wahnsinnig?« Er sprang auf die Beine und betrachtete die Bissstelle. »Jetzt hab ich endgültig die Nase voll von euch Schwestern! Die eine baut mein Haus um und stürzt alles ins Chaos! Die andere blamiert mich flächendeckend vor der ganzen Branche, nistet sich hier ein und klaut mir auch noch einen Schlüssel, der vielleicht endlich, nach mehr als einem Jahrhundert, zum Vermächtnis meines Ururgroßvaters führt! Das ist doch wirklich …«

»Und er ist nicht mal dein echter Ururgroßvater!« Josefine lachte ein bitterböses, betrunkenes Lachen und rappelte sich auf die Beine. »Er ist es gar nicht!«

Markus ließ die Hand sinken und stand ganz still. »Wie meinst du das?«

60
Markus

»Er ist nicht dein Ururgroßvater. Weil nämlich dein Großvater, von dem du denkst, dass er dein Großvater war, nicht
dein Großvater ist.«

Markus blickte unsicher hinüber zu Gustavs Foto auf dem
Kaminsims.

»Sie hat euch all die Jahre angelogen, die gute Charlotte.« Josefine zog das weiße Kleid glatt und ordnete die Haare. »Gustav war ihr Mann, das ist richtig. Aber er war nicht
euer Großvater.«

»Was redest du da?« Markus nahm sie bei den Schultern.
»Was soll das hei…«

»Kurt ist euer Großvater! Kurt!«, sagte Josefine ihm ins
Gesicht. »Ich habe Charlottes Tagebuch im Schrank gefunden. Kurt ist es.« Sie schüttelte seine Hände ab und versuchte sich wegzudrehen.

Aber er griff noch einmal zu, diesmal fester. »Du hast
Charlottes Tagebuch gefunden und es mir nicht gegeben?«

»Lass mich!« Sie wand sich, um sich zu befreien.

Er hielt sie ganz fest. »Wie konntest du nur?« Jetzt wurde er laut. »Du bist wirklich die rücksichtsloseste, härteste
Frau, die mir …«

Sie riss sich los. »Ist mir so was von egal, was du denkst.
Ausgerechnet du! Mister Mogelpackung! Mister Ich-leg-

mal-kurz-alle-rein-mit-meinem-Kapitänsprinzip!« Ihr Gesicht wurde rot vor Zorn. »Und im Übrigen geht mir diese ganze Recherche hier unheimlich auf die Nerven. Nimm doch deinen bescheuerten Schlüssel und werde glücklich!« Sie warf ihm den Schlüssel vor die Füße. »Finde den dämlichen Schatz. Ist mir egal! Ich rufe morgen Mittermann an und kündige. Der kann mir gestohlen bleiben mit dem Büro und dem Titel, wenn ich mich dafür auch nur eine Minute länger mit dir herumschlagen muss.«

Markus hörte gar nicht zu, sondern bückte sich, hob den Schlüssel vom Teppich auf und betrachtete ihn ruhig, während sie weiter vor sich hin schimpfte. »Kurt soll mein Großvater sein?«, fragte er. »Kurt?«

»Mir ist's wurscht. Ich bin weg«, sagte Josefine leise, und es klang müde. Sie fuhr sich durch die Haare und wollte an Markus vorbei in die Diele treten.

Aber er hielt sie am Arm fest. »Ich weiß, wo der passt.« Er blickte auf den Schlüssel. »Ich weiß es.« Er hob den Blick und sah Josefine in die Augen.

Sie blieb stehen.

Markus trat nahe an das Bücherregal heran und zog die Kiste aus Kuba, in der sie immer Zigarren vermutet hatten, hervor. Vorsichtig nahm er den Schlüssel und steckte ihn ins Schloss. Ohne Probleme ließ er sich drehen.

Markus stellte die Kiste auf den Orientteppich. Sie knieten sich davor. Zu schade, dass Charlotte das nicht mehr miterleben konnte, dachte er. Sie hatte also recht gehabt: Es existierte tatsächlich – das Vermächtnis des alten Hermann.

61
Josefine

Kopf an Kopf beugten sie sich über die Kiste. Markus öffnete sie langsam. Als Erstes sah Josefine eine Rolle Papier, von einer Juteschnur zusammengehalten. Darunter schaute eine winzige Leinwand hervor, nicht größer als ein Handteller.

Gleichzeitig griffen Markus und sie danach. Josefine bekam sie zuerst zu fassen und zog sie an sich. Markus nahm die Papierrolle und versteckte sie hinter dem Rücken.

»Zuerst das Bild. Zeig her.« Er beugte sich vor, damit sie es beide anschauen konnten. Josefine zögerte, aber sie wusste, dass sie niemals erfahren würde, was auf der Papierrolle stand, wenn sie Markus nicht das Bild zeigte. Also legte sie es vorsichtig auf den Teppich.

Dem alten Holzrahmen sah man seine mehr als hundert Jahre an. Aber die Leinwand war tadellos erhalten. Vielleicht hatte die Lagerung in der Zigarrenkiste ihr gutgetan, dachte Josefine. Vielleicht hatte dort genau die richtige Luftfeuchtigkeit geherrscht über all die Jahrzehnte. Und sicher hatte nach dem alten Hermann niemand die Kiste jemals geöffnet. So war es geschützt gewesen.

Das kleine Ölgemälde. Sie blickten auf das Bild einer jungen Frau mit ebenmäßigem Gesicht, neugierigen braunen Augen und dunklen Haaren unter dem rosa- und türkisfarbenen Kopftuch, das zu ihrem Sari passte.

»Das ist sie. Hermanns große Liebe«, sagte Markus leise, als sie sich Ohr an Ohr über das Bild beugten.

Josefine nickte. »Sawade.«

»Wie jung sie war.« Markus ließ die Augen über das feine Gesicht streifen.

Josefine nahm einen Finger und fühlte die hervortretenden Farbschichten. »Eine bildschöne Frau. Kein Wunder, dass er verrückt nach ihr war.«

Markus wandte sich von dem Bild ab und blickte wieder in die Zigarrenkiste. »Aber wo sind die Diamanten?« Er drehte die Kiste auf den Kopf, nichts fiel heraus. Er tastete den Boden und die Wände ab.

Kein Geheimfach.

»Zeig doch mal, was auf der Papierrolle steht.« Josefine wartete gespannt, als er die Juteschnur abstreifte.

Er rollte das Papier auseinander. »Verdammt.« Er ließ es sinken.

»Was ist?«

»Sütterlin.« Markus kratzte sich am Kopf. »Kleinstes Sütterlin, dicht an dicht.« Er rollte das Papier wieder zusammen.

»Und nun?«

Markus stand auf. »Kurt. Er muss es mir vorlesen.«

»Dir? Uns doch wohl!« Sie rappelte sich hoch und strich das weiße Kleid glatt.

»Wüsste nicht, was dich das noch angeht.«

Josefine versuchte, nach der Papierrolle zu schnappen. »Ich muss meine Geschichte schreiben.«

»Eben wolltest du noch abreisen, kündigen und alles sausen lassen. Das finde ich eine sehr gute Idee.« Er wandte sich zum Gehen.

Sie folgte ihm durch die Diele. »Das könnte dir so passen.« Sie drängte an ihm vorbei, öffnete die Eingangstür und trat als Erste hinaus. »Wo wohnt er denn, dein neuer Opa? Ich geh vor.«

»Du kannst mich mal.« Er lief mit schnellen Schritten den Gartenweg hinunter.

»Nein, danke.« Sie überholte ihn und machte das Gartentor auf. »Also? Rechts oder links? Steuerbord oder backbord, Herr Kapitän?«

Er lief schweigend an ihr vorbei, sie folgte. Seite an Seite gingen sie durch das nächtliche Heringsdorf. Die kühle Luft tat Josefine gut. Sie blickte über die menschenleere Promenade und spürte Markus' Wärme neben sich, hörte seinen Atem, der immer ruhiger wurde. Es tat ihr auf einmal leid, dass sie ihn angebrüllt und ihm die Wahrheit über seine Herkunft so nebenbei zugemutet hatte.

Wie er sich wohl fühlte? Sie schaute ihn von der Seite an. Seine Miene war ernst, sein Blick geradeaus gerichtet, er schien nicht die Straße und die Laternen zu sehen, die eine nach der anderen erlosch, nicht die Leuchtreklame vom Bäckerladen oder das Licht, das aus dem Kellerfenster darunter drang und verriet, dass der Bäcker sein Tagwerk bereits begonnen hatte.

Auf einmal blieb Markus stehen. »Hier wohnt Kurt.« Er blickte an der Fassade einer kleinen Gründerzeitvilla empor, in der den Klingelschildern zufolge drei Parteien wohnten. »Hier wohnt er.«

Josefine sah, wie er tief durchatmete.

Sie nahm seine Hand und drückte sie sanft. Dann klingelte sie für ihn.

62
Markus

Ein verschlafener Kurt in einem weinroten Seidenpyjama öffnete ihnen nach einigen Minuten und schimpfte zunächst, was ihnen einfiele. Aber als er hörte, dass es um Hermanns Vermächtnis ging, ließ er sie ein.

Er setzte einen Earl Grey auf, und sie nahmen um den runden Glastisch im Wohnzimmer Platz. Markus gab Kurt die Papierrolle, und Kurt setzte sich die Lesebrille auf. Er nickte, während er versuchte, die ersten Zeilen des Briefes zu entziffern. »Gut lesbar«, sagte er. »Seid ihr bereit?«

Sie blickten ihn gespannt an.

»Also dann.« Er räusperte sich: »*An den Entdecker dieses Briefes und des Bildes – an den Entdecker meines Vermächtnisses!*« Kurt sah sie über den Rand seiner Lesebrille hinweg an. Dann las er weiter: »*Ich weiß nicht, wer Sie sind und wann Sie diese Kiste öffnen. Vielleicht fünf Jahrzehnte nach mir? Vielleicht zehn? Es ist ganz egal, wann und wer es entdeckt, aber für denjenigen, der es tut, habe ich eine Botschaft. Sie ist ganz einfach. Und ich kann jedem nur raten, sie ernst zu nehmen und in seinem Leben umzusetzen. Denn ich habe das leider nicht getan. Ich habe versäumt, das zu tun, was richtig war. Ich habe es verpasst – und ich habe dafür mein Leben lang bezahlt. Teures Lehrgeld.*«

»Ganz schön pathetisch, der alte Hermann!«, warf Josefine ein.

Markus legte den Finger auf die Lippen und bat Kurt mit einem Kopfnicken, weiterzulesen.

Kurt fuhr fort: »*Was ich verpasst habe? Das ist schnell gesagt: Ich habe es nicht geschafft, die Liebe meines Lebens sofort zu kapern, als ich sie erkannte, und sie fest in meinem Leben zu verankern. Ich habe sie davonsegeln lassen. Oder vielmehr: Ich selbst bin davongesegelt. Von Sansibar. Und habe sie zurückgelassen: Sawade, meine große Liebe.*

Ich hatte vor, sie nachzuholen. Ich wollte sie heiraten, ein Leben lang mit ihr zusammen sein. Ich fuhr heim, um alles vorzubereiten. Das kündigte ich ihr an. Ich versprach ihr die Ehe, ich versprach ihr die Sterne, jeden einzelnen wollte ich ihr vom Himmel holen. Sie hat mir wohl nicht geglaubt. Mir, einem Seemann aus dem fernen Europa. Als ich ein paar Monate später zurückkam, war sie verheiratet. Mit einem reichen indischen Kaufmann.«

Kurt ließ die Papierrolle sinken. Seine Hände zitterten.

»Lies weiter«, drängte Markus.

Kurt räusperte sich und nickte. »*Ich traf sie ein letztes Mal. Sie weinte bitterlich und schenkte mir zum Abschied ihr Portrait. Ich habe es seit jenem Tag mein Leben lang jeden Morgen als Erstes angeschaut und jeden Abend als Letztes, bevor ich schlafen ging. Ich habe es in dieser Zigarrenkiste aufbewahrt, die ich von einer Kuba-Fahrt mitgebracht habe. Die Kiste stand auf meinem Nachtschrank, vom Tag meiner Ankunft in der Heimat nach der zweiten Sansibar-Reise bis jetzt in mein hohes Alter, wo ich eher morgen als übermorgen für immer einschlafen werde. Sie stand auf meinem Nachtschrank, als ich später verheiratet war. Ich hatte eine gute Ehe. Mit einer guten Ehefrau, ich hatte Glück. Trotzdem blutete mein Herz. Jeden Tag. Und jeden Tag versuchte ich mir einzureden, dass es gut war, wie es war. Aber das war es nicht. Das war es nicht.«*

Eine Träne lief Kurts Wange hinunter. Markus rückte seinen Stuhl neben den alten Mann und fuhr über seinen Rücken. »Geht's?«

Kurt nickte. »*Deshalb, lieber Entdecker meines Vermächtnisses, folge meinem Rat: Schnappe Dir Dein Glück, sobald Du es erkennst. Und lasse es nicht mehr los. So unvernünftig und unpassend es scheint – tu es! Denn das Wichtigste im Leben ist die Liebe. Ohne Liebe ist alles nichts. So steht es schließlich schon im Buch der Bücher: Nun aber bleiben Glaube, Hoffnung, Liebe – diese drei. Aber die Liebe ist die Größte unter ihnen.*«

Eine Träne rollte über Kurts Wange.

»Lies nicht weiter, Kurt, wenn es dir zu viel ist.« Markus drückte seinen Arm.

Josefine rückte näher heran. »Du musst an Charlotte denken, nicht wahr? Du hast sie geliebt, dein Leben lang.«

Kurt nickte langsam.

»Warum hast du ihre Briefe damals nicht beantwortet, Kurt? Nach euren wunderschönen Tagen im Heimaturlaub.«

Er sah sie mit feuchten Augen an. »Du weißt es?«

Sie nickte. »Warum, Kurt?«

»Ich dachte, ich müsste erst noch etwas erledigen, bevor ich sie heiraten könnte.« Er legte die Papierrolle auf den Tisch und die Hände in den Schoß.

»Aber was denn bloß?«

»Ich wollte meine Spielsucht loswerden, die sie doch so sehr hasste und die unser Glück über kurz oder lang zerstört hätte.« Er weinte.

»Aber sie hat dich trotzdem geliebt. Sonst hätte sie das

Tagebuch nicht all die Jahre aufgehoben. Das Tagebuch, in dem steht, wer der wahre Vater ihres Sohnes, also meines und Bens Vaters ist«, sagte Markus leise.

Kurt hob den Kopf und sah ihm in die Augen.

63
Josefine

Der Wind rauschte in den Blättern der Pappel. Josefine stellte den Hortensienstrauß, den sie gerade gepflückt hatte, in die Mitte der langen Tafel auf das weiße Tischtuch. Sie rückte einen Teller und eine Tasse des Geschirrs mit dem Zwiebelmuster zurecht und trat zufrieden zurück. Schön sah er aus, der Tisch. Der Tisch für das letzte Fest dieses Sommers.

Markus trat zu ihr, legte den Arm um sie und gab ihr einen Kuss. Leopoldine kam mit einer Platte Mozzarella-Tomaten und einer Platte gemischter Antipasti über den Rasen und stellte sie rechts und links der Hortensienvase ab. »Muss das sein, diese Busselei? Das ist vielleicht nervtötend für eine verlassene Frau wie mich.« Sie klatschte. »Kinder! Geht rein, Hände waschen vor dem Essen.« Sie wartete, dass die drei aus dem Gebüsch, in dem sie Höhle gespielt hatten, zur Verandatreppe liefen, und folgte ihnen ins Haus.

»Sie weiß es also wirklich nicht?«, fragte Markus.

Josefine schüttelte lächelnd den Kopf. »Sie denkt, es sei nur ein spätes Sommerfest. Dabei ist er schon auf der Insel, hat gerade gesimst. Er wird jede Minute hier sein.« Sie drehte sich zum Gartentor. »Da kommt erst einmal Jens.«

»Moin.« Die Rastas waren ordentlich zu einem Zopf gebunden, die tätowierten Beine schauten aus Baggyshorts heraus, die haarigen Füße steckten in Flipflops. Vor dem

Bauch trug Jens eine Schüssel, die mit Alufolie abgedeckt war. »Pilzrisotto.« Er grinste. »Wo soll's hin?«

Josefine wies auf einen Platz auf dem Tisch und lief dann auf Kurt und Ben zu, die soeben von einem Strandspaziergang zurückkamen.

»Mann, hab ich einen Hunger!«, rief Ben schon von weitem. »Was tischt Leo denn auf heute? Gegen eine Frau im Haus ist wirklich nichts einzuwenden.«

»*Eine* Frau?« Josefine blickte ihn empört an. »Und was ist mit mir?«

»Du kannst ja nicht kochen.« Er grinste.

Sie boxte ihn – und sah dabei hinter ihm drei Gestalten den Garten betreten. »Nein!«, rief sie. »Das glaub ich jetzt nicht!«

Ben, Markus und Kurt drehten sich um und blickten den Gästen entgegen.

»Fredl!« Josefine lief auf ihn zu und ließ seine Begrüßungsküsschen über sich ergehen. »Was um alles in der …«

»Finchen! Dass es mich noch einmal hier in diese Tristesse verschlagen würde, hätte ich beim besten Willen nicht gedacht. Aber was will man machen? Auftrag ist Auftrag.« Hinter ihm trat Frau von Böhlen hervor. »Sie ist schuld«, sagte er.

Frau von Böhlen zuckte die Schultern. »Er ist nun einmal der Beste. *Homes & Gardens* liebt ihn. Weiß denn hier niemand Bescheid über das Shooting?«

»Doch.« Leopoldine stürmte über den Rasen heran, umarmte Frau von Böhlen und gab der Redakteurin von *Homes & Gardens* die Hand. »Toll, dass es klappt. Stoßt erst einmal mit uns an, und dann fühlt euch wie zu Hause.«

Markus seufzte.

»Dich!« Fredls Finger spießte ihn auf. »Dich brauche ich nachher noch barfuß mit Jeans und Sonnenhut im Hortensienbeet vor der Veranda, mein Freund. Der Hausherr beim Gärtnern. Schon mal daran gedacht, als Nächstes ein Gartenbuch zu schreiben? *Das Gärtnerprinzip – So graben Sie sich entspannt durchs Leben* oder so ähnlich?« Er schob seine Sonnenbrille von den Haaren auf die Nase. »Gibt's hier endlich mal einen Prosecco?«

Leopoldine entkorkte mit einem lauten Ploppen die Flasche und verteilte Gläser. »Auf das wunderschöne Kapitänshaus!«, sagte sie beim Eingießen. »Auf ... «

»Liebling?«

Sie fuhr herum. Maximilian betrat den Garten, ein unförmiges, in Geschenkpapier eingewickeltes Etwas im Arm, das offenbar schwer war. Mit Jubelgeschrei rannten die Kinder auf ihren Vater zu. Leopoldine stellte die Flasche auf den Tisch und verschränkte die Arme. »Was willst du?« Sie drehte den Kopf weg, als er sie zu küssen versuchte. Die Kinder hingen an seinen Beinen.

»Dir einen schönen fünfzehnten Hochzeitstag wünschen und mit dir anstoßen auf unsere Liebe. Hier.« Er drückte ihr das Geschenk in den Arm, sie sackte ein wenig zusammen. »Aber vorsichtig damit. Da sind meine Freitagabende drin.« Er grinste und kniete sich hin, um Amélie, Luca und Marie in die Arme zu schließen.

Sie schaute ihn erstaunt an und riss das Papier auf. Eine unförmige bräunlich-grünlich glasierte Keramik kam zum Vorschein. Ein Klumpen vielmehr. Leopoldine stellte ihn auf dem Rasen ab und kniete sich davor, um ihn von allen Seiten zu betrachten. »Hast du das gemacht? Für mich? Für meine Sammlung?« Sie umarmte das hässliche Ding. »Das ist das schönste Geschenk, das ich je bekommen habe«, sagte sie mit Tränen in den Augen.

Er lachte. »Das will ich auch hoffen nach den ganzen vermaledeiten Abenden in der Keramikwerkstatt.« Er schob die Kinder beiseite und küsste Leopoldine.

Fredl verdrehte die Augen und goss sich Prosecco nach. »Was ist mit dem Essen? Darf man da schon ran? Zeit ist Geld. Ich muss schließlich eure Bude ordentlich in Szene setzen. Ist nicht in einer Minute gemacht, wie ich sehe. Mann, da müssen wir aber noch ganz schön umräumen, was, Frau von Böhlen?«

»Greift zu«, sagte Markus und deutete auf das Essen. »Greift zu, setzt euch und fühlt euch wohl hier bei uns im Garten des Kapitänshauses.« Er nahm Josefine an die Hand und führte sie auf die Veranda. »Und?«, fragte er, als sie Seite an Seite an der Brüstung standen und zusahen, wie alle an der langen Tafel Platz nahmen und es sich schmecken ließen. »Meinst du, du wirst dich hier wohlfühlen, bei mir im Kapitänshaus?«

Sie legte ihren Kopf an seine Schulter und blickte über den Garten und die Promenade hinweg bis zu dem Dünengürtel und dem Strandaufgang. Eine Möwe zog ihre Kreise über der von der Sonne glitzernden Ostsee. Schleierwölkchen ließen sich vom Winde verwehen.

Es fühlte sich gut an, an Markus' Schulter zu lehnen, dachte sie. Es fühlte sich richtig an. Und was hatte der alte Hermann geschrieben? Lass das Glück nicht an dir vorbeisegeln, wenn du es erkannt hast?

Denn was war schon ihr Glück – ihre Arbeit? Glaubte sie das wirklich noch? Nein. Was hatte es schon bedeutet, dass sie in diesem blöden Flugzeug nach Washington geflogen war, hatte sie sich dadurch auch nur einen Deut besser gefühlt?

Sie würde diesen einen letzten Artikel schreiben. Über den alten Hermann und das Geheimnis des Kapitänshauses. Aber dann? Hatte sie wirklich Lust, für die nächsten dreißig Jahre an dem Schreibtisch eines Eckbüros zu sitzen, Geschichten zu koordinieren und Reporter hinauszuschicken ins Leben? In ein Leben, das bei ihr selbst nur noch auf dem Computerbildschirm stattfinden würde? War das Schild an der Bürotür mit ihrem Namen darauf und dem Titel *Stellvertretende Chefredakteurin* tatsächlich so viel wert?

Nein! Sie wollte Leben pur statt secondhand! Anstatt Geschichten zu redigieren, die andere Leute über andere Leute schrieben, wollte sie die Sonne auf der Haut spüren und den Wind in den Haaren und selbst Geschichten erleben – bunte, lebendige, fröhliche Geschichten. »Ja, ich werde mich wohlfühlen hier bei dir im Kapitänshaus. Sehr sogar.« Sie lächelte.

»Und hast du zufällig Lust, mit mir ein Buch zu schreiben? Fredl hat mich da auf eine Idee gebracht.«

Sie lachte. »*Das Gärtnerprinzip*? Ist das dein Ernst?«

»Nicht das *Gärtnerprinzip*.« Er trank einen Schluck Prosecco.

»Sondern?«

Er blickte ihr in die Augen. »*Das Sansibar-Prinzip: So kapern Sie die Liebe Ihres Lebens und nehmen Sie an Bord – für immer.*«

Sie lächelte. »Etwas sperrig, der Titel, findest du nicht?«

»Aber eine gute Idee.«

»Das Buch zu schreiben?«

»Das hinzukriegen.« Er sah sie ernst an.

»Du willst mich also an Bord deines Lebensschiffes nehmen? Deines alten Dreimasters mit knarrenden Mastbäumen, rostigen Schrauben und zerknittertem Segel?«

»So zerknittert und rostig nun auch wieder nicht.«

»O doch.« Sie lächelte.

»Okay, ein bisschen. Aber ich bessere mich. Je mehr Wind aufkommt, desto weniger knittrig wird das Segel sein, versprochen.« Er strich ihr eine Haarsträhne aus dem Gesicht. »Kommst du an Bord, bringst frischen Wind mit und steuerst mit mir in den Glückshafen?«

Josefine lachte und gab ihm einen Kuss. »Leinen los, mein Kapitän! Und volle Kraft voraus. Möge kein Sturm und kein Pirat uns aufhalten!«